JN178611

新編

日本の怪談 II

ラフカディオ・ハーン

池田雅之＝編訳

角川文庫
21684

新編 日本の怪談 II

目次

第一章　妖怪たちの棲むところ

天狗の話

後冷泉《ごれいぜい》天皇[1]の御代《みよ》のこと、比叡山の西塔に徳の高い僧侶が住んでいました。ある夏の日、この高潔な上人《しょうにん》が、京の都を訪れた帰りに北大路《きたおおじ》を歩いていると、四、五人の子供たちが鳶《とび》をいじめているところに出くわしました。わなにかかった鳶を、よってたかって棒でたたいているのです。

「おお、可哀想に！」

上人は声を上げました。

「お前たち、どうしてそんなひどいことをしているんだ？」

と尋ねると、子供の一人が答えました。

「こいつを殺して、羽をとるんだ」

上人は慈悲の心を起こし、子供たちに自分の持っていた扇子を与えて、その代わりに鳶をゆずり受けました。そして、その鳥を放してやりました。鳶は、さほどひどく傷ついてはいなかったので、空高く飛んでいきました。

上人は、功徳《くどく》を施したことに満足して、ふたたび歩き始めました。するとほどなく、道端の竹藪《たけやぶ》から、見慣れない一人の修行僧が姿を現しました。修行僧は、上人のほうへ小走りに近寄り、うやうやしくあいさつをすると、言いました。

「あなた様の慈悲深い行いによって、命を救っていただいた者でございます。応分《おうぶん》のご恩返しをさせていただきとう存じます」

上人は、このように言われて驚きました。

「一体どこでお見かけしましたか、正直なところ、覚えておりません。どなた様でいらっしゃいますか？」

「このような姿では、おわかりにならないのも無理もございません。私は、北大路で乱暴な子供たちにつかまっていじめられていた、あの鳶でございます。あなた様が命を救ってくださいました。この世で、命ほど大切なものはございません。

ぜひとも、ご親切に報いられることを、何かさせてくださいませ。私にできることで、何か、お望みのもの、お知りになりたいこと、ご覧になりたいことなどがございましたら、どうぞおっしゃってください。たまたま私は、神通力をいくらか使うことができます。あなた様のお望みを、ほぼ何でもかなえて差し上げることができましょう」

これを聞いた上人は、さてはこれは天狗[2]だな、と気がつきましたが、率直なところを答えました。

「この世でのことは、もう長いこと構いつけてはおりませぬ。齢《よわい》七十にもなりましたゆえ、すでに、名声にも、愉楽《ゆらく》にも、とんと関心はございません。ただ気がかりなのは、次の世のことだけでございますが、これだけはなにぶん、誰にもどうしようもできぬこと。申してみても始まりません。

しかし、ただ一つだけ、かなうことなら、と思うことがございます。私が、生涯悔やんでやまないのは、釈迦如来のご在世に、インドのあの霊鷲山《りょうじゅせん》の大会《だいえ》に臨席《りんせき》できなかったことです。毎日毎日、朝夕の勤行《ごんぎょう》のたびに、この無念さが沸き起こります。それを思わずに、一日たりとも暮れることはございません。

ああ、菩薩のように、時空を超えることができたなら、あの尊い大会をこの目で見ることができましょうに！」

「なんとご信心深いことでしょう。それがかなうなら、どんなにありがたいことでしょう！」

とは、はっきりと覚えております。お望みは簡単にかなえられます。あの霊山《りょうぜん》の大会のことは、はっきりと覚えております。あなた様の御前《おんまえ》で、正確にすべてを再現してご覧に入れましょう。あのような神聖な場面を再現できるとは、なんと光栄なことでしょう。……さ、さ、こちらへおいでください」

天狗は、上人を小高い丘の中腹の松林に連れていきました。

「さあ、ここで目を閉じたまま、しばらくお待ちください。目を開けてはなりません。釈《しゃく》尊《そん》が説法されるお声が聞こえてきたら、目を開いてください。けれども、釈尊のお姿をご覧になっても、ご自身の感情を決して表に現してはなりません。平伏《ひれふ》したり、祈禱《きとう》したり、

『ありがたや』『お恵みを』などと声を上げてもなりません。何もしゃべってはいけません。ほんの少しでもご信心ぶりをお見せになると、私に不幸がふりかかってしまいますゆえ」

上人は、喜んで指示に従うことを約束しました。すると、天狗は何か用意でもととのえるのか、急いで立ち去っていきました。

日が傾いて、暮れていくと、あたりは真っ暗になりました。老上人は木の下で目を閉じたまま、辛抱強く待っていました。ついに突然、頭上で声が響きました。鐘が高らかに鳴り渡るような、深くてはっきりとした偉大なる御声《みこえ》――仏陀釈迦牟尼《ぶっだしゃかむに》の御声が、法門《ほうもん》[3]を宣べ伝えておられました。上人が目を開くと、あたりはまばゆい光に覆われ、様相は一変していました。

場所は、インドの聖なる山、霊鷲山。時は、妙法蓮華経《みょうほうれんげきょう》[4]の御代《みよ》。まわりに松林はすでになく、黄金や宝石の七宝《しっぽう》でできた枝葉や果実をつけた木々が、光り輝いていました。曼陀羅華《まんだらげ》が地面を覆い、曼珠沙華《まんじゅしゃげ》の花々が天から舞い降りてきていました。夜は芳香《ほうこう》と光輝《こうき》に満ち、朗々《ろうろう》たる御声が甘美に響き渡っています。中空には、世の中を照らす月の光のように、獅子の座にましします、かの高貴なるお方のお姿が見えました。右手には普賢菩薩《ふげんぼさつ》、左手には文殊菩薩《もんじゅぼさつ》が控えておられます。そして、お三方の前には、幾百万もの菩薩聖衆《ぼさつしょうじゅ》が、天、鬼神、龍、夜叉《やしゃ》、人非人《にんぴにん》を、無数お供に従えて、群星のように天空に広がっています。
舎利弗《しゃりほつ》、迦葉《かしょう》、阿難陀《あなんだ》など釈尊のお弟子の方々も、ことごとく集まっておられます。諸天の王がおられます。四天王も火炎の柱のように立っておられます。大龍王、乾闥婆《けんだつば》、迦《か》楼羅《るら》、日光天、月光天、風神もいらっしゃいます。……そして、梵天《ぼんてん》には無数の星々が輝いていました。

　これらの壮麗な光景を超えた、さらに果てしなく遠い彼方へ、釈迦如来の御額から発せられた一条の光線が、時空を超えて刺し貫かれています。そこには、東方仏土百八十万とそこに住むあらゆるもの、六道《ろくどう》[5]の衆生《しゅじょう》[6]、そして諸仏が入滅《にゅうめつ》[7]して涅槃《ねはん》[8]に入ったお姿さえも、映し出されております。これらの衆生、神々、悪鬼どもが、ことごとく獅子の座の御前《みまえ》に平伏し、幾百万とも知れぬ者どもが、妙法蓮華経を唱和していました。それはまるで、寄せては返す大海の波のとどろきのようでした。

　上人は、天狗との誓いをすっかり忘れてしまいました。愚かにも、自分がまさに釈尊の御前にいるかのように思い、感謝と崇拝の涙を流しました。そして、思わず大地に平伏して、叫び声をあげてしまいました。

「おお、ありがたや！」

　たちまち、地震のような衝撃が起こり、荘厳なる光景は、一瞬にして消え去りました。

気がつくと、上人は、草深い山腹の暗闇に、一人ひざまずいていました。次第に、言いようのない悲しみがあふれてきました。釈迦如来の御姿を見失ってしまったことと、約束を破ってしまった自分が、情けなくてならなかったのです。とぼとぼと家路についていると、天狗の修行僧がふたたび上人の前に姿を現しました。そして、とがめるような口調で言いました。

「あなた様が、約束を守らないで、不注意にも信心をおこしておしまいになったために、仏法の守護者であられる護法天童《ごほうてんどう》が、天からわれわれのもとに突然舞い降りて来られました。『信心深いお人をなぜ騙《だま》したのか』と、たいそうお怒りになり、われわれを打ちすえました。私が集めた修行僧たちは、みな恐れて逃げ去りました。私自身も、一方の翼を折られてしまい、もう飛ぶことができません」

こう言い残すと、天狗は永遠に姿を消してしまいました。

1　**後冷泉天皇**　第七十代天皇。在位一〇四五〜六八年。

2　原注には「日本では、天狗は翼を持ち、鼻がとがった男あるいは猛禽類として描かれる。天狗にはさまざまな種類があるが、そのどれもが、深山に住んで妖術を行い、さまざまに化けることができ、よく鳥や鷲や鷹の姿で現れると言われている。仏教では天狗を魔民の中に分類しているようである」とある。

3　法門　仏の教え。

4　妙法蓮華経　大乗仏教の最も重要な経典の一つ。永遠の生命としての仏陀を説く。

5　六道　すべての衆生が生死を繰り返す六つの世界。地獄道、餓鬼道、畜生道、修羅道、人間道、天道。

6　衆生　生命のあるものすべて。とくに、人間のこと。

7　入滅　釈迦や高僧の死のこと。

8　涅槃　煩悩《ぼんのう》の火を消して知恵の完成した悟りの境地。仏教で理想とする仏の悟りを得た境地。

——Story of a Tengu (*In Ghostly Japan*, 1899)

普賢菩薩の伝説

昔、御仏《みほとけ》への信仰も篤《あつ》く、学問にも優れた立派なお坊さまがおられました。名を性空《しょうくう》上人《しょうにん》といい、播磨《はりま》[1]の国に住んでおられました。もう何年もの間、法華経[2]の中の普賢菩薩《ふげんぼさつ》[3]の題目を、毎日、朝な夕な唱えては瞑想し、願わくばいつの日か、経典に描かれているようなお姿の普賢菩薩の現身《うつしみ》を拝ませてくだされ、と祈っておられました。

ある夜、いつものようにお経を唱えておられましたが、眠気がさし、脇息《きょうそく》にもたれて眠ってしまわれました。その時、夢をごらんになり、どこからともなく声が聞こえてきました。普賢菩薩のお姿を見たいなら、神崎《かんざき》[4]の町にある「遊女の長者《ちょうじゃ》」と呼ばれている遊女の家を訪ねよ、というお告げでした。上人様は目がさめると、すぐに神崎へお出かけなさいました。急ぎに急がれて、次の日の夕方には神崎に着かれました。

さっそく、遊女の家へ行ってみると、すでにたくさんの人が集まっておりました。ほとんどが若者で、美しいこの家の遊女のうわさにひかれて、国中から集まってきていたのでした。酒盛りはすでに始まっていて、遊女は鼓《つづみ》を上手に打ち鳴らしながら歌っていました。その唄は昔から伝わっているもので、室積《むろづみ》[5]にある有名な神社にまつわるものでした。

歌詞は、次のようなものでした。

周防《すおう》[6]室積《むろずみ》の中なる御手洗《みたらし》[7]に
風は吹かねど
ささら波[8]たつ
(周防の国の室積にある神社の清めの水の水面《みなも》には、風も吹いていないのに、さざ波がたっていることよ)

遊女の甘美にひびく声音《こわね》に、みんな聞きほれていました。みんなからすこし離れた所で、上人さまも唄に聞き入り、思いを巡らせておられました。

すると、突然、遊女の目が上人さまに向けられたと思った瞬間、遊女の姿が普賢菩薩に変わりました。額からは、世の果てまでも見通すかのように一条の光が放たれ、六本の牙を持つ白い象に乗った菩薩様でした。菩薩様も唄を歌っておいででしたが、上人さまには、その歌詞は、次のように聞こえました。

実相無漏《じっそうむろ》[9]の大海に
五塵六欲《ごじんろくよく》[10]の風は吹かねど

随縁真如《ずいえんしんにょ》[11]の浪立たぬ時なし
（おだやかで澄みきった大海原には、人間に悪や欲を起こさせる風は吹いていないが、
真理を求める波が立っている）

神々しい光がまぶしくて、上人さまは思わず目をとじました。それでも、瞼《まぶた》を通して普賢菩薩のお姿をはっきりと見ることができました。しかし、ふたたび目を開けてみると、普賢菩薩のお姿はどこにもなく、遊女が鼓を打ち、「室積」の唄を歌っているだけでした。

ところが、上人さまがふたたび目を閉じると、六本の牙を持った象に乗った菩薩像が見え、「実相無漏の大海」の唄がきこえました。ほかの人たちには遊女しか見えず、菩薩のお姿は見えませんでした。

やがて、歌っていたはずの遊女の姿が、すっと消えていなくなりました。いつ、どのようにしていなくなったのか、だれにもわかりませんでした。酒宴もやみ、賑やかな雰囲気に満ちていたその場が、急に沈みこんでしまいました。みんな遊女が現れるのを待ち、捜しまわる人もいましたが、もうそこにはいないとわかると、がっかりして去っていきました。

最後にそこを立ち去ったのは、いまだ夢去らぬご様子の上人さまでした。そして、上人さまが家の玄関を出ようとなさった時でした。さきほどの遊女が現れ、こう言いました。

「性空よ、今夜のことはだれにも話してはなりませぬぞ」
こう言いおえると、遊女はふくよかな香りを残し、いずこともなく姿を消してしまいました。

この話を書き留めていた僧が、次のような書き足しをしています。

遊女は、男の情欲を満たすための対象でしかありませんでしたので、見下げられたあわれな境遇にありました。ですから、遊女が普賢菩薩の化身とだれが想像するでしょうか。しかし、御仏も普賢菩薩様も、さまざまな形をとってこの世においでになるのです。御仏の慈悲を示されるために、名もなき、最も卑しむべき姿を選ばれ、世の万民を真理の道へ導き、まやかしに陥《おちい》らないように、救いの手を差し延べておられるのです。

1　**播磨の国**　今の兵庫県の西南部。
2　**法華経**　仏教の法典のひとつ。
3　**普賢菩薩**　仏の理・定・行の徳をつかさどり、知恵をつかさどる文殊菩薩とともに、仏の左右に侍している。
4　**神崎**　兵庫県にある町の名。
5　**室積**　山口県光市にある旧港町。漁民や船員の信仰を集める普賢寺がある。

6　**周防**　現在の山口県の東部。

7　**御手洗**　神社の入り口にあって、参詣者が口や手を、清めのために洗うところ。

8　**ささら波**　さざ波。

9　**実相無漏**　宇宙のあらゆる事物の真実のすがたは、一切の煩悩・汚染を離れ、清浄であるということ。

10　**五塵**　衆生の真性を汚す色・声・香・味・触の五種類の対象。**六欲**　眼・耳・鼻・舌・身・意の六根にかんする欲望。

11　**随縁**　縁によって物が生起し、変化すること。**真如**　ものの真実のすがた。あるがままの真理。

——A Legend of Fugen-Bosatsu (*Shadowings*, 1900)

弁天の感応

京都に尼寺《あまでら》という有名なお寺があります。清和天皇[1]の第六皇子であられた貞純親王《さだずみ》が、僧侶として永年お過ごしになったお寺です。その境内には、ほかにも多くの名高い方々のお墓が残されています。

現在の尼寺の建物は、昔からのものではありません。最初のお寺は、十世紀に及ぶ時の流れの中で次第に傷みがひどくなり、元禄十四年（一七〇一年）には、大規模に改修しなければならなくなりました。

さて、尼寺の再建がなり、それを祝うために、盛大なお祭りが催されました。そのお祭りを見物しに来た何千人もの人々の中に、花垣梅秀《はながきばいしゅう》という、学者で歌人でもある一人の若者がいました。梅秀は境内に新しく整えられた庭園などを見て回りましたが、なにもかもが立派なのに心をつよく打たれました。

やがて梅秀は、かつてよく水を飲んだ泉のあたりに出ました。驚いたことに、その泉は、周りの地面を四角く掘りぬかれて、池になっていました。角には、「誕生水」[2]と書かれた銘板が立てられており、池の端には、小さいけれども非常に美しい弁才天《べんざいてん》のお堂が建っていました。

梅秀がこの新しいお堂を見ていると、ふと一陣の風が吹きわたり、足下に一葉の短冊《たんざく》[3]が吹き寄せられてきました。そこには、和歌が一首したためられていました。

しるしあれと　いはひぞそむる　玉箒《たまばはき》
　とる手ばかりの　ちぎりなれども

かの俊成卿《しゆんぜい》[4]が初恋を詠んだ、梅秀もよく知っている和歌でした。けれども、短冊に筆で書かれたその女文字は、梅秀も目を疑うほどのみごとな筆遣いでした。初々《ういうい》しい上品さがただよい、まだおとなになりきっていない若い女性の手によるものとわかります。清らかで豊かな墨の色合いは、それを書いた人の純真さと善良な心を表しているようでした。[5]

梅秀はその短冊を丁寧に折り畳んで、家に持ち帰りました。家で改めて眺めてみると、以前よりもさらに美しくなっているように思えました。彼の書の見立てから、その歌を書いた女性がまだ若くて、聡明で、おそらくとても心の優しい人だろう、ということくらいしかわかりませんでした。けれども、そう考えただけで、梅秀は、一人のうっとりするような女性の容姿を心の中にまざまざと思い描くことができました。

やがて梅秀は、まだ見ぬその女性に恋をしていることに気がつきました。そして、ぜひとも、その和歌をしたためた女性を尋ね当て、できることなら妻にしたいと願いました。……けれども、どうやってその人を見つけ出せばよいのでしょう。名前は何というのでしょうか。そして、どこに住まっているのでしょう。神や仏のお導きにゆだねるしかありませんでした。

月日の経つうちに、神仏は喜んでわたしに救いの手を差し伸べようとしてくださっているのではなかろうか、と梅秀は考えるようになりました。思えば、短冊が風に吹かれて自分のもとに届けられたのは、弁天堂の前にたたずんでいたときでした。弁天様といえば、恋をする者たちの想いを遂げさせてくださる女神です。そのことに気づいた梅秀は、弁天様に願《がん》をかけてみることにしました。

さっそく梅秀は、尼寺境内の「誕生水の弁天」のお堂に出かけて行きました。そして、そこで、心をこめて祈りを捧げました。「ああ、弁天様、どうぞお力をお貸しください！……あの短冊の歌を書いた人の居場所をお教えください。あの人に会わせてください……ほんのつかの間でかまいませんから！」

このように祈ってから、梅秀は七日《なぬか》参り[6]を始めました。そして、七日目の満願《まんがん》の晩には、お堂の前で一夜を明かすことを誓いました。

七日目の夜になりました。梅秀は、夜を徹して祈りを捧げました。夜中、あたりが静寂の闇に沈むころ、お堂の正門から、案内を請う声が聞こえてきました。まもなく、お堂の中からそれに応える声がして、門が開き、堂々とした身なりの老人が、ゆっくりと梅秀のもとに近づいて来ました。老人は羽織袴を身につけ、真っ白な頭には、身分の高さを示す黒い烏帽子《えぼし》をかぶっていました。弁天堂の前まで来ると、その老人は、何かの指示を待つかのようにその場にうやうやしくひざまずきました。

すると、お堂の扉が開き、その奥の、ご神体を覆っていた御簾《みす》が半分ほど巻き上がり、一人の稚児《ちご》が歩み出てきました。長い髪を古風に結った美しい少年でした。少年は敷居のところに立ち止まると、老人に向かって、澄んだ高い声で言いました。

「ある女人への思いを遂げたいと、祈願を続けている者がここにおる。その願いは、身分不相応であり、かなえ難いものではある。しかしながら、その若者は、あわれみをかけるに値する者である。そこで、その者に何かしてやりたいと、こうしてそなたをお呼びしたのだ。双方の間に、前世からの何かの因縁があるのならば、互いに引き合わせてやっていただきたい」

稚児の少年の指示を聞くと、老人は彼に向かってうやうやしく頭を下げました。それから身を起こすと、着物の袖のたもとから赤い紐《ひも》を取り出しました。そして、この紐の一方を梅秀の体に巻き付けました。そして、もう一方の端をお堂の燈明《とうみょう》の炎の中に入れました。燈明の中で紐が燃えだすと、老人は暗闇から誰かを呼び出そうとするかのように、三回手招きをしました。

すると、尼寺の方から、こちらに向かって歩いてくる足音が聞こえ、やがて一人の若い娘が姿を現しました。年の頃は十五か十六くらいの、とても美しい娘です。恥じらうように口元のあたりを扇子でおおい、静々と近づいてきました。そして、梅秀の隣にひざまずきました。稚児の少年は、梅秀に向かって言いました。

「このところ、そなたは非常に心を痛めている様子。叶うあてのない恋のために、健康まで損ってしまわれた。われらは、そのようなそなたを見るに忍びなくなった。そこで、月《げっ》下翁《かおう》を呼び出して、短冊の歌をしたためた娘をそなたに引き合わすことにいたしたのだ。そなたの隣におるその娘こそが、その者であるぞ」

言い終わると、稚児の少年は御簾のかげにもどっていきました。老人の月下翁も、もと来た方へ立ち去り、娘もその後についていきました。と同時に、夜明けを告げる尼寺の大鐘が鳴り渡りました。梅秀は誕生水の弁天のお堂の前にひれ伏して、感謝の祈りを捧げました。

それから、梅秀は、すばらしい夢からさめたような気分で家路につきました。しかし、ずっと、会いたい会いたいと望んでいた女性に会えた喜びと同時に、もう二度と会えないのではないかという心配の気持ちも生じました。

しかし、門から通りに出てしばらく行くと、彼の前を一人の娘が歩いていくのが見えました。夜が明けたばかりでまだ薄暗い刻でしたが、梅秀はその娘がさきほど弁天堂の前で引き合わされたあの娘であることに、すぐに気がつきました。歩みを早めて娘に追いつくと、娘は振り返って、梅秀にしとやかにおじぎをしました。

梅秀は思い切って、娘に話しかけました。それに答える娘の美しい声を聞くと、梅秀の心は喜びでいっぱいになりました。まだ人気《ひとけ》のない静かな道を、二人は楽しくおしゃべりしながら歩いて行きました。

そのまま、二人は梅秀の住む家の前まで来ました。彼は立ち止まり、自分の願いと心配ごとを娘に打ち明けました。娘はほほ笑んで、言いました。

「わたくしが、あなた様の妻になるために遣わされたことを、ご存じないのですか?」

そして、娘は梅秀と共に家の中に入りました。

梅秀の妻になったその娘は、思っていた以上に気立てがよかったので、彼はとても幸せでした。また娘には、思っていた以上にさまざまなたしなみがあることもわかりました。書に優れているばかりか、絵も上手でした。生け花や刺繍《ししゅう》をよくし、音曲にも通じていま

した。機織《はた》りや縫い物も上手でしたし、家事も万端、そつなくこなすことができました。初
梅秀と娘が出会ったのは、秋の初めの頃でしたが、二人が仲睦まじく暮らすうちに、初めての冬を迎えました。その間、二人の平穏な生活を脅かすようなことは、何も起こりませんでした。優しい妻に対する梅秀の愛情は、日を追うごとに強くなりました。けれども、おかしなことに、梅秀は妻の生い立ちや家族について何も知りませんでした。妻の方も、そのことについて、一度も口にしたことがありませんでした。梅秀は、妻は神様からの授かりものなのだから、何も聞かない方がよいのだと思っていました。

この間、梅秀が恐れていたように、月下翁もほかの誰も、妻を取りもどしに来たりすることは、ありませんでした。妻のことを問いただす者もありませんでした。近所の人たちも、理由はわかりませんが、まるで彼女が存在しないかのように振る舞うのです。

梅秀は、これらのことを次第に不思議に思うようになりました。そして、さらに奇妙な体験が、彼を待ち受けていました。

ある冬の朝、梅秀が、京都のいささか辺鄙《へんぴ》なところを歩いていたときのことです。誰かが自分の名を大声で呼ぶのが聞こえました。見ると、ある屋敷の門口で、一人の下男《げなん》が彼に手を振っているのです。梅秀は、その男を見たこともありませんし、京都のそのあたりには一人の知り合いもいませんので、突然なことで大いに驚きました。下男は梅秀の前に

歩み寄ると、深々と腰をかがめておじぎをして、こう言いました。

「わたくしどもの主人が、あなた様にぜひともお目にかかりたいと申しております。どうか、お入りくださいませんでしょうか」

梅秀はしばらく戸惑っていましたが、やがてその男の後について、屋敷に入りました。すると、そこの主人らしき、威厳のある立派な身なりをした人が、玄関先で彼を出迎え、応接の間へ案内しました。初対面の挨拶を交わしたところで、主人は失礼な招き方をしたことを詫びて、こう言いました。

「このように不躾《ぶしつけ》にお呼び立ていたしまして、わたくしどものことをきっと大変礼儀知らずとお思いになっておられることでしょう。けれども、これが弁天様からのお告げであるとご説明申し上げれば、このような不作法も、大目に見ていただけるのではないでしょうか。どうぞ、お聞きくださいませ。

わたくしどもには、十六になる娘がおります。少しばかり書[9]をたしなみ、ほかのこともごく人並みにこなします。器量も十人並みです。その娘に、ぜひともよい夫を見つけて幸せにしてやりたいと願った私は、弁天様にご加護をお願いいたしました。そして、娘の書いた短冊を京都中の弁天堂に奉納したのです。

ある晩、弁天様が夢に現れて、お告げをくださいました。『そなたの願いは聞き入れられた。すでにそなたの娘を夫となる者に引き合わせた。この冬に、その者がそなたのもとを訪れるであろう』。しかしながら、その時は、娘をすでに夫となる者に引き合わせたというお告げの意味もよくわからず、とても信じられませんでした。あまり意味のない、ただの夢に過ぎないと思い込んでおりました。

それが、昨夜、弁天様がふたたび夢に現れたのです。弁天様は、私にこうおっしゃったのです。『以前そなたに申しておいた若者が、明日、そなたの屋敷の前を通るであろう。そなたは、その者を屋敷に通し、娘と結婚してくれるように頼むとよい。その者はいたって好青年であり、将来出世して高い地位に就《つ》くことはたしかだ』

それから、弁天様はあなた様のお名前、お年、ご生地などをお教えくださり、お顔立ちやお召し物なども説明してくださいました。下男にもその通りに詳しく指示しておきましたために、あなた様だとすぐにわかったのです」

梅秀はこの話を聞いて、納得するというよりも、逆に途方に暮れてしまいました。彼はそうした申し出に対して、ただ丁寧にお礼の言葉を述べるばかりでした。主人は娘に引き合わせるべく、別室に案内しようとします。梅秀は困惑の極みに達しました。

この家の主人の話を、無下に断るわけにもいきません。思いもかけぬ成り行きの中で、自分にはすでに妻が――ほかならぬ弁天様のお引き合わせによる妻が――いて、その妻と別れることなど考えられないなどとは、とても言い出せません。彼は黙りこくってしまい、不安で一杯になりながら、主人についていくことにしました。

案内された部屋に入っていくと、梅秀は非常に驚きました。彼が引き合わされたその娘というのは、すでに梅秀の妻であるあの娘だったのです！

まさにその同じ人——いや、同じ人とはいいがたい。

月下翁に引き合わされたあの娘は、愛する人の魂に過ぎなかったのです。

今、父親の屋敷で、梅秀と夫婦《めおと》になるべく座っている人こそが、その生身の娘なのです。

弁天様は、ご自身に帰依する信者のために、このような奇跡を行われたのです。

＊

この話の原典はいくつもの不明点を残したまま、ここで途切れています。はなはだ不満足な終わり方です。魂だけが梅秀と結婚生活を送っている間、肉体だけになった娘の方は、どのように感じていたのでしょうか。仮の姿の妻は、それからどうなったのでしょうか——そのまま一人の女性であり続けたのでしょうか。夫が戻ってくるのをじっと待っていたのでしょうか。あるいは、花嫁の実際の肉体の元にもどったのでしょうか。このような疑問について、原典には何とも書いてありません。

しかし、ある日本の友人は、この奇跡を次のように説明してくれました。「魂の妻は短冊から生まれたもので、それを書いた実在の女性の方は、弁天堂での梅秀との出会いについては、何も知らなかったのでしょう。その娘が短冊に美しい文字を書いたとき、彼女の魂の一部が短冊に乗り移ったんですよ。そして、その文字から女性の魂が抜け出ていったというわけです」

1　**清和天皇**　第五十六代天皇。在位八五八〜七六年。

2　**「誕生水」**　原注には「ここでの『誕生』という語は、西洋的な『生誕』という意味ではなく、輪廻転生（生まれ変わり）という神秘な仏教的な意味で理解すべきである」と記されている。

3　**短冊**　原注に「ふつう色のついた細長い紙片のことで、縦にして歌などを書く。歌を書いた者は、自分の感じるままに、その短冊を、花の咲いている木や、風鈴、その他の美しいものに取り付ける」とある。

4　**俊成卿**　藤原俊成《ふじわらのしゅんぜい》。平安末期から鎌倉初期の歌人、学者。

5　**けれども……**　原注には「経験のない西洋人には、日本語や中国語の文字を書いた人の個人的な特徴を、その『筆跡』から見分けることは困難である。しかし、日本の学者は、手書きの文字を一度見れば、その特徴を決して忘れることがない。そして、書き手のだいたいの年齢を当てることができる。中国人と日本人の学者は、使用された墨の色や質によって、その書き手の性格もある程度わかると言う。字を書くためには、自分で墨を擦るので、字の墨の色の深みや明るさで、その人の注意深さや美観がわかるのである」と記されている。

6　**参り**　原注に「『参り』という宗教行事には色々なものがある。七日参りでは、祈願者はある神社に七日間連続して参詣することを誓願する」とある。

7　**稚児**　原注に「ふつう、身分の高い家や公家《くげ》で召し使われている小姓《こしょう》を意味する。この話に出てくる稚児は、もちろん霊的な存在であり、弁天の代弁者である」とある。

8　**月下翁**　原注に「結婚の神に付けられた詩的な名称である。一般的には『結びの神』として知られている。この話全体を通して、神道と仏教とが混在していることは興味深い」とある。

9　**少しばかり**　原注には「日本では伝統的に、自分の子どものことは謙遜して言わなければならない。ここで客に対して『少しばかりたしなみ』と言っているのは、実際には「すばらしく上手に書き」を意味している。同様に、その後の『ごく人並みに』や『十人並み』という言葉も、ほぼ反対の意味を表している」とある。

——The Sympathy of Benten（*Shadowings*, 1900）

鮫人の恩返し

近江《おうみ》の国に、[1]俵屋藤太郎《たわらやとうたろう》という男がいました。石山寺《いしやまでら》という有名な寺からほど近い、琵琶湖の湖畔にある屋敷に住んでいました。かなりの財をなして、気楽な生活を送っていましたが、二十九歳だというのに、まだ一人身でした。藤太郎は、ぜひとも見目《みめ》うるわしい女性を妻に迎えたいと、心から望んでいましたが、まだ好みの女性に出会うことができずにいました。

ある日、彼が、瀬田《せた》の長橋《ながはし》[2]を渡っていると、欄干《らんかん》近くに、奇妙な生き物がうずくまっているのを見つけました。それは、体は人間に似ているのですが、墨のように真っ黒で、顔は鬼のよう、目はエメラルドのような緑色です。あごひげは龍のようにぴんと張っています。藤太郎は、初めはとても驚きました。けれども、その緑色の目がたいそう優しく彼を見つめているので、しばらくためらった後、思い切ってその生きものに声をかけてみました。すると、その生きものは答えて言いました。

「私は鮫人《さめびと》[3]、海の鮫の精です。少し前まで龍宮で、[4]八大龍王《はちだいりゅうおう》の法会《ほうえ》に小役人として仕えておりました。けれども、ささいな不手際をしでかしてしまったために、龍宮から追い出され、海からも追放されてしまったのです。それ以来、このあたりをうろついている始末です。食べるものもなく、寝る場所さえもなく……。

もしも、私めを哀れと思ってくださいますならば、お願いでございます、どうか、雨露をしのぐ場所と、何か食べるものをお恵みくださいませ！」

非常に悲しそうに、へりくだって懇願するので、藤太郎も心を動かされて、こう言いました。

「一緒にいらっしゃい。私の家の庭には、広くて深い池があるから、好きなだけそこにいればいい。食べ物もたっぷりあげよう」

こうして、鮫人は藤太郎の家について行きました。池の住み心地も大変よいようでした。

その後、半年ほど、この一風変わった客人は彼の家の池に住み、藤太郎から毎日、海産物などの食べ物をもらっていました。

［この物語の原典では、これ以降、鮫人は、奇怪な生物としてではなく、心の優しい男性として描かれています］

さて、その年の七月に、隣町の大津にある三井寺《みいでら》で女人詣《にょにんもうで》が行われ、藤太郎は、その祭りを見物しに大津へ出かけて行きました。

境内は、年をとったおばあさんから小さな子どもまで、大勢の女人たちでごった返していました。藤太郎は、その中で、際立って美しい娘を一人見つけました。年の頃は十六くらいでしょうか、肌は雪のように白く透き通っており、娘の唇は、そこから発せられるすべての言葉が、きっと「梅の木の上でさえずる鶯の声」のように甘いだろうと思わせるような、愛くるしい形をしていました。藤太郎は、一目でこの娘に恋してしまいました。

娘が寺を出ると、藤太郎は、少し離れて後を追いました。そして、この娘が母親と共に、隣村の瀬田の、さるお方の屋敷に数日間滞在していることを突き止めました。何人かの村人に聞いて、娘の名が珠名《たまな》ということ、まだ一人身であること、そして、両親は、娘の結婚相手に普通の身分の男性は望んでいないらしい、ということを知りました。結婚相手には、結納《ゆいのう》の品として、一万個の宝石の入った小箱を要求している、というのです。

藤太郎は、これを知ると、がっかりして家に帰りました。両親が要求している途方もない結納の品について、考えれば考えるほど、彼女を妻に迎えるのはかなわないことだと思えました。たとえ、国中に一万もの数の宝石があったとしても、それを手に入れることができるのは、高貴なる親王《しんのう》くらいのものでしょう。

しかし、藤太郎は、あの美しい人の面影を、一瞬たりとも心の中からぬぐい去ることはできませんでした。彼は取り憑かれたようになって、食べることも、眠ることもできなくなってしまいました。

娘の姿は、心の中で、日に日に鮮やかになっていきました。あまりにも想いが強かったため、ついに藤太郎は寝込んでしまいました。病気はひどく重くなり、枕から頭を上げることさえできなくなりました。彼は、医者を呼びにやりました。

医者は、丁寧に彼を診察をすると、驚きの声を上げて、言いました。

「たいていどんな病気でも、適切な治療を施せば治るのじゃが、恋の病だけは別でございますな。貴殿の病気は、明らかに、恋わずらいじゃ。それを治す方法は、ございません。その昔、瑯琊王伯与《ろうやおうはくよ》はその病気で亡くなっておる。貴殿も、この方のように、死ぬ覚悟をなさるしかないじゃろう」

そう言い終えると、医者は、何の薬も与えることなく、帰っていきました。


庭の池に住んでいた鮫人は、主人の病気のことを知ると、家に上がって、藤太郎の世話をするようになりました。昼夜の別なく、大変親身になって手厚く看病をしました。ところが、鮫人は、主人の病気の原因も、病気がひどく重いということも知りませんでした。

しかし一週間後、ついに藤太郎は、自分の死期を悟って、別れの言葉を口にしました。

「こんなに長く、おまえの世話ができたのも、われわれ二人にはきっと前世で何かの因縁があったのだろうね。けれども今、私の病はたいそう重く、日ごとに悪くなっているのだ。

私の命は、朝露のように、日没前には消えていってしまいそうだ。ただ私は、おまえのことが心配でたまらない。私が世話してやらなければ、お前は生きていられないだろう。私が死んだら、お前の面倒を見て、食べ物を与えてくれるような人は誰もいなくなってしまう。なんてかわいそうなんだろう！……ああ、われわれの望みなんて、なにもかも、この無情な世の中ではかなうこともなく、むなしく終わってしまう！」

藤太郎がこのように話すや、鮫人は奇妙なうめき声を出して、激しく泣きじゃくり始めました。緑色の目から大粒の血の涙があふれ出し、黒い頰を転がって、床にぽたぽたと落ちていきました。

大粒の涙はみな、落ちていくときは血でしたが、床に届くと、美しく輝く固体に変わりました。それは、値を付けられないほど高価な、深紅色に燃え立つ炎を思わせる、輝かしいルビーでした。鮫人が泣くと、その涙は宝石に変わったのです。

藤太郎はこの奇跡を目の当たりにして、驚くと同時に大いに喜んで気力が蘇ってきました。布団から飛び起きると、鮫人の涙の粒を拾って数え始めました。そして、叫びました。

「病気が治ったぞ！　生き返ったぞ！」

鮫人はびっくりして泣き止み、藤太郎がこんなに急に回復した理由を尋ねました。藤太郎は、三井寺《みいでら》で見た娘のことと、その両親が要求している途方もない結納品のことを話しました。

「一万個もの宝石を手に入れる見込みなどまるでないから、私が求婚できる望みはない。そう思うと気がふさがってしまい、ついには病気になってしまったんだ。けれども今、お前が大いに泣いてくれたお陰で、たくさんの宝石を手に入れることができた。きっと、あの人と結婚できるに違いない。ただ、まだとても十分とは言えない。お願いだから、必要な数になるまで、もう少し、泣いてくれやしないだろうか?」

けれども、鮫人は、首を横に振り、驚きと非難をこめて答えました。

「私のことを娼婦のように考えていらっしゃるのですか。泣きたい時にいつでも泣ける娼婦のようだと。私には、そんなことはできません!

娼婦は、男をだますために偽りの涙を流します。けれども、海の者は、本当に悲しい時にしか、泣くことはできないのです。私はさっき、あなたが本当に死んでしまうと思い、心から悲しくなって泣いたのです。でも、もう病気が治ったと聞きましたので、これ以上泣くことはできません」

「それなら、私は一体どうしたらいいのだ?」

と、藤太郎は哀れっぽく尋ねました。

「宝石を一万個得られなければ、あの人と結婚できないんだ!」

鮫人はしばらく黙って考え込んでから、言いました。

「お聞きください。今日は、もうこれ以上泣くことはできません。でも、明日、お酒と食べ物を持って、一緒に瀬田の長橋へ行きましょう。しばらく橋の上で休んで、お酒を飲んだり、魚を食べたりしましょう。そうしながら、私は龍宮の方角を見つめます。そこで過ごした幸せな日々のことを思い出せば、里心がついて、泣けるのではないかと思います」

藤太郎は、喜んで同意しました。

次の日、二人は酒と魚をたくさん持って瀬田の長橋に行き、宴を開きました。酒をたらふく飲んだ後、鮫人は龍宮の方向を見つめ、昔のことを想い始めました。酒で気持ちが和らいでいたために、心に幸せな日々の思い出が浮かび、じわじわと悲しみが広がってきました。望郷の切ない思いが込み上げてきて、鮫人は思う存分泣きだしました。

すると、目からこぼれる赤い涙が、大量のルビーのシャワーとなって、橋の上に落ちました。藤太郎は、それらが落ちるたびに拾い集めて、小箱に入れながら、数えていきました。ついに、宝石は一万個に達しました。藤太郎は、喜びの叫び声を上げました。

その時、遠い湖の向こうから、歓喜の音楽が聞こえてきました。そして、沖合いの水面から、あかね色をした宮殿が、柔らかい雲のようにゆっくりと浮かび上がってくるのが見えました。

鮫人は、素早く橋の欄干に飛び上がって目を凝らし、喜びの声を上げました。そして、藤太郎の方へ向き直って言いました。

「龍宮では、私への寛大なる恩赦《おんしゃ》が宣せられたに違いありません。王たちが、私を呼んでいます。ここで、お別れを申し上げなければなりません。あなた様のご親切に対して、ご恩返しをする機会が与えられて、光栄でした」

この言葉を残して、鮫人は橋から跳び降りました。その後、その姿を見かけた者は誰もいません。藤太郎の方は、赤い宝石の入った小箱を珠名の両親に贈り、その娘と目出たく結婚しました。

1　**近江の国**　今の滋賀県。

2　**瀬田の長橋**　原注に「しばしば日本の伝説の舞台となる、長さ約二百五十メートルの橋。美しい風景を見渡せる。琵琶湖から流出する瀬田川に架かる。日本有数の美しい寺の一つである石山寺は、この橋のすぐ近くにある」とある。

3　**鮫人**　原注に「文字どおり『鮫の精』であるが、この話では鮫人は男性である。鮫人という文字は『こうじん』と読むこともあり、こちらの読み方が一般的である。辞書では、この語は単に **merman** または **mermaid** と翻訳されているだけであるが、上に述べたように、極東の『鮫人』は、西洋の人魚のイメージとはずいぶん異なった概念を有している」とある。

4　**龍宮**　原注に「海底にある架空の王国の名。日本の伝説によく登場する」とある。

5　宝石　原注では「原典では『珠（たま）』となっている。『珠』という語には、さまざまな意味がある。ここでもそうであるように、『珠』は、英語の jewel（宝石）、gem（宝玉）、precious stone（宝石）などと同じく、非常にあいまいな語である。英語よりもさらにあいまいだと言えるだろう。つまり『珠』は、珊瑚、水晶、かんざしに付いている輝く石、などをも意味する。しかし、私はこの話の後の方では、『ルビー』と訳した。説明は必要ないであろう」と記してある。

——The Gratitude of the Samebito（*Shadowings*, 1900）

食人鬼

昔、夢窓国師《むそうこくし》[1]という禅宗のお坊さまが、美濃《みの》の国[2]を旅しておいでになったときのことです。山辺のあたりで道に迷われ、尋ねる人もなく、しばらくは途方にくれたまま歩き回っておられました。今夜の宿をみつけるのは、もうむずかしかろう、と思いはじめられたときでした。丘の上に、いまにも沈みゆく陽の光に照らされた小さな家が目に入りました。庵室《あんじつ》と呼ばれる、隠者のための小さな庵《いおり》でした。ほとんど廃墟に近い状態のようでしたが、国師さまは、そこを目指して急がれました。

幸いにも、庵にはひとりの年老いた僧が住んでいました。しかし、国師さまが一夜の宿をお頼みになりましたところ、老僧はその頼みをすげなく断りました。そのかわりに、この谷と隣り合ったところに小さな村があるから、そこで宿と食べ物を手にいれるがいい、と教えてくれました。

そこで、国師さまは言われた通りの方角に行くと、十軒ほどの農家が寄り集まった小さな集落がありました。彼は、そこの村長《むらおさ》の家に暖かく迎えられました。そのとき、家の母屋には、四、五十人ほどの村人が集まっておりました。国師さまはすぐに離れの部屋に案内され、食事が供《きょう》され、寝床が整えられました。

お疲れになっておられた国師さまは、まだ早い時刻でしたが、床に入り、眠りにつかれました。しばらく経って、隣の棟《むね》から聞こえてくる大きな泣き声に目をさましました。真夜中になる少し前でした。ほどなく、部屋の襖《ふすま》が開き、手に明かりを持って、ひとりの若者が入ってきて、国師さまに丁寧に挨拶をしました。

「この家の主《あるじ》として、辛いことでございますが、お伝えしたいことがございます。昨日までは、私はこの家の長子にすぎませんでした。お着きになられましたとき、大変お疲れのご様子でございましたので、お煩《わずら》わせするのを控えておりましたが、実はそのとき、父が二、三時間前に亡くなったばかりでございました。

お目に入った人々は、この村の衆でございます。故人に最後の別れを告げに集まってきておりますが、これから一里ほど離れた別の村へ向かいます。村の掟によりまして、死人が出た日の夜は、だれ一人、この村に留まることはできないのでございます。お供えもし、お別れのお経も唱えましたので、遺体をここに残し、出立いたします。

遺体だけ残された家では、いつも奇妙なことがおこるのです。それで、お坊さまにも、私どもと一緒においでいただきたいのでございます。別な村にお休みになるところをご用意いたしますので。

ですが、お坊さまが、鬼や悪霊などはお恐れにはならず、この家の仏と残されることをお厭《いと》いでございませんでしたら、どうぞ、ご自由にご滞在くださりませ。ただ、お坊さまと一緒にこの家にとどまると申し出る者は、だれ一人おりますまいが」

国師さまは、お答えになりました。

「お心遣いと、この家のもてなしには痛み入ります。じゃがな、わしが着いたときに、お父上の死を告げてくださらなかったのは残念じゃった。確かに少しは疲れておったが、僧としての勤めを果たせないほどではなかった。そうと知っていれば、お前様方が出かける前に弔《とむら》いのお経をあげることもできたのにのう。

では、お前様方が出た後に、経を唱えることとしよう。朝まで仏と一緒にここに残りましょうぞ。わしが一人でここにとどまるのがどうして気がかりなのかわからぬが、悪霊や鬼神などは恐れておらぬ。わしのことは心配せんでもよい」

国師さまの力強い言葉に、長男の若者は安堵し、心からのお礼を述べました。この親切な申し出に、ほかの家族も、集まっていた村人も、一緒になって国師さまのところへお礼に来ました。これがすむと、長男の若主人が口を開きました。

「では、お坊さま、心残りではございますが、わたくしどもは出発いたします。掟により、真夜中までに出なければなりません。くれぐれも御身《おんみ》をお気づかいくださりませ。わたくしどもが、お坊さまをお世話できないのは心苦しいことでございます。留守中、不審な物音や影を見聞きなさいましたら、戻りました時に、ぜひお聞かせくださいませ」

こうして、村人はみんな村長の家を去っていきました。

一人残された国師さまは、遺体の置かれた部屋へ行かれました。風習どおりにお供え物がそなえられ、お燈明《とうみょう》が灯されていました。国師さまは、その前でお経をお上げになり、弔いの儀式をすまされたあと、瞑想に入られました。静かに何時間か座禅を組んでおられる間、人ひとりいない村では、物音ひとつしませんでした。

やがて、夜の静けさが深まったときでした。なにか得体の知れない、摑《つか》みどころのない形をしたものが、音もなく部屋へ入ってきました。そのとき、国師さまは、金縛りにあったかのように動くことも、声を出すこともできませんでした。

しかし、国師さまは、この奇怪な侵入者が、手で死骸を持ち上げ、猫がネズミを飲み込むよりもずっと早く、死骸を飲み込んでしまうのを、目のあたりになさいました。まず頭、それから胴体、髪の毛も骨も、経帷子《きょうかたびら》までも喰《くら》い尽くしてしまいました。そして、死骸を食べ尽くすと、次に仏壇に向かい、お供え物もすべて平らげてしまいました。そして、入ってきたときと同じように、どこへともなく去っていきました。

翌朝、村人がもどって来てみると、国師さまは、村長の家の前でみんなの帰りを待っておりました。村人は国師さまに帰宅の挨拶をし、家の中へ入りました。ところが村人は、部屋に安置してあった遺体も供え物もなくなっていることに驚いた様子も見せませんでした。家の若主人が、国師さまに問いかけました。

「お坊さまは、昨夜は、なにか不愉快な思いをなさったことでございましょう。私どもはみんなで心配をいたしておりました。こうしてご無事なお姿を拝見し、お怪我《けが》もなく、この上なく喜ばしいことでございます。できますれば、お坊さまのおそばに侍《じ》していたかったのでございますが、昨夜も申し上げましたとおり、村の掟はどうすることもできません。死人が出た家では、遺体を残して、家から出ることが固く決められております。これまでに、この掟を破った場合、必ず大きな不幸が起きております。掟に従い、家を明け、もどってみると、必ず遺体と供え物が消えております。

昨晩、お坊さまは、何かごらんになりましたでしょうか」

国師さまは、何とも名状《めいじょう》しがたい、不気味なものが、遺体を安置してある部屋に入ってきて、遺体も供え物も食べてしまったことをお話しになりました。ところが、だれもこの話に驚いた様子を見せないのです。家の若主人が、言いました。

「お坊さまのお話は、私どもが昔から聞かされておりましたとおりでございます」

「丘の上に住む僧が、村人のために葬式を執り行ったことはないのかのう」と、国師さまはお尋ねになりました。

「どちらのお坊さんのことでございますか」

「この村への道を教えてくれた僧じゃ。きのう、向こうの丘の上にある庵室に泊めてもらおうと訪ねたのじゃが、断られてのう。そのかわり、この村を教えてくれたわけだ」

聞いていた村人たちは、みな一様に驚いたようにお互いの顔を見つめ合いました。しばらくの沈黙のあと、長男の若主人が口を開きました。

「あの丘の上には、庵室などございませんし、お坊さんもおりません。もう長い間、このあたりに僧が住んだことはないのです」

国師さまは、このことについてそれ以上何もおっしゃいませんでした。村人たちが、彼が妖怪にでも惑わされているのではないか、といった表情を浮かべていたからです。そこで、村人に別れを告げ、帰りの道筋を聞いて村を出たあと、国師さまは丘のうえの庵の方へ向かわれました。村人たちが妖怪に惑わされていたのかどうか、確かめようと思われたのです。

庵室は難なくみつかりました。今度は、老僧に招き入れられました。国師さまが中にお入りになると、老隠者はうやうやしくお辞儀をし、悲痛な声で言いました。

「恥ずかしいことでございます。面目次第もないことで、心痛み入っております」

国師さまが言われました。

「宿の頼みを断ったぐらいで、何の恥じ入ることがありましょうや。村への道を教えていただいて、その上、村では丁重なもてなしを受けました。わしの方こそ、お礼を申し上げねばなりますまい」

「私は人間に宿を貸すことのできない身なのです。それに、恥じ入っておりますのは、一夜の宿のお断りをしたからではありません。おのれの実の姿をお見せしてしまったのを恥じているのです。

　昨晩、死骸を飲み込み、供え物を食べる姿を、あなたさまに見られてしまいました。上人殿[3]、わたしは人間の肉を喰らう食人鬼《じきにんき》でございます。お慈悲の心をお持ち下さって、かつての悪業が因《もと》でこのような身に堕《お》とされることになった因果《いわれ》を、どうかお聞きくだされ。

　遠い昔のことです。私はこの人里離れた土地の僧をしておりました。そのころ、この一帯にはほかに僧はおらず、山人たちは死人がでると、ここまで運んできました。時には何十里も離れた所から来ることもありました。そこで、葬式を頻繁に行わなければなりませんでした。私は、次第に日常茶飯事の繰り返しごととして、葬儀代をもらうためだけに葬儀を営むようになってしまいました。一僧侶としての尊い勤めを、ただ単に衣食住を得るための方便にしてしまったのです。

　この不遜《ふそん》[4]な我利私欲の行いがもとで、わたしは死後すぐに餓鬼道に落とされ、食人鬼として転生させられてしまいました。それ以来、このあたりで人が死ぬと、その死骸を貪り喰らう定めと成り果ててしまったのです。昨夜、お目にかけてしまったような醜態至極の有り様で、ひとり残らず喰い尽くさなければならなくなったのです。

「上人殿、お願いでござる、私のために施餓鬼《せがき》供養を行っていただけまいか。上人殿の祈《き》禱《とう》で、このわたしめを救ってくだされ。お慈悲でござる、この哀れな境遇から救い出してくだされ！」

こう悲痛な叫びを上げるやいなや、隠者の姿は消えうせていました。そして、国師さまは、ご自分が丈の高い雑草の中に同時に、庵もなくなっていました。そばには、古く苔むした五輪石[5]がありました。消えひざまずいているのに気づきました。そばには、古く苔むした五輪石がありました。消えた隠者の墓にちがいありませんでした。

——Jikininki (*Kwaidan*, 1904)

1　**国師**　朝廷から国家の師表たるべき高僧に贈られた称号。
2　**美濃の国**　現在の岐阜県の南部。
3　**上人**　知徳のすぐれた僧、または、僧侶の敬称。
4　**転生**　生まれかわること。
5　**五輪石**　五輪塔。五段からなる塔で、それぞれ地・水・火・風・空を表す。はじめは供養塔であったが、しだいに墓標として建てられるようになった。

「さあ、女の髪を手でつかみなされ。半分は右手で、のこりは左手で……そう、手綱《たづな》を握るようにするんじゃ。両手で、しっかりと握りしめて。そうじゃ」

「言うことを聞くんですぞ。朝までそのままにしていなされ。夜はさぞ恐ろしいことがあるかもしれんが、でも、なにが起こっても髪の毛をはなしてはなりません。もし放すと、たとえ一瞬でも、おまえさんは八つ裂きにされてしまいますぞ！」

それから、陰陽師はなにか謎めいた言葉を死者の耳元でささやき、またがった男に向かってこう言いました。

「さて、所用があって、わしはおまえさんをここに残して帰らねばならん。……そのままにしているのだぞ……なにはともあれ、髪の毛を放してはなりませぬ」

そう言い終ると、陰陽師は入り口を閉めて出ていってしまいました。

何時間も何時間も、男は恐ろしい暗闇の中で、死体の上にまたがっていました。あたりに夜のしじまが深まると、とうとう男は静寂を破って叫び声をあげてしまいました。とたんに、下敷きになっていた女の死体が飛びはね、男を振りとばそうとしました。すると、死んだ女は大声で叫びました。

「まあ、ほんとに重いことだこと。でも、あいつをここに連れて来なくては」

そう言って、女は起き上がると、入り口まですっ飛んでいきました。そして、戸をばたんと開け、暗闇に飛び出していきました。その間、女は重い男をずっと背中に乗せたままでした。

しかし、男は目を閉じたまま、両手には女の長い髪の毛をしっかりと絡ませていました。男は恐ろしさに声も出せませんでした。女がどのくらい走ったか定かではありません。暗闇の中でなにも見えませんでした。ただ裸足でひた走る女のぺたぺたという足音と、ぜいぜいという荒い息づかいが、聞こえるだけでした。

やっと女は向きを変え、急いで家に引き返すと、最初と全く同じように床に伏せました。男の下敷きになりながら、鶏《にわとり》が鳴き出す頃までぶつぶつとわめいていましたが、そのうち、静かになりました。男は歯をがくがくさせながら女にまたがったままでしたが、日の出とともに陰陽師がやってきました。

「やあ、髪の毛は放さなかったな。それは結構。もう立ち上がってもいいじゃろう」

男の様子を見て、陰陽師は大いに満足しました。再び女の死体の耳元にかがみ込んで何事かをささやくと、男に言いました。

「夜は怖かったろう。これ以外におまえさんの助かる手だてはなかったのじゃ。もう、復讐される心配はないぞ」

＊

この話の顚末《てんまつ》は、道徳的に感心できるものではないようです。死体にまたがった男が正気を無くしたとか、髪の毛が真白になったとかいう話は伝わっていません。「男感涙にむせびつつ、陰陽師をたたえけり」とだけ書かれています。

物語に付記されている注釈も、同様におざなりです。日本人の著者は「死体にのりし男の孫、いまなお存命中にして、かの陰陽師の孫も、いま現に大宿直村《おおとのいむら》なるところに住まへり」と述べています。

この村の名は、現在の日本のどの地名辞典にも載っていません。町村名の多くは、この物語が書かれたあと変わったということです。

――The Corpse-Rider（*Shadowings*, 1900）

1　**辰の刻**　原注に「古い日本の時間の呼称で、午前八時頃から」とある。

2　**陰陽師**　原注には、「Inyoshi、陰陽学の教授または師匠――古い中国の自然哲学で、宇宙に広く存在している男女の原理に基づいている」とあるが、読み方は「おんようじ、おんみょうじ」が普通で、中世には加持祈禱をこととした。

いつもよくあること

時折、私を訪ねて来る禅宗の立派な老僧がおります。彼は生花や伝統的な芸事においても、達者な人でした。この老僧は、因襲じみた信仰には異を唱え、予言や夢などには信を置かず、ひたすら仏の教えのみを信仰するようにと、人々を諭《さと》していました。そんなことにもかかわらず、彼は檀家の人たちからは敬愛されていました。

禅宗の坊さんで、こんなに懐疑的な人物は見当らないでしょう。しかし、私の友人であるこの老僧の疑い深さも、絶対的なものというわけではありませんでした。というのも、先日、私がこの老僧にお会いしたとき、彼の口から死者の話が出たのですが、それは身の毛もよだつ不気味な話でした。

老僧は「わしは、霊魂とか幽霊とかの話などはいつだって信じちゃいないよ」と言っていました。「時折、ある檀家の人が、わしの寺へ、幽霊を見たとか、不思議な夢を見たとか、言いに来た。じゃがな、その人に問い質してみると、その出来事はことの道理からいって自然と説明がつくものなのじゃよ」

「ところがな、わしも生涯でたった一度だけ、説明のつきかねる奇妙な体験をしたことがあるのじゃ。その頃、わしはまだ弱輩の見習僧でな、九州におった。わしはまだ修行の身で、若い見習僧なら誰でもやらなければならぬ托鉢《たくはつ》をして、村じゅうを回っておった」

「ある晩のことじゃった。わしは山間《やまあい》の道を行脚《あんぎゃ》していると、とある小さな村に辿り着いた。その村には、禅宗の寺が一軒あった。わしは、われわれ禅僧のしきたりにならって、一夜の宿を乞うたのだ。ところが、その寺の住職は、二、三里離れた村へ葬式に出かけており、年老いた尼さんが一人、その寺の留守を預っておったのじゃ」

「その尼僧は『ご住職の留守中には、あなた様をお泊めするわけには参りませぬ。ご住職は七日間はお戻りにならないでしょう』と言うのだ。この地方では、檀家に不幸があると、住職はその家へ出かけ、毎日、七日間お経をあげ、仏事を執り行う習わしになっておったのだ」

「そこで、わしは食べ物は何もいらぬ、ただ寝る所さえあればよいのだ、と尼さんに言ってやった。わしはもうくたくたに疲れているので、と言って頼み倒したのじゃ。すると、尼さんの方も気の毒に思ったのだろう、わしのために本堂の須弥壇に近い所に布団を敷いてくれた」

「わしは横になると、すぐ寝入ってしまった。ところが、めっきり冷え込みの厳しい真夜中に、わしの寝ているそばで、木魚《もくぎょ》を叩き、念仏を唱える人の声が聞こえてきたので、目が覚めてしまった。わしは目をきっと見開いてみたけれど、本堂は真暗で何も見えなかった。鼻をつままれても、誰にそうされたのかわからないくらいの暗さだった。だが、こんな暗闇の中に木魚を叩いたり、念仏を唱えたりするのは、いったい誰なのだろう、とわしはいぶかしく思ったのじゃ」

「はじめ木魚の音と読経の声は、身近から聞こえてくるように思われたのだが、どうもはっきりしない。それで、これはひょっとしたらわしの思い違いではなかろうかと思いなおした。この寺の住職が帰ってきて、寺のどこかでお勤めを果しているのではなかろうか、と思ったわけだ。それで、木魚の音も、念仏の声も聞こえてはいたが、わしはそのまま寝込んでしまい、朝まで目が覚めなかったのじゃ」

「それから、朝になったので、顔を洗い、身づくろいを整えると、すぐにあの年寄りの尼さんの所へ飛んで行った。わしは一夜の宿の礼を述べてから、思い切って尼さんに尋ねてみた。ご住職は夕べお戻りになられたようですな、と。すると、この年老いた尼さんは、不機嫌そうに『いえ、ご住職は、お帰りになっておりません。昨日、申し上げたとおり、七日間はお戻りにはなりません』と言うではないか。これは、失礼いたしました。昨夜、どなたかがお念仏を唱え、木魚を叩いておられたので、てっきりご住職がお帰りになられたのだ、と思ったのだ、とわしは答えた」

「すると尼さんは、『ああ、あれは、ご住職ではありません。檀家の方ですよ』と声を張り上げて言うのだ。わしには尼さんの言っていることが理解しかねたので、それは、いったい誰のことかね、と尋ねてみた。すると、尼さんは『そりゃ、もちろん亡くなった方ですよ』と答えたんじゃ。尼さんは『檀家の人が亡くなると、いつもそうしたことが起るんです。亡くなった方が、木魚を叩き、念仏を唱えにやって来るのです』と言うのじゃよ」

「この年老いた尼さんにとっては、こんなことには慣れっこになっているらしく、わざわざ口に出して言うほどのことではない、『いつもよくあること』といった口ぶりじゃったよ」

——A Matter of Custom（*Kottō*, 1902）

閻魔大王の法廷にて

親鸞《しんらん》上人は浄土真宗の開祖であったが、彼の著作『教行信証《きょうぎょうしんしょう》』で次のように述べています。

　人々が崇拝している神々の多くは、邪神である。それゆえ、三宝（仏・法・僧）に帰依する者は、これらの邪神に仕えはしない。かかる邪神に仕えて利益《りやく》を得た者も、後日、そのような利益は必ずや災いをもたらすものである、と悟るのである。

この真理は、「日本霊異記《にほんりょういき》」[1]の中に書きとめられたひとつの物語によって、見事に立証されています。

聖武天皇[2]の御代《みよ》に、讃岐《さぬき》の国[3]山田郡《ごおり》に、布敷臣《ふしきのおみ》という男が住んでいました。この男には、衣女《きぬじょ》という一人娘がいました。衣女は器量良しで、健康にも恵まれていました。

ところが、衣女が十八歳になったばかりの頃、その地方に疫病が流行し、彼女もその疫病に罹《かか》ってしまいました。両親や知人たちは、衣女の命を救ってもらいたい一心で、疫病神にさまざまな供えものを捧げ、うやうやしくお祈りをあげました。

衣女は数日間は、昏睡状態のままでした。ところが、ある晩のこと、衣女は意識を取り戻し、自分の見た夢を両親に語り始めました。夢に現われた疫病神は、衣女に次のように告げたと言います。

「お前の家の者たちは、お前のことを思い、熱心にわしのために祈り続けてくれた。それゆえ、わしはお前の命を救ってやりたいと思う。しかし、そうするためには、誰かほかの人の命を取ってきて、お前にその命を授けるしかないのだ。この国に、お前と同じ名前の娘はおらぬか？」

衣女は夢の中で答えました。「私と同じ名前の娘が、鵜足郡《うたりごおり》にいるのを知っています」。すると疫病神は「その娘をわしに指し示すがよい」と言うと、眠っている衣女の肩に手を触れました。

衣女は肩に触れられたとたん、起き上り、疫病神と共に空中に舞い上がりました。それから、あっという間に、二人は鵜足郡のもう一人の衣女の家の前に立っていました。時刻は夜半でしたが、家の者たちはまだ起きていました。もう一人の衣女は、台所で洗いものをしていました。

「あの娘です」と、山田郡の衣女が言いました。すると、疫病神は腰帯に付けていた緋《ひ》色の袋から、のみのような長く鋭利な道具を取り出したかと思うと、家の中につかつかと入って行きました。そして、その鋭いのみのようなものを、鵜足郡の衣女の額に突き刺しました。

すると、鵜足郡の衣女は、もだえ苦しみながら床に倒れ込むと、ぐったりとしてしまいました。そのとき、山田郡の衣女の方は目を覚まし、夢に見たことをすべて、両親に語ってきかせはじめました。

ところが、山田郡の衣女は、夢を語り終えると、ふたたび昏睡状態に陥ってしまいました。それから三日間というもの、彼女は意識が戻らずにいたので、両親はもう娘は生きかえることはない、とあきらめかけていました。ところが、娘はもう一度目を見開くと、口をきいたのです。しかも、寝床から起き上るや否や、家じゅうを気でも違ったかのように見回しました。そして「ここは、私の家じゃない。お前たちは、私の親ではない」と叫び、衣女は家から飛び出していきました。

何とも、奇妙な出来事が起ってしまったようです。鵜足郡の衣女は疫病神にのみのようなもので刺されて、死んでしまったのです。彼女の両親はたいそう嘆き悲しみました。檀那寺の和尚が葬儀を執り行いましたが、遺体は野辺送りとなり、火葬に付されました。

すると、鵜足郡の衣女の霊魂は、亡者の国である冥土《めいど》へと下って行き、閻魔大王の法廷に呼び出されました。ところが、閻魔大王はこの娘を見るや否や、こう大声で叫びました。「この娘は鵜足郡の衣女だ。ここへ連れてくるはずの衣女ではないぞ。すぐにこの娘を娑《しゃ》婆《ば》へ送り返すのじゃ。もう一人の衣女を連れて参れ！」

するると、鵜足郡の衣女の霊魂は、閻魔大王の前で泣きながら訴えました。大王様、私が死にましてから三日以上も経っております。私の亡骸《なきがら》はすでにもう荼毘《だび》に付されているにちがいありません。今、もし娑婆に送り返していただいても、私の死骸はもう灰と煙になって消えております。それで、私の戻るべき体はございません」

すると、恐ろしげな形相《ぎょうそう》の閻魔大王は、「心配には及ばぬ」と答えました。「山田郡の衣女の体を、お前にくれてやろう。あの女の霊魂は、すぐさまここに呼び出すことになっておる。それで、お前の体が焼かれてしまったからといって、心配は無用じゃ。もう一人の衣女の体の方が、ずっとましなはず」

閻魔大王がこう言い終るかおわらぬかのうちに、鵜足郡の衣女の霊魂は、山田郡の衣女の体の中に甦りました。

ところで、山田郡の衣女の両親は、病気の娘が突如床から起き上り、「ここは私の家ではない」と叫びながら駈け出して行くのを見たとき、娘は気が違ったのではないかと思いました。

両親は娘の後を追い駈けながら、「娘よ、いったいどこへ行こうというのだ。ちょっとお待ち。病後なのだから、そんなに走ると体にさわるよ」と大声で言いました。

しかし、娘は追い駈けてくる者たちを振り払うと、ついに鵜足郡の亡くなった衣女の家に辿り着きました。娘が家の中に入ると、老人たちがいました。衣女はお辞儀すると、大声で言いました。

「ああ、また家に帰ることが出来て、嬉しいわ。お父さん、お母さん、お変りございませんでしたか？」

ところが、両親はその娘が誰だか分らなかったので、けげんな顔をしました。それでも、母親の方は、娘にやさしく尋ねました。

「どこからおいでになられたのか」

「冥土から戻って参りました。私は娘の衣女です。死者たちの所から、体を入れ替えられて戻ってきたのです、お母さん」

そう言い終えると、衣女は一部始終を両親に語って聞かせました。老夫婦はたいそう驚いてしまいましたが、信じてよいものかどうか分りませんでした。

しばらくすると、山田郡の両親も娘を探して、この家にやって来ました。そこで、二組の父親と母親は、たがいに相談し合いました。そして、娘にもう一度事の成り行きを話してもらうことにしました。双方の両親が、娘に幾度も質問を繰り返しました。娘はどんな質問にもきちんと答えられたので、彼女が語っていることは、すべて真実であることが判明しました。

ついに山田郡の衣女の母が、病気になったときに娘が見た不思議な夢の話を打ち明けました。

「私どもの娘の霊魂は、あなた方の娘さんの霊魂であることが分りました。しかし、ご承知のとおり、体は私どもの娘のものです。それで、この娘は両家の娘とするのが、道理に適っていると思います。これからは、両家の娘ということにしてはいかがでしょうか」

この山田郡の両親の申し出に、鵜足郡の両親も喜んで同意しました。のちになってから、衣女は両家の財産を相続した、という記録が残されています。

――Before the Supreme Court (*A Japanese Miscellany*, 1901)

1　**日本霊異記**　日本最古の仏教説話集。
2　**聖武天皇**　第四十五代天皇。在位七二四年〜七四九年。
3　**讃岐の国**　今の香川県。

第二章　蓬萊幻想

蓬　萊

深い青色が、幻のように高みに消えてゆく。煌《きら》めく霞《かすみ》を通して、混ざり合う海と空。日は春。刻《とき》は朝明け。

空と海、渺茫《びょうぼう》とした青の広がり……。

手前では、さざ波が銀色の光をとらえ、渦を巻きながら泡が紡《つむ》がれている。しかし、その少し奥には、動くものは何もなく、あるのはただ色彩ばかり。水の青が微《かす》かに温《ぬく》みをおびて広がり、空の青に溶けこんでいる。空と海との境はなく、ただ虚空が高く立ちのぼっている。

果てのない洞《ほら》が、目の前にぽっかりと窪《くぼ》み、頭上で大きな弧を描いて、青は高くなるほど、色濃くなってゆく。けれども、青色の中ほどには、遥か遠く、宮殿の影が朧《おぼろ》に浮かんでいる。弓月《ゆみづき》のように反《そ》りをうった高い屋根。その壮麗な影は妙に古めかしく、懐かしい思い出のように、柔らかな陽の光に照らし出されている。

……今、わたしがこうして描こうとしているのは、一幅の掛け軸についてです。それは絹に描かれた日本画で、わたしの家の床の間に掛けられています。この掛け軸には「蜃気《しんき》楼《ろう》」と名称がつけられています。

「蜃気楼」とは幻のことですが、しかしここに浮かび上がっているのは、紛れもなく、神《しん》山蓬莱《ざんほうらい》の輝く正門であり、三日月のように反りかえっている龍宮城の屋根なのです。これは、現代の日本画家によって描かれた掛け軸ですが、門や屋根の様式は、二千百年以上も昔の中国のものです。

当時の中国の書物には、「蓬莱」について多くのことが書かれています。——

蓬莱には、死も苦しみもなく、厳しい冬もない。蓬莱に咲く花は決して枯れず、果実は朽ちて落ちることはない。蓬莱に実る果実を一度でも味わえば、もう二度と飢えることも、渇《かわ》くこともない。蓬莱には不思議な植物が茂り、「相鄰子《そうりんし》」や「六合葵《りくごうあおい》」「万根湯《ばんこんとう》」は、どんな病気も癒《いや》してしまい、「養神子《ようしんし》」は死者をも蘇らせる。

このような魔法の草々を育てるのは、霊水であり、その水を一口飲めば、永遠の若さを授かるという。蓬莱の住人は、とてもちいさな椀《わん》で飯《めし》を食べる。もう十二分というほど食べても、椀の飯は尽きることはない。蓬莱の住人は小さな小さな盃《さかずき》から酒を飲む。どんなに酒に強い者が、どんなに飲もうとも、盃が空《から》になることはなく、飲む者は心地よい陶酔のうちにまどろむ。

秦《しん》朝の伝説には、このほかにも多くのことが語られています。しかし、その伝説を書き残した者が、たとえ蜃気楼であろうとも、その目で蓬莱を見たとは、とうてい信じられません。なぜなら、それを口にした者が、永遠に満ち足りるような魔法の果実や、死者を蘇らせる不思議な薬草などあろうはずがないからです。また、霊水が湧きでるという泉も、飯の尽きない椀も、酒を満たし続ける盃も、あろうはずがないからです。

蓬莱には、悲しみも苦しみもないというのは、真実ではありません。冬がないというのも、真実ではないのです。それどころか、蓬莱の冬はそれは厳しく、凍《い》てつく風が骨までしみとおり、龍宮の屋根には夥《おびただ》しい雪が降り積もるのです。

それでも、蓬莱には不思議なことがあります。中でももっとも素晴らしいことを、中国のもの書きは、だれひとりしるしていません。それは蓬莱を包む大気、蓬莱だけが持つ、特別な精気《せいき》のことです。その精気ゆえに、蓬莱の陽光は、どこよりも白く、その乳白色の光は、決して目がくらむほど眩《まぶ》しくはありません。その光は驚くほど澄み切っていながら、とても柔らかな光なのです。

この蓬莱の精気は、わたしたち人間がこの世に現れるよりも、遥か昔のものです。あまり遠い昔のことなので、いつごろのものか考えてみることさえ、空恐ろしいことです。それは、窒素と酸素の混合物などではありません。ただの空気などではなく、精霊でできているのです。何世代にもわたって、何千、何万、何億という魂が、わたしたちとは似つかぬことを考えた人々の魂が、溶け合って、ひとつの大きく透明な気体になったものなのです。

この精気を吸いこめば、たとえどんな人間でも、その精霊のもつ霊気が血の中をめぐり、体内の奥で感覚が変化していきます。すると、時空の観念が変わり、精霊が見たようにものを見、感じたように感じ、考えたように考えられるようになるのです。この変化は、眠りのように柔らかく、人々にそっと訪れてきます。

蓬萊とは、このようにして感じられるものなのです。そして、次のように描くことができるでしょう。——

蓬萊では、悪を知らないため、人々の心は決して老いることはない。そして、心がいつまでも若々しいため、蓬萊の人々は、生まれてから死ぬまで微笑みを絶やすことはない。ただ、神々が悲しみをもたらした時だけ、顔をおおい隠して、悲しみが去るのを待つのである。

蓬萊の人々は、まるでひとつの家族のように睦《むつ》まじく、信じ合って暮している。女たちの話し方はまるで小鳥の囀《さえず》りのようである。なぜなら、心が鳥の魂のように軽やかだから。

野に遊ぶ乙女の袂《たもと》の揺れる様子は、大きく柔らかな翼の羽ばたきのようである。

蓬莱では、悲しみのほかには何ひとつ隠すものはない。なぜなら、恥ずべきものは何もないから。盗人などいようはずがないから、何ものにも錠がかけられることはない。

恐れるものは何もないから、夜でも、昼と変わることなく、どの扉にも閂《かんぬき》が下ろされることはない。

そして、命に限りがあるとはいえ、蓬莱の住人はみな妖精だから、龍宮城を除いたすべてのものが、とても小さく、風変わりで、趣がある。蓬莱の妖精たちは本当に、小さなちいさな椀から飯を食べ、小さなちいさな盃から酒を飲む。……

このように感じられるのは、おそらくはあの蓬莱の精気を吸ったためなのですが、しかし、それればかりではありません。なぜなら、死者によってかけられた呪文は、理想郷への憧れを、古《いにしえ》からの希望を、叶えるための魔力にほかならないのです。

そして、その希望のいくばくかは、多くの人々の心に生きています。我欲を持たぬ美しく素直な心のうちに、そして女性の優しさのうちに、現れているのです。……

西方から、邪悪の風が蓬莱に吹きわたり、あの不思議な精気は、ああ、悲しいことに、風の前にかき消されてゆきます。そして、今や、あの精気は散りぢりになって漂うばかりです。

しかし、その精気は長くたなびく明るい雲のかたまりとなって、日本画家の山水画にその痕跡をとどめているのです。そして、切れぎれになった、妖精のような群雲のもとにだけ、あの蓬萊を視《み》ることができるのでしょう。

しかし、蓬萊はほかのどこにも存在しません。……蓬萊は、蜃気楼とも呼ばれ、手に触れることのできない幻であるということを思い出していただきたい。今や、その幻は消えゆき、絵と詩と夢の中のほかには、二度と姿を現わすことはないのです。

——Hôrai（*Kwaidan*, 1904）

浦島伝説

今から千四百十六年も昔のこと、漁夫の浦島太郎は、舟に乗り、住之江《すみのえ》の岸を後にしました。

今も変わらない夏のある日——鏡のようにきらめく海に、軽やかで真っ白な雲がかかり、何もかもがもの憂く、柔らかな青色に包まれていました。また山並みも同様に——はるか青く穏やかな山際《やまぎわ》が、青い空に溶けこんでおりました。そして、緩《ゆる》やかなそよ風。

やがて浦島太郎も気だるくなり、釣り糸を垂《た》らしながら、小舟を波のまにまに任せていました。それは風変わりな小舟で、彩色も施されていず、舵《かじ》もありません。おそらく、読者の皆さんは、今日、こうした形の小舟を目にしたことはないでしょう。しかし、千四百年後の今でも、日本海沿岸の昔ながらの漁村では、そういう小舟を見かけることがあります。

かなりたったころ、何か手応えがありました。浦島は釣り糸を上げてみましたが、かかっていたのは、一匹の亀でした。ところで、亀は海の龍王様の使いとされ、その寿命は千年とも、万年ともいわれておりました。ですから、亀を殺すのはたいそういけないことなのです。浦島は、丁寧《ていねい》に釣り糸から亀を外してやりました。そして、神に祈りをささげ、亀を海に放してやりました。

しかし、それからというもの、もう何も釣れませんでした。その日はとても暑く、海も空気もすべてが、何ひとつ音もたてず、静まり返っていました。すると、堪《た》え難い眠気が襲ってきて、浦島は漂う小舟の上で眠りこんでしまいました。


そのとき、夢のようにまどろむ海の中から、美しい乙女が浮かび上がってきました。ちょうどチェンバレン教授の『浦島』の挿《さ》し絵に登場するような、深紅と青色の衣を纏《まと》い、長い黒髪を足元まで後ろに垂らした、まさに千四百年前のお姫様のようでした。

乙女は、海の上を風のようにそっと滑るように浦島の所にやって来ました。小舟の中でまどろむ浦島を見下ろすように立ち、そっと揺り起こすと、浦島に語りかけました。

「驚かないでくださいませ。わたくしは、父である海の龍王の命により、あなたの元にまいりました。あなたが優しい心の持ち主でいらっしゃるからでございます。今日も、亀を放ち逃がしてくださいました。これから、ご一緒に父の待つ常夏の島の御殿《ごてん》にまいりましょう。お望みならば、わたくしをあなたの妻にしてくださいませ。そして、末永く幸せに暮らしましょう」

その娘を見れば見るほど、浦島の胸には不思議な思いがつのりました。どんな人間よりも美しく、愛さずにはいられないのでした。それから、乙女が一方の櫂《かい》を、浦島がもう一方の櫂を握り、二人で漕《こ》いで進んで行きました。――黄金色の夕暮れどきともなれば、幾《いく》艘《そう》もの釣り舟が軽やかに行き交《か》う中、はるか西の沖では、一組の夫婦《めおと》が一緒に小舟を漕いでいる光景を、皆さんは今でも見ることができることでしょう。

二人は、静かな青い海原を南へと航海し、静かに軽やかに漕いでいきました。やがて常夏の島にたどり着き、龍宮城へと向かいました。

礼服に身を包んだ風変わりな従者が、二人を出迎えました。この海に棲む者たちは、龍王の花婿に敬礼をしました。こうして、龍王の姫は、浦島の花嫁になりました。それは実に立派な婚礼でした。龍宮城は、喜びに沸《わ》き立ちました。

それからの毎日というもの、今までにない驚きと喜びの連続でした。龍王の家来たちは、深海の珍味のかずかずで、浦島をもてなしてくれました。魅惑に満ちた常夏の島の楽しい日々でした。こうして、三年の月日が流れました。

しかしこうした幸せな明け暮れにもかかわらず、浦島は、寂しく自分を待っている両親のことを思うと、いつも心が沈むのでした。それでついに、浦島太郎は妻に少しの間でよいからと暇《いとま》を願い出ました。たった一言、父と母に声をかけたい、そうすれば直ぐに戻って来ると。この言葉を聞いて、姫は涙をこぼし、長い間、しくしくと泣き続けました。そして、姫は浦島にこう言いました。

「あなたがどうしても行きたいとおっしゃるのなら、行かずにはおられないのでしょう。でもわたくしは、あなたが行ってしまわれるのが、とても心配なのです。二度と会えなくなるかもしれませんからね。でも、この小箱をあなたに預けましょう。わたくしがお話しすることを守ってくだされば、この小箱はお帰りの時の手助けとなりましょう。しかし、どうか、この箱を開けないでくださいませ。何はともあれ、開けてはなりません。どんなことが起ころうとも。もし開けておしまいになれば、あなたはもう戻ってこられなくなります。二度とわたくしに会えなくなるのでございます」

それから、姫は絹の紐《ひも》で縛られた漆《うるし》塗りの玉手箱を浦島に手渡しました（その玉手箱は、神奈川県の海沿いにある寺[1]で、今日も見ることができます。そしてその寺には、浦島太郎が使った釣竿《つりざお》や、龍宮城から持ち帰ったいくつかの珍しい宝石も所蔵されています）。浦島は、妻をなだめて、どんなことがあっても絶対に箱を開けたりはしない、けっして絹の紐を緩《ゆる》めたりもしない、と約束しました。

それから、永遠《とこしえ》に眠っている海に降り注ぐ太陽の陽射しの中を、浦島は帰っていきました。常夏の島の面影は、夢のように浦島の背後でかすんでいきました。そして、浦島の目の前にはふたたび、日本の青い山々が、白熱に輝く北の地平線にはっきりと浮かび上がってきました。

ついに、浦島は故郷《ふるさと》の入江に戻ってきました。ふたたび、故郷の浜辺に立ったのでした。しかし、あたりを見渡した浦島は、どういうわけかひどく戸惑いを覚えました。ここは昔と同じようでもありましたが、でもやはりどこかが違っているのでした。先祖の家はなくなっていました。村はありましたが、家の姿形はまったく見覚えがありませんでした。記憶にあった樹々も、田畑も、そして村人たちの顔さえも見慣れないものばかりでした。村の目印も、ほとんどなくなっており、神社は別の場所に建て直されているようでした。森も近所の坂から姿を消していました。今も変わらず昔のままなのは、村を流れる小川のせせらぎと、山並みだけです。それ以外は、みんな馴染みがなく、目新しいものばかりでした。両親の家を探そうとしましたが、見つかりません。漁師たちは訝《いぶか》しげに浦島を見つめるばかりです。村人のどの顔も、以前会った人かどうか、見覚えがないのです。

ずいぶん年を取った老人が、杖《つえ》をつきながらやってきました。そこで浦島は、自分の家がどこにあるか尋ねてみました。しかし、老人はただ驚いた様子をするばかりです。それで、浦島は何度も同じ質問を繰り返さなければなりませんでした。すると、老人は、大きな声で叫びました。

「浦島太郎だって！　浦島太郎の話を知らないとは、あんたはどこのお方かね。浦島太郎！　いやあ、浦島太郎が海に溺《おぼ》れて、墓碑が建てられてから、もう四百年以上が経つがな。浦島家の墓も、その墓地にある。もう今では、その古い墓地は使われてはいないがね。浦島太郎の家がどこだなんて、なんて馬鹿なことを聞くんだ」

老人は、浦島のおろかな問いを笑い飛ばすと、よろよろと退《た》ち去っていきました。

それでも、浦島は村の墓地に向かいました。もう人がまいることもない古ぼけた墓地です。浦島はそこで自分の墓を見つけました。それから父、母、親戚の墓、そしてかつての知人の墓もたくさん見つけました。どれもとても古く、苔《こけ》むしていて、何という名前が刻まれているのか、読みとるのも容易ではありませんでした。

そのとき、自分は何か不思議な幻影にだまされていたことを知りました。そして、浦島は浜辺へ戻りました。龍宮城のお姫様からの贈り物の玉手箱は、片時も手放さずに持ち歩いておりました。しかし、この夢はなんだったんだろうか。この箱の中には何が入っているのだろうか。もしかしたら、この箱の中に夢を解く鍵が隠されているのではないだろうか。疑いの念が強くなり、無謀にも愛する妻と交わした約束を破り、絹の紐を解《ほど》いてしまいました。玉手箱を開けてしまったのです。

瞬《また》く間に、白く冷たい幻のような煙が、音も立てず箱から立ちのぼりました。そして、夏雲のように沸《わ》き上がったその白い煙は、静かな海の南方に向かって、あっという間に流れていきました。箱の中には、ほかに何も残っていませんでした。

そのとき、浦島は自分が幸せを台なしにしてしまったことに気づきました。もう二度と、愛する龍王の姫の許《もと》に戻ることはできなくなってしまったのです。絶望に打ちひしがれた浦島は、声を張り上げて、嘆き悲しみました。

しかし、それもつかの間の出来事でした。次の瞬間には、浦島の身体は、みるみると変わりはじめました。氷のような冷気が、血管を駆け巡りました。歯は抜け落ち、顔には皺《しわ》が寄り、髪は雪のように真っ白になりました。手足も萎《な》え、力も失せてしまいました。浦島は気を失って砂の上に倒れこみ、四百年の歳月の重みに押しつぶされてしまったのでした。

1　寺　浦島観音堂をもつ慶運寺のことか。横浜市には伝説にまつわる浦島ヶ丘という地名が残る。

——The Dream of a Summer Day より（*Out of the East*, 1895）

倩女の話

衡陽《こうよう》[1]に住む張鑑《ちょうかん》の末娘、倩女《せんじょ》はたいへんな器量良しでした。張鑑には王宙《おうちゅう》という甥《おい》がいましたが、これもなかなかの美少年でした。二人はいつも一緒に遊び、たがいに好意を抱いていました。

あるとき、鑑はこの甥の王宙をつかまえては、おどけて「いつか、おまえにうちの末娘を娶《めあわ》せてやろう」と言いました。二人はこの言葉をいつまでも覚えており、おたがいに許婚《いいなずけ》どうしと思いこむようになりました。

倩女が年ごろになったとき、さる身分の高い男が結婚を申し込んできました。父親の鑑はこの求婚に応じることにしましたが、倩女はこの話を聞いて困り果ててしまいました。宙の方も、たいへん腹を立て、悲しみのあまり家出をし、ほかの町に行こうと決めました。

翌日、宙は旅に出るために舟を用意し、日が暮れると、誰にも別れを告げずに川から漕ぎ出そうと決めました。ところが、真夜中になると「待って、わたしよ！」という叫び声が聞こえました。ふり向くと、一人の娘が岸辺を舟の方に向かって走って来るではありませんか。

それは倩女でした。宙は、うれしさのあまり言葉も出ませんでした。倩女は舟に飛び乗り、恋人どうしは、こうして無事蜀《しょく》[2]の国にたどり着きました。

二人は蜀の国で六年間幸せに暮らし、子どもも二人さずかりました。しかし倩女は、両親のことが忘れられず、しきりに会いたさが募《つの》るばかりでした。

とうとう倩女は、亭主の宙に向かって言いました。

「あのときは、あなたとの約束を破るにしのびず、一緒に逃げ出し、両親を見捨ててしまいました。父母にはたいへん可愛がられ、恩義もありますのに。そろそろお許しをもらいに両親の元へ戻りたいと思うのですが」

「そのことなら心配いらない。二人で会いに行こう」と宙は答えました。舟を手配して、数日後には妻と衡陽《こうよう》に帰り着きました。

そんなときの習わしとして、亭主の宙の方が先に鑑の家に行き、倩女をひとり舟に残したままにしました。鑑は大喜びで甥を迎え入れ、「ほんとに会いたかった。おまえの身の上になにかあったんじゃないかと、いつも心配していたんだ」と言いました。

宙は、かしこまって答えました。

「ご親切なお言葉は身にあまります。お邪魔したのは、お許しを得たかったからです」

しかし鑑は、訳がのみ込めないといった様子で聞き返しました。

「何のことだい？」

「わたしは倩女を連れて逃げたので、お怒りじゃないかと心配していたんです。わたくしが倩女を蜀の国まで連れ去ったのですから」

「どこの倩女だい？」と鑑はきき返しました。

「あなたのお嬢さんの倩女のことですよ」と答えましたが、宙は義父がなにか悪巧みでもしているのではないか、と心配になりました。

「おまえ、何のことを言ってるんだね？　娘の倩女は、ずっと病気で寝たままだよ。おまえが出て行ってしまってから、ずっとそうだよ」

鑑は、びっくりした様子で大声で言いました。

「あなたの娘の倩女は、病気なんかじゃありませんよ。わたしの女房になって六年になり、子どもも二人います。ここに帰ってきたのも、なんとかあなたのお許しをいただくためです。おからかいになっては困ります」と宙は、気色ばんで言い返しました。

しばらく二人は無言で見つめあっていましたが、やおら鑑は立ち上がって、甥を手招きし、病気の娘が寝ている奥の部屋に案内しました。宙が驚いたことには、そこには倩女が伏していたのです。美しいままでしたが、ひどく痩せおとろえており、青白く見えました。

「口は利けないが、聞くことはできるんだよ」と老父は言いました。それから、父は娘に向かって、笑いながら話しかけました。

「宙は、おまえと一緒に駆け落ちして、子どもも二人もうけたと言うんだよ」

病気の娘は宙を見てほほ笑んだだけで、何も言いませんでした。

「では一緒に川岸まで来てください。ここで見たものはたしかなことでしょうが、あなたの娘の倩女は、今も間違いなくわたしの舟のなかにいますよ」と戸惑いながら、宙は義父に言いかえしました。

二人は川に行きましたが、やはりそこには、年若い妻が待っていました。父親を見て、倩女は頭を下げ、許しを乞いました。

父の鑑は娘に向かって、「もしおまえさんが間違いなくわたしの娘なら、ほんとにうれしいよ。たしかに、おまえさんは娘のような気がするが、どうしても腑《ふ》に落ちないことがある。家まで一緒に来ておくれ」

そこで三人は家に向かいました。みんなが家に近づくと、病気のはずの娘が、これまで何年も寝たきりだったはずなのに元気で迎えに出てきておりました。そして、とてもうれしそうににこにこ笑っているではありませんか。

それから、二人の倩女はたがいに近づきました。そのときです。まったく不可解なことに、二人の倩女が突如としてひとつに合わされると、一人の倩女になってしまいました。倩女は前よりさらに美しくなり、もはや病気や悲しみの気配すら見えません。

父親の鑑は宙に言いました。

「おまえが行ってしまってからというもの、娘は口が利けなくなり、まるで夢うつつ同然になってしまったのだ。今やっとわかったが、娘の体から魂が抜けてしまっていたんだね」

倩女も言いました。

「ほんとに、わたしが家にいるなんて知りませんでしたわ。宙が怒って、黙って出ていくのを見て、その晩に夢の中で宙の舟を夢中で追いかけたのです。

……でも今となっては、舟で宙と逃げ出したわたしと、家に残って寝ていたわたしと、どちらが本当のわたしだったのか、分かりませんわ」

――A Question in the Zen-Text より（*Exotics and Restrospectives*, 1898）

1　**衡陽**　今の中国湖南省衡陽県。

2　**蜀の国**　今の中国四川省。

天の川叙情

そのむかし、日本には、風情《ふぜい》のあるお祭りがたくさんありました。中でもいちばん風流なお祭りが、七夕《たなばた》という天《あま》の川の織り姫様のお祭りでした。今では、このお祭りは大都市ではめったに見られず、東京ではほとんど忘れられてしまいました。ところが田舎に行くと、ささやかながらでも、行われているところがたくさんあり、東京近郊の村なども、例外ではありません。

旧暦の七月七日に、昔のしきたりが残る田舎の町や村を訪れると、切ったばかりの竹が屋根に結びつけられたり、軒先に立てられたりしています。その竹には、たくさんの色紙が結びつけられています。よくよく貧しい村では、その紙は白だけだったり、一色だけですが、たいていの場合、五色ないし七色の色紙が使われます。ふつう用いられる色は、青、緑、赤、黄色、それに白です。紙には、七夕様とその夫の彦星を讃える和歌がしるされ、お祭りが終わると、竹は取り外され、色紙を竹につけたまま、近くの川に流されます。

この古いお祭りのもつ風雅《ふうが》な味わいを理解しようと思えば、星の神の伝説について知らなくてはなりません。宮中でさえ、七月七日には、この神様にお供え物をするしきたりになっていたのです。

さて、この伝説はもともとは中国の伝説でしたが、日本に伝えられ、次のようなよく知られたお話に変わりました。

天上の大神様《おおがみ》には、タナバタツメというかわいらしいお姫様がおりました。お姫様は、父である大神のために機《はた》を織って暮らしていました。お姫様は機を織るのがたいそうお好きで、機織りほど楽しいものはないと思っていました。

ところが、ある日のこと、門口《かどぐち》に置かれた機織り機に向かっているとき、若くて顔立ちの美しい農夫が牛を引いて通りかかるのをみて、恋心を抱いてしまいました。大神様は、お姫様が胸に秘めている思いを見抜き、その若者を娘の夫に迎えることにしました。

二人は、夫婦になったものの仲がよすぎたため、大神様へのおつとめを怠るようになりました。機を織る音は聞こえなくなり、牛は飼い主を失って野原をさまようようになりました。怒った大神様は二人の仲を裂き、それ以来、二人は天の川を隔てて、別々に暮らすことになりました。

でも、年に一度、七月の七日の晩だけは、会うことが許されました。その七月七日の晩、空が晴れていると、空の鳥たちがその体と羽を寄せ合って天の川に橋を架けてくれるので、二人はその橋を渡って会うことができました。でも、雨が降っていると、水かさが増して、川幅が広がるので空の鳥たちは橋を架けられません。ですから、七月七日の夜だからといって、二人は毎年会えるとは限りませんでした。お天気が悪いために、三年も四年も会えないということもありました。

それでも、二人の愛はいつもみずみずしく、ひたむきでした。そして、二人は七月七日の晩に会えるのを楽しみにしながら、来る日も来る日も、とどこおりなく、互いのつとめを果していました。

古代中国の人々のイメージでは、「ミルキー・ウェイ」は、光る川、つまり天の川、あるいは銀河のことでした。西洋の文人たちによると、七夕、つまり機織りの姫は、琴座の星の一つで、その最愛の牽牛《けんぎゅう》は、銀河の反対側にある鷲座《わしざ》の星の一つだということになっています。しかし、双方ともいくつかの星が集まったものという見方のほうが、東洋の人々のイメージに近いでしょう。

ある日本の昔の書物には、この点について、はっきりと次のように記されています。

「牽牛は天の川の西側にあり、三つの星が一列に並んで、あたかも男が牛を引いているように見える。織女は天の川の東側にあり、三つの星が、女が機の前に座っているさまを表すように配置されている。男の星は農事にまつわるあらゆる事柄をつかさどり、女の星は女性の仕事にまつわるあらゆる事柄をつかさどっている」

＊

『雑話集』という古い書物には、この二人の神はもともと地上に住んでいたと記されています。その当時、二人は夫婦で、中国で暮らしていたということです。夫は斿子《ゆうし》といい、妻は伯陽《はくよう》といいました。

二人は月をことのほか崇《あが》めており、毎夕、日が沈むと、月の出を待ちわびました。そして月が地平線に沈み始めると、できるだけ長くその姿をまぶたに焼き付けておこうと、近くの丘に登りました。月がついに姿を隠してしまうと、悲嘆に暮れるのでした。

妻の伯陽は九十九歳で亡くなりましたが、その魂はカササギに乗って天に昇り、星になりました。当時百三歳だった夫の斿子は、月を眺めることで、妻に先立たれた悲しみを慰めました。月が昇るのを眺めては喜び、沈んでいく姿を惜しみながら、妻がまだ自分のかたわらに寄り添っているかのように感じていたのです。

ある夏の晩のこと、伯陽がカササギに乗って天を降り、斿子のところを訪れました。妻の伯陽の美しさと若さは、永遠に変わらぬものでした。斿子は妻の来訪をたいそう喜び、それ以来、考えることといったら、星になって天の川を越え、伯陽に会えたらどんなに幸せだろうということばかりでした。そしてついに念願が叶い、夫の斿子もまた、烏《からす》に乗って天に昇り、星の神になりました。

しかし、望み通りすぐに妻の伯陽に会うことはできませんでした。二つの星には、それぞれ定められた場所があり、それを隔てるかのように、天の川が流れていました。そこで天帝が毎日水浴びをするため、二人が天の川を渡ることは許されなかったのです。おまけに、天の川には橋もかかっていませんでした。でも、年に一回、七月七日だけは、会うことが許されました。

天帝は毎年七月七日に善法堂に仏陀の法の説法を聞きに行くことになっていました。天帝が出かけてしまうと、カササギとカラスが空を舞いながら、その体と広げた羽で天の川の流れに橋を架けることができました。すると、伯陽はその橋を渡り、夫と会えるのです。

*

日本の七夕祭りが、中国の機織りの女神織女《ちにゅう》の祭りと本来同じものであることは、間違いありません。日本の七夕祭りは、かなり昔から、女性のための祭日であったようです。七夕という文字も、織女を意味しています。

しかし、この二人の星の神、旃子と伯陽がともに七月七日に祭られているところから、日本の学者の間には、この通説に満足せず、七夕とは本来、タネ（種とか穀物の意味）という言葉と、ハタ（織機）という二つの言葉から成り立ったものだ、と考える人もいます。この説の方を支持する人々は、七夕様という名称を単数から複数に変え、「種と機の神々」、つまり農事と機織りをつかさどる神々だとしたのです。

古代の日本の絵画には、この二つの星の神々のもつ特質は、次のように表現されています。彦星は、水を飲ませようと天の川へ牛を引いていく若い農夫の姿に描かれ、そのはるかかなたに、織り姫（七夕）が機を織っている姿に描かれているのです。身なりは二人とも中国風なので、日本で最初に二人の神を描いたこの絵は、おそらく中国の絵を模写したものだったようです。

現存する日本最古の歌集である万葉集では、男の神の方は彦星、女の神は太奈八太豆女《たなばたつめ》と呼ばれていますが、時代が降《くだ》るにつれ、双方とも七夕と呼ばれるようになりました。出雲《いずも》では、男の神の方は雄《お》七夕、女の神様は雌《め》七夕と、親しみを込めて呼ばれました。この二人には、今日でもいろいろな呼び名があります。男の神の方は、彦星や牽牛のほかカイボシとも呼ばれ、女の神の方は、朝顔姫《あさがおひめ》、糸織姫《いとおりひめ》、桃子姫《ももこひめ》、薫物姫《たきものひめ》、蜘蛛姫《ささがにひめ》などとも呼ばれています。

これらの名前のうちにはどう解釈したらいいのか、わからないものもあります。とくに最後のササガニヒメなどは、ギリシャ神話の女神アラクネの伝説を連想させます。ギリシャ神話と中国の伝説の間には、本来共通点などないはずですが、古代中国の書物の中に、その関連をうかがわせる一つの面白い事実があります。

中国の皇帝ミン・ハン（日本では玄宗と呼ばれる）の時代、宮廷の女官《じょかん》たちの間に、七月七日にクモを捕まえ、お香の箱に入れて占うという習わしがありました。翌日の朝、その箱が開かれ、もしもそのクモが夜の間に厚い網を張っていたら、「吉」を表し、何も張っていなかったなら、「凶」を表したというのです。

次のような話もあります。そのむかし、若くて美しい女が、出雲の山奥の農家を訪れ、そこの一人娘に、それまで誰も知らなかった機織りの技を教えました。ところがある晩、その美しい女が姿を消してしまったので、家の人々には、それが天の織り姫だったことがわかりました。農家の娘は、機織りの腕で知られるようになりました。でも決して結婚はしませんでした。七夕様のお相手をしたから、というのです。

＊

次は中国のお話です。思いがけなくも、天上にたどりついてしまった、愉快なうっかり者のお話です。毎年八月になると、りっぱな木で組まれた筏《いかだ》が男の暮らす海辺へとただよって来るのを見て、この男は、その木がどこに生えているのか知りたくなりました。

そこで、男は二年分の食料を小舟に積み込み、筏が来た方向に向けて船出しました。幾月も、おだやかな海を航海して行くうち、とうとう美しい浜辺にたどり着きました。そこには珍しい木々が生い茂っていました。船をつなぎ、その見知らぬ土地に足を踏み入れると、やがて銀色の水が輝いている川の堤にたどり着きました。反対側の岸には、あずまやがあり、そのあずまやでは、一人の美しい女が機を織っていました。女の顔は月の光のように白く、その容姿全体がきらめいていました。

やがて、若くて美しい顔立ちをした農夫が、牛に水をやろうと、近づいてきました。そこで男は、農夫にここは何という国で、何という所なのか、尋ねました。しかし、若い農夫には、その質問が気に入らなかったようで、厳しい口調で次のように答えました。

「ここの国の名が知りたければ、自分の国に帰り、厳君平《げんくんぺい》に尋ねるがいい」

男はこわくなり、小舟をつないである場所へと逃げ帰り、自国へと引き返しました。それから厳君平という学者を探しあてると、自分が経験した冒険のあらましを話しました。厳君平ははたと手をたたいて、叫びました。

「あれは、そなたのことであったか。七月七日に、天を見つめていると、牽牛と織女がまさに、これから会わんとするところであった。ところが、二人の間には新しい星がおったのだ。わしはそれを客星だと思った。幸せなお方よのう。そなたは天の川へ行き、織り姫様の顔を拝んでこられたのだから」

牽牛と織女の逢いびきは、目のいい人なら誰でも見ることができるといわれています。逢いびきの時はいつも、その二つの星が五色の光を放つからです。五色のお供え物が七夕の神に捧げられたり、五色の紙に二つの星を讃える歌を書いたりするのも、そのことに由来しています。

しかし、前にも述べたように、二人が会えるのは天気のよい時だけなのです。もしも七月七日の晩、少しでも雨が降ろうものなら、天の川の水かさは増し、愛し合う二人はまる一年もの間、待たねばならないのです。たまたま七夕の晩に降る雨のことを涙の雨と呼ぶのは、そのためです。

七月七日の晩が晴れていれば、二人のめぐりあわせがいいということになります。二つの星が喜びで瞬くのが見えるに違いありません。もしも、その時、牽牛星の方が明るく輝いていたら、秋にはお米がたくさんとれることでしょう。また、もしも、織女星がいつになく輝いて見えたら、織女たちをはじめ、女性がたずさわるあらゆる仕事が、繁盛することになるのです。

＊

そのむかし、日本では、二人の逢いびきは、人々に幸運をもたらすものと思われていました。今でもこの国のいろいろな場所で、七夕祭りの晩には、子どもたちが「天気になあれ」という歌を口ずさみます。伊賀地方では、恋人たちが出会うとされる時刻に、若者たちが、次のようなひやかしの歌を歌います。

七夕や
あまり急がば
転ぶべし

ところが出雲地方は、たいへん雨の多い地域なので、これとは逆の言い伝えが広まっています。もしも七月七日に空が晴れていると、不幸を招くと伝えられているのです。この言い伝えについて、地元の人々の解釈では、もしも二つの星が相まみえると、その契りによって邪《よこしま》な神々が生まれ、出雲の国に日照りなどの災いをもたらすというのです。

日本で最初に七夕祭りが行われたのは、天平勝宝《てんぴょうしょうほう》七年（西暦七五五年）七月七日のことです。日本中のどこの神社にも祭られなかったのは、おそらく七夕神が中国起源であったからでしょう。

私はたった一つ、七夕神社という社《やしろ》の記録を見つけました。この神社は尾張地方の星合《ほしあい》村《むら》というところにあり、七夕森《たなばたもり》という小さな森に囲まれているということです。

しかし、天平勝宝年間以前にも、織女の伝説は日本ではよく知られていたようです。養老七年（西暦七二三年）の七月七日の晩に、歌人の山上憶良《やまのうえのおくら》が次のような歌を詠んでいるからです。

天の川　相向《あいむ》き立ちて　我《あ》が恋し　君来ますなり　紐《ひも》解き設《ま》けな[2]

七夕祭りは、今から一一五〇年前に、中国の例にならって行われるようになりましたが、最初は宮中だけのお祭りだったようです。やがて、国中のいたるところで、貴族や武将たちが、宮中のお祭りを真似るようになりました。この習わしは「星祭り」と親しみを込めて呼ばれ、次第に民間の人々の間にも広がっていき、七月七日はとうとう全国的な祭日となったのです。しかしこのお祭りの祝い方は、時代によって、また地方によって、まちまちでした。

中でも宮中の儀式はたいへん趣向を凝らしたもので、その詳細は『公事根源《くじこんげん》』という書物に図解入りで示されています。七月七日の晩、宮中の清涼殿《せいりようでん》の東側にござが敷かれ、その上に、星神へのお供え物を載せた四つの台が置かれます。宮中の慣例であるお供えのほかに、御神酒《おみき》、お香《こう》、花をいけた朱塗りの花立て、琴と笛、五つの穴に五色の糸を通した針が供えられます。台の脇には、お供え物を照らすための、黒い漆塗りの燭台が置かれます。庭に、水を張った桶を置くのは、七夕星の光を水面に映すためです。宮中の官女たちは、水に映る星明かりをたよりに、針に糸を通しました。みごと通せた女性は、それから一年の間、幸運に恵まれるという言い伝えがありました。
七夕の日、宮中の公家《くげ》は、帝《みかど》に何がしかの献物《けんもつ》をすることになっていました。どんな品物をどのように献上するかは、法令によって定められておりました。その法令に沿って、薄絹を被り、式服を身にまとった位の高い女官《じょかん》が、お盆に載せた献物を宮中に運びました。宮中へと進む女官の頭上に、お供の者が大きな赤い傘を差しかけます。お盆の上には、短《たん》冊《ざく》が七枚、葛《くず》の葉七枚、硯《すずり》七面、素麺《そうめん》七本、筆十四管、それから前の晩に集めておいた、露を含んだ芋《いも》の葉が一束載っています。

　儀式は宮中の庭で、寅《とら》の刻[3]に始まります。星神を讃える歌をしたためる墨をする前に、硯をていねいに洗います。それから、洗った硯はそれぞれ、葛の葉の上に置きます。硯の上には、露を載せた芋の葉の束が置かれ、このしずくを水代わりにして、墨をすりました。これらの儀式はみな、玄宗皇帝の時代に中国の宮廷で行われていたものを、そっくりまねたもののようです。

*

　七夕祭りが文字通り、全国的なお祭りになったのは、徳川時代になってからのことでした。切り落としたばかりの竹に、色とりどりの短冊をつけてお祝いするという習わしは、文政（一八一八〜三〇年）の時代になって始まったものです。それ以前、短冊はたいへん高価な紙だったので、昔の貴族の儀式は凝っていたばかりではなく、たいそうお金のかかるものでした。ところが、徳川時代になると、どんな色の紙でも安く作られるようになったため、それほど費用がかからなくなり、貧しい人々でも七夕祭りを楽しむことができるようになったのです。

このお祭りの風習は地方によってさまざまです。出雲の国では、武士から一般の人々にいたるまで、あらゆる身分の人々がほとんど同じやり方で七夕祭りを祝いましたが、その風習はずいぶんと興味をそそるものでした。その一端を紹介しただけでも、封建時代の楽しげな生活のありさまがうかがえます。

七月七日の寅の刻になると、家中の者が起き出してきて、硯や筆を洗います。それから、庭で芋の葉の上の露が集められます。この露は「天の川のしずく」と呼ばれていました。この露を使って墨をすり、その墨で短冊に歌をしたため、庭先の竹に付けるのです。七夕祭りのころになると、友達同士で新しい硯を贈るのが習わしでした。もし家に新しい硯があれば、それを使って墨をすることになっていました。

次に家族全員が、それぞれ短冊に歌を書きます。大人たちは、それぞれおもいおもいに星神を讃える歌を詠み、子どもたちはお習字をするか、思いついた歌を短冊に書きました。筆を扱えないような小さな子どもは、両親や兄や姉たちに手を添えてもらって、「あまのがわ」とか「たなばた」とか「かささぎのはし」など、七夕にちなんだ言葉を短冊に書きつけました。

庭には切り落したばかりの竹が二本、枝や葉をつけたまま立てられました。二本の竹はそれぞれ、男竹《おだけ》、女竹《めだけ》と呼ばれました。竹と竹の間隔は、二メートルほど離され、その間に一本の紐がわたされ、五色の切り紙と、五色の房飾りが吊り下げられます。切り紙は着物を形どっていました。竹の葉や枝には、家族全員が書いた短冊が結びつけられました。そして二本の竹のあいだか、そのすぐ前に置いた台の上に、織り姫と彦星へのお供え物を入れた器が置かれました。お供え物は、果物や素麵《そうめん》、お酒、それに胡瓜《きゅうり》や西瓜《すいか》などでした。

七夕にちなんだ出雲の国の風習の中で、いちばん風変わりなものが、「ねむながし」と呼ばれる儀式です。夜が明ける前、若者たちは、「ねむ」の木の葉と豆の葉をいっしょに束ねたものを携えて、川へ向かいます。川に着くと、流れにその束を投じ、次のような歌を口ずさみます。

ねむはながれよ
まめのははとまれ

この歌は、ふたとおりに解釈できます。「ねむ」と言う言葉は、「ねむり木」あるいは「ねむの木」という意味のほかに、「眠る」という意味にもとれます。また、「まめ」という言葉は、「豆」という意味と同時に、「まめに働く」という言葉が示すように「強さ」「活力」「健康」などの意味もあります。いずれにしろ、この儀式の持つ意味は象徴的なものであり、この歌の隠された意味は、次のようなものでした。

　　眠気よ、流れ去れ
　　元気な葉は、とどまれ

歌を口ずさんだ後、若者たちはいっせいに川に飛び込み、水を浴びたり、泳いだりしました。来年にむかって、怠け心を洗い流し、元気いっぱい努力していこうとする証《あかし》なのです。

七夕祭りが絵巻物のような壮観を見せたのは、おそらく江戸ではないかと思います。七夕祭りが行われる七月六日と七日の二日間、江戸中がさながら広大な竹林のようでした。短冊のついた青竹が、家々の屋根にずらりと立てられたのです。竹は何百台もの祭礼用の荷車に積まれ、百姓たちも当時は、竹でひとかせぎできました。江戸の七夕祭りのもう一つの見ものは、短冊のついた竹を江戸中へと運び込まれました。持った子供たちが町中を練り歩くことでした。竹には、七夕の星の名前を漢字で書いた赤い飾り板も、結びつけられていました。

徳川時代の七夕祭りは、身分のいかんをとわず、国中の若い男女が楽しみにしていたお祭りでした。お祭りは、夜明け前の提灯《ちょうちん》の飾りつけに始まり、翌日の晩まで続くのです。この日ばかりは、子どもたちもよそ行きに着がえ、友だちや近所の家に招かれたものでした。

七月は七夕月《たなばたづき》と呼ばれていました。別名文月《ふみづき》とも呼ばれたのは、七月の間じゅう、各地で、天上の恋人たちを讃える歌が詠まれたからです。

1　**星合村**　原注に「現在では、このような名前の村は、どの地名辞典にも見あたらない」とある。

2　**天の川**　原注によると「この詩の意味は次のようなものである。『天の川の堤で私がひたすら待ちこがれていたその夫が、今やってくる。紐をほどくのは、もうまもなくだ』。古代の日本の文芸作品には、恋人たちが、別れ際に、互いの下着の紐を結んで、次の逢瀬《おうせ》までその結び目を解かないという約束を交わした、という記述が見られる」とある。

3　**寅の刻**　現在の時間では午前四時のこと。

――The Romance of the Milky Wayより（*The Romance of the Milky Way and Other Studies and Stories*, 1905）

伊藤則資の話

六百年ほど昔のこと、山城《やましろ》の国[1]の宇治《うじ》に、平家の血筋を引く伊藤帯刀則資《いとうたてわきのりすけ》という名の若侍が住んでいました。伊藤は温和な性格で、学問に秀で、かつ武芸も達者な美男子でした。けれども家が貧しく、身分の高い武家にこれといった後ろ盾もありませんでしたので、将来の出世は望むべくもありませんでした。そこで、伊藤はもっぱら文芸の研究に熱中し（これを話してくれた日本人が言うには）「風月を友にして」、とても心穏やかな生活を送っていました。

ある秋の夕暮れ、伊藤が琴弾山《ことびきやま》という小高い山のあたりを一人で歩いていると、同じ道を行く一人の少女に追いつきました。少女は、立派な身なりをしており、年の頃は十一か十二くらいに見えました。伊藤は、少女に会釈をして声をかけました。

「もし、もうすぐ日が暮れようというのに、こんな寂しいところで、もしや道に迷ったのではござらぬか」

少女は、明るくほほえんで伊藤を見上げ、つつましやかに答えました。

「いいえ、わたくしは、この近くでお勤めしております宮仕えの者でございます。ついそこまで帰るところです」

宮仕えという言葉から、伊藤はこの少女がかなり身分の高いお方に仕えていると思い、驚きを隠せませんでした。この近くに高貴なお方が住んでおられるなどとは、聞いたこともなかったからです。けれども、伊藤はただ、こう言い添えました。

「それがし、宇治の拙宅に戻るところだが、ここはとても寂しいところゆえ、途中までお送りいたそう」

少女は、その申し出に嬉しそうにして、しとやかに則資にお礼を言いました。こうして、二人は、おしゃべりをしながら歩いて行きました。少女は、彼にいろいろなことを話しました。お天気のこと、花や蝶や鳥のこと、一度宇治へ行った時のこと、それから自分の生まれた都の名所のことなど。

伊藤が、少女の生き生きとした話しぶりに耳をかたむけていると、とても心地よく時が過ぎていきました。ほどなく二人は、道の曲がり角に来ました。それから若い木々がこんもりと生い茂って暗い木陰をつくっている、小さな村落に入って行きました。

＊

「ここで話を中断してお話ししておかなければなりません。日本の田舎は、実際に行ってみなければ想像できないでしょうが、どんなにか明るく暑い昼間でも、薄暗い木立に囲まれた村があります。東京の周辺にも、そういった村はたくさんあります。少し離れた所からだと、村には一軒の家も見あたりません。緑の木々が生い茂っているほかは、何も見えないのです。

木立の多くは杉や竹の若木で、村を嵐から守ったり、さまざまな用途の木材も供給しています。木々は、びっしりとすきまがないほど生い繁っているので、幹の間を人がとても通り抜けられないほどです。しかも、木々は船の帆柱のようにまっすぐ立っており、絡み合った枝葉は、屋根のようになって陽を遮《さえぎ》っているのです。林のやや開けたところには、藁《わら》ぶきの田舎家が建っています。

村の家々の周りには、屋根の倍ほどある高さの木々が囲んでおり、それがちょうど垣根のようなはたらきをしています。それらの木々の下では、昼間でも常に薄ぼんやりとした明るさしか感じられません。とりわけ朝晩は、家の中は半ば暗くなってしまいます。

そのような村を初めて訪れた時は、漠とした不安感に襲われます。その不安な感覚は、不思議な、透明な暗さから来るのではなく、実は、その静けさのためなのです。村落には、五十から百軒の家屋があるだけなのですが、だれの姿も見えませんし、何の音も聞こえません。耳に入るのは、姿の見えない鳥たちのさえずりや、鶏が時を告げる声や、蟬の鳴き声ぐらいです。けれども、蟬でさえも、ここの林があまりにも暗いので、かすかに鳴くだけで、太陽を求めて村のはずれの木々の方へ飛んで行ってしまいます。

言い忘れるところでしたが、時々遠くから、機《はた》を織る杼《ひ》の音が、ちゃかとん、ちゃかとん、と聞こえてくることがあります。しかし、このように聞き慣れた音も、緑の、深い静寂の中では、妖精のしわざのような気がしてきます。村がこのように静まりかえっているのは、村人たちが家に居ないからなのです。大人たちはみな、体の弱った年寄りを残して、近隣の田畑に働きに出ています。女たちも赤ん坊をおぶって、一緒に出かけました。子どもたちもほとんどが、一キロ半ほどは離れた学校に行ってしまったのです。まことに、このような暗い静けさに満ちた村には、『管子《かんし》[2]』に書かれているような世界が、不思議にいつまでも残っているように思われます。

世に養われし太古の人々は、何物も求めること無く、世界は物に満つ。人々は、何も為すこと無く、万物は天地自然に育てらるる。その静けさは深遠にして、人々はみな心安らかなりき」

＊

……伊藤が村に着いたときは、あたりはもう真っ暗になっていました。日はとっぷりと暮れ、木々の陰には、夕映えの色も残ってはおりません。「さあ、ご親切なお方、わたくしはこの道をまいりますので」と少女は、道からわきにそれる小道を指さしました。伊藤は、「それでは、家までお送りいたそう」と答えると、少女とともにその小道に入って行きました。行く手を見ながら進むというより、ほとんど手探りで進んで行く感じでした。ほどなくして少女は、暗闇にぼんやりと浮かび上がった小さな門の前で止りました。格子の門の向こうには、家の灯《あか》りが見えました。

「ここが、わたくしのお仕えしている方のお屋敷です。こんなに遠くまでお送りいただいたのですから、どうぞお上がりになって、少し休んでいらっしゃいませんか」と、少女が言いました。

伊藤はうなずきました。そのさりげない招待を喜びました。それに、このような人里離れた村に居を定めるような高貴なお方とは、いったいどのような方なのだろうかと、知りたくなりました。身分の高い家柄の人が、時の幕府に不満があるとか、政治的な紛争に巻きこまれたとかの理由で、人目を忍んでこのような辺鄙《へんぴ》な所に暮らしていることがあることを、伊藤もよく耳にしていました。それで、伊藤は、目の前のお屋敷に暮らしているやんごとない方々も、そのような過去を抱えているのではないかと思ったのです。

少女が開けてくれた門を通り抜けると、そこには古風な大きな庭園が広がっていました。山水を模した風景の中に、曲がりくねった小川が流れているのが、ぼんやりと見えてきました。

「しばらくお待ちくださいませ。お越しいただいたことを伝えてまいります」

そう言って、少女は屋敷の中へ小走りに入って行きました。広いお屋敷でしたが、たいそう古めかしい昔の建築様式で造られているように見えました。玄関口は開いていましたが、縁に垂らしてある美しい御簾《みす》で、灯りの点っている室内の様子は、隠されていました。御簾の向こう側では、女たちの影が見え隠れしています。

――すると突然、夜の闇の中に、琴《こと》の音《ね》が流れてきました。それはそれは、柔らかく甘《かん》美《び》な音色でしたので、伊藤は、夢を見ているような気持ちになりました。琴の音色に耳を傾けていると、伊藤はうっとりするような思いに心を奪われてしまいました。――歓びと奇妙な悲しみとが混じり合ったような不思議な気持ちです。いったいどうやって、女性がこのように見事に琴を弾くことができるのだろうか。弾いているのは女性だろうか、いや、自分が聴いているのは、果たしてこの世の音楽なのだろうか……まるで、その音色とともに、何か怪しい力が、伊藤の血液の中に入りこんできたように思われた。

柔らかい楽の音が止みました。と同時に、伊藤は、先ほどの宮仕えの少女がすぐ近くに来ているのに気づきました。「どうぞ、お上がりくださいとのことでございます」と言うと、少女は伊藤を玄関まで案内しました。そこで伊藤が草履《ぞうり》を脱ぐと、その家の侍女頭と思われる年配の婦人が、敷台まで出迎えに来ました。侍女頭は、彼を案内して部屋をいくつも通り過ぎ、一番奥の、灯りのついた大きな部屋へと案内しました。そこで、何度も恭《うやうや》しくあいさつの言葉を述べると、伊藤を上座に座らせました。

伊藤は、その部屋がとても静かで、非常に美しく珍しい装飾に彩られていることに驚きました。やがて、侍女たちが茶菓《さか》を運んできました。見ると、自分の前に整えられた皿や器は、大変珍しい高価な品物であり、そこに施されている模様は、その持ち主が高貴な身分であることを表すものでした。いったいどんな高貴なお方が、このような侘《わ》び住いをあえてされているのだろうか。いったいどんな事情があって、このような侘しい境遇を求めたのであろうか。伊藤はますます不思議に思うのでした。けれども、侍女頭の老女がふいに彼に物を尋ねてきたので、もの思いは途切れてしまいました。

「あなた様は、もしや、宇治の伊藤様ではございませぬか。——伊藤帯刀則資様では」

伊藤は、その通りだとうなずきました。さきほどの宮仕えの少女にも名前を告げてはいなかったので、大変驚きました。

「わたくしのお尋ねを不躾《ぶしつけ》だとお思いにならないでくださりませ」

老女は話し続けました。

「わたくしのような年寄りは、ただの好奇心だけでこのようなことをおうかがいするわけではございませぬ。あなた様がこのお屋敷においでになられたとき、もうすでにお顔を存じ上げているように思いました。それで、ほかのことを申し上げる前に、ただわたくしの疑念をあきらかにしておきたいという思いから、お名前をおうかがいしたのでございます。

実は、大切なお話があるのでございます。あなた様はよくこの村をお通りになりますので、わたくしどもの若い姫君様が、ある朝、そのお姿を目になさいました。その時からというもの、寝てもさめてもあなた様のことばかりを思い詰めておられるのです。思いが募るあまり、ご病気にまでなってしまわれ、わたくしどもも大変心配いたしておりました。

そんなわけで、わたくしはある手立てを講じまして、あなた様のお名前とお住いを探し出したのでございます。ちょうど、お手紙を差し上げようとしているところでございました。そこへ、なんと思いがけないことでございましょう、――あの案内の少女とともに、あなた様の方から、わたくしどもの屋敷にまでおいでくださりましたとは。

お会いできてどんなに嬉しいことか、とても言葉では言い表せませせぬ。嬉しすぎて、まるで夢を見ているようでございます。ここにこうして伊藤様にお会いできましたのも、きっと出雲の縁結びの神様のお導きに違いありませせぬ。幸運の定めが、あなた様をここに導いたのでございましょう。

ですから、さしたるお差し支えがないかぎりは、ぜひ、このご結婚をお断りにならないでくださいませ。姫君様も、さぞお喜びでござりましょう」

しばらく、伊藤はどう答えていいかわかりませんでした。もしこの侍女頭の言っていることが真実であるならば、願ってもない機会が与えられようとしていることになるのです。ひきたててくれる者とてなく、名もなく、富も将来への望みもない、しがない一人の若侍の情愛を、高貴な家の姫君がみずから得たいと願うのであれば、姫君はよほど強い情熱に駆り立てられているのに違いありません。しかしその半面、自分の欲得のために弱い女性を利用するなどと言うのは、男の名誉にも反すること。それに、この話全体が、不安なままでに謎に包まれていたのです。余りにも唐突に出されたこの申し出を、どのように断ったらよいかと思うと、伊藤は少なからず戸惑うのでした。

しばらく無言でいた後、伊藤は答えました。

「差し支えは、これといってありません。私には、妻もいいなずけもおりませんし、女性との関係もまったくございません。ずっと両親とともに住んでおりますが、私の結婚について、両親との間で話し合ったこともとくにありません。ご承知おきいただきたいのですが、私は貧しい侍の身で、身分の高い後ろ盾も持っておりません。ゆえに、機会があって自分の将来に明るい見通しがつくまでは、結婚したいとは思っておりませんでした。お話しくださいましたお申し出につきましては、大変な名誉なことと存じます。けれども、私は、高貴な女性のお目にとまるような者ではありません」

侍女頭はこの言葉に満足した様子で、微笑むと、こう答えました。

「姫君様と実際にお会いになるまでは、何もお決めにならぬ方がよろしいでしょう。お会いになれば、何のためらいもなくなることでしょう。どうぞ、こちらへお越しくださりませ。姫君様にお引き合わせいたしましょう」

老女は、伊藤を別室の大きな応接間に案内しました。そこには、すでに祝宴の用意が出来ていました。伊藤は上座に案内されると、しばらくその部屋に一人残されました。やがて侍女頭が、姫君様を伴って戻ってきました。

その若い乙女を一目見るや、伊藤は、庭で琴の音を聴いたときに感じたと同じような、不思議な身震いするような驚きと歓びの気持ちに、ふたたび襲われました。これほどまでに美しい女《ひと》を、いまだかつて、夢にさえも見たことがありません。乙女の体から光が放たれ、ふんわりとした雲間から洩《も》れ出る月の光のように、まとった衣裳が輝いて見えました。結わずに垂らしたままの流れるような黒髪は、うなだれた柳の枝が春の風に吹かれてさわさわとそよぐように、乙女が身動きするたびに、揺らいでいました。唇は、朝露に濡れた桃の花のようです。伊藤は、その姿にすっかり心を奪われてしまいました。いったい自分は、天《あま》の河原《かわら》の織姫《おりひめ》その人に会っているのではないだろうか、と思いました。

うつむいて何も言わずに頬を赤く染めている、その美しい女《ひと》の方を向いて、侍女頭はにっこりと微笑んで、話しかけました。

「姫君様、ずっとお会いしたいと待ち望んでおられた、そのお方が、まったく思いもかけぬときに、みずからいらしてくださりました。このような幸せは、神々の御心ゆえに、もたらされたものでござりましょう。そう思うだけで、嬉しくて涙が出てまいります」

そう言いながら、老女は声を上げてむせび泣くのでした。それから、袖で涙を拭うと話し続けました。

「さあ、今は、お二人が結婚をお認めにならぬと言うのでもなければ、――そんなことはないと存じますが、――あとは、お互いに言い交わして、固めの盃をいただくだけでございます」

伊藤は、答えようとしても言葉が出てきませんでした。目の前のたとえようもないほど美しい女《ひと》の容姿に、考える力は萎《な》えてしまい、舌も縛《しば》られたままでした。やがて、侍女たちが料理や酒を携えて入ってきました。婚礼のごちそうが二人の前に並べられ、結婚の誓いが交わされました。伊藤は、いまだに夢うつつの心地でした。伊藤は、この出来事にただただ驚き、花嫁の美しさに心を奪われるばかりでした。これまで感じたことのないほどの歓びが、大いなる静寂のように、ひたひたと彼の心に満ち溢れてきました。

けれども、伊藤は次第にいつもの落ち着きを取り戻してくると、ようやく臆せずに話ができるようになりました。酒杯も重ねてゆくうちに、伊藤は控え目ながらも明るい語調で、今まで言い出せなかった疑念や畏《おそ》れについて、思いきって口を開きました。花嫁はその間も、月の光のように静かに、伏し目がちのままでした。伊藤が話しかけるたびに、ただ頬を染め、微笑んだりして答えるだけでした。

伊藤は、老女に話しかけました。

「一人で散策いたしておりました折に、何回もこの村を通りましたが、このような高貴なお方のお屋敷があるとは、まったく存じ上げませんでした。いったいどうして、このような寂しい所をお住いの地にお選びになられたのか、このお屋敷に上がりましてから、ずっと不思議に思っておりました……。

今では、姫君様と私とは、お互いに言い交わし合った仲となりました。それなのに、姫君のご一家のお名前もまだ聞かされていないとは、まことに奇妙なことではございますまいか」

伊藤の言葉を聞くと、老女の優しい顔に一抹の影がよぎりました。ほとんど言葉を発していなかった花嫁の顔も、とたんに青ざめました。そして、痛ましいほど不安そうな表情に変わりました。しばらく沈黙が続いた後、老女が答えました。

「これ以上秘密を隠しておくわけにはまいりませんでしょう。あなた様はもうわたくしどもの身内なのですから、どんなことであろうとも、真実をお話しすべきでございましょう。お聞きくださいい、伊藤様。あなた様の花嫁は、重衡卿《しげひらきょう》[3]の娘なのでございます。あのご不運な御大将、三位中将《さんみちゅうじょう》重衡卿の……」

老女の、この「三位中将重衡卿」という言葉を聞いて、若い侍は、氷のような戦慄《せんりつ》が体中を駆け抜けるのを感じました。重衡卿といえば、平家の偉大なる将軍、名君と謳われた武将で、もう何百年も前に土に還っている方です。伊藤は、この時はたと気がつきました——今いるこの広間も、周りの灯りも、お酒もごちそうも、何もかもが、過ぎ去りし日の夢であり、目の前の人たちの姿形は、人間ではなく、亡き人たちの亡霊なのでした。けれども、また次の瞬間には、その冷たい戦慄は消え去りました。あの不思議な感覚がふたたび戻ってきて、伊藤の周りをいっそう深く覆っているように思われました。もう恐れは、感じませんでした。花嫁が黄泉《よみ》の国から伊藤の許へ来たのであろうとも、伊藤の心はすでにその亡霊の虜《とりこ》になっていたのです。

幽霊と結婚した者は、幽霊にならなくてはならない。もし、言葉や表情で裏切りの気持ちを示して、目の前の美しい幻影の眉が、苦しみにゆがむようなことになるくらいならば、伊藤は、自分は死んだほうがましだ、いや、一度ならず、何度でも死んでもいい、と思いました。伊藤に注がれた姫君の愛情には、何の疑いもありません。

愛情を装って何かをたくらんだのであれば、ごまかして言いくるめることもできたであろうに、伊藤には、事の真実が告げられたのです。けれども、こんな考えや感傷も一瞬にして消え去り、伊藤は、あるがままにこの不思議な出来事を受け入れようと決めました。寿永《じゅえい》[4]の昔に、重衡の娘が自分を婿に選んでいたならばそうしたであろう行動をとろう、と心に決めたのです。

「おお、何とおいたわしいことであろう」と、伊藤は叫びました。

「重衡卿の無残なご最期については、聞きおよんでおりまする」

「ええ、それはもう」と、老女は答えましたが、話しながらむせび泣いています。

「ほんとうに、無残なご最期でござりました。殿様のお乗りになっていた馬が、矢で射られて、殿の上に倒れてしまったのです。殿が助けをお求めになったのに、それまで御恩に浴して暮らしてきた者どもは、危急の時に殿を見殺しにしたのです。殿は捕らえられ、鎌倉に送られました。そこではひどい辱《はずかし》めを受けられ、ついには処刑されてしまわれたのでござります。

奥方様と、ここにいらっしゃる姫君様とは、人目を忍んで暮らしておられました。なにしろ、平家の者と見るや、どこまででも探し出されて殺されたのでござりますから。重衡卿のご訃報が届きますと、奥方様のお嘆きようは、それは、いかばかりのものでありましたことか。奥方様も、ほどなくお亡くなりになられました。姫君様には、お世話をして差し上げる者が、わたくしを除けばだれもいなくなってしまいました。ご一族の方々は、ことごとくお亡くなりになったか、お姿を隠してしまわれましたから。

姫君様は、まだほんの五歳でございました。わたくしは乳母《めのと》でございましたゆえ、できるかぎりのことをして差し上げたのでござります。何年も、何年も、巡礼に身をやつして、あちらこちらとさすらっておりました。……このような悲しい話は、退屈でござりましょうね」

乳母は、涙を拭うと声を高めて言いました。

「昔を忘れられない老女の、つまらない感傷をお話しいたしました。さあ、わたくしのお育て申した小さな姫君様が、今ではこんなに立派になられました。高倉天皇様[5]の良き御世《みよ》に生きておりましたならば、姫にはどんなに素晴らしい人生が待ち受けていたことでございましょう。けれども、このたび、姫はお望み通りの背《せ》の君《きみ》を得ることができたのでございます。何とお幸せなことでございましょう。

……さあ、時刻もだいぶ遅くなりました。お床入りのお支度もすでに整ってございます。わたくしは、もうまいりますので、朝までお二人でお過ごしくださりますよう」

侍女頭は立ち上がると、応接の間と隣の部屋とを隔てていた襖《ふすま》を開き、二人を寝室へと案内しました。そうして、喜びとお祝いの言葉を幾度も幾度も繰り返しながら、引き下がりました。伊藤は、花嫁と二人きりになりました。

新枕《にいまくら》を交わした折、伊藤は言いました。

「姫、私を初めて夫にと思われたのは、いつのことであろうか」

(伊藤には、すべてが現実のように思われ、周りに織りなされている幻影のことは、もうほとんど考えられなくなっていました)

姫は、鳩の鳴くような声で答えました。

「はい、あれは石山寺《いしやまでら》[6]でのことでした。わたくしが乳母とともにそこにまいりましたときに、初めてあなた様のお姿を拝見いたしたのでございます。その日、その時以来、わたくしの世界は変わりました。けれども、あなた様は憶えてはいらっしゃらないことでしょう。あれは、現世のことではないのですから。遠い、遠い昔のことなのでございます。

その後、あなた様は、美しいお姿で何回もの生と死を繰りかえして来られました。けれども、わたくしの方は、ずっと、今ご覧になっておられる、このままの姿なのでございました。あなた様への思いがあまりにも強すぎて、ほかの姿に生まれ変わることも、ほかの存在になることも叶わなかったのでございます。わたくしは、あなた様のことを、人の世の何代もの間、お待ち申し上げていたのでございます」

花婿の伊藤は、このような不思議な話を聞いても、まったく恐れを感じることはありませんでした。ただ、伊藤は、姫の腕《かいな》をわが身のそばに感じ取り、その愛撫するような麗しい声を聞いていられれば、この世では、さらにその後の世にあっても、ほかにもう何もいらないと思うばかりでした。

お寺の鐘の音が響きわたり、夜明けが近いことを告げました。小鳥たちがさえずり始め、朝風が、木々のこずえをそよそよと揺るがせていました。突然、年老いた乳母が寝室の襖を開け、伊藤と姫君に声をかけました。

「さあ、お二人とも、お別れの時がまいりました。日が昇った時に、ほんの一瞬たりとも、ご一緒にいることは叶いませぬ。身の破滅になりかねませぬ。さあ、お別れの挨拶をお交わしくだされ」

伊藤は、何も言わずに、帰り支度を始めました。おぼろげながらも、その警告の意味が理解できたのです。すべて運命に身をゆだねていましたので、彼の意思はもう自分のものではありません。ただ、幻影の妻を喜ばせたいという思いがあるだけでした。

若妻は、伊藤の手に小さな硯《すずり》をひとつ置きました。珍しい彫り物が施された一品です。

「わたくしの若い背の君は、学者でいらっしゃいますので、このようなつまらない贈り物でも、お嫌いにはならないでしょう。珍しい形をしているのは、古い品だからでございます。高倉天皇様から、わたくしの父が拝領《はいりょう》仕《つかまつ》ったお品でございます。ただそれゆえに、今まで大切なものと思いなしてきたのでございます」

伊藤はお返しに、記念の品として、妻に刀の笄《こうがい》[7]を受け取ってくれるように願い出ました。それは金銀の象眼《ぞうがん》細工で、梅に鶯《うぐいす》の図柄をあしらったものでした。

やがて、例の宮仕えの少女がやって来て、伊藤を庭まで案内しました。新妻と侍女頭は、敷台のところまで見送りに出ました。伊藤が石段の下のところで振り返って、別れのあいさつをしようとすると、老女がこう言いました。

「次の亥《い》の年、きのうここに来られたと同じ月、同じ日、同じ時刻に、ふたたびお会いいたしましょう。今年は寅の年ですゆえ、あと十年お待ちいただかねばなりませぬ。けれども、申し上げられない理由がございまして、ふたたびこの場所でお会いすることは叶いませぬ。わたくしどもは、京都のほど近くにまいります。そこには、高倉天皇様やわたくしどもの先祖など、一族の者が大勢住んでおります。あなた様にお立ち寄り願えれば、平家の者たちは皆喜ぶことでございましょう。お約束の日には、駕籠《かご》を差し向けさせていただきます」

伊藤が屋敷の門を出ると、空には星が瞬いていました。けれども、広い通りに近づくと、静まりかえった田畑のはるか彼方から、暁《あかつき》の光が輝き始めているのに気がつきました。伊藤は、花嫁からの贈り物を懐に大切にしまっていました。そして、あの魅惑的な声が、耳について離れません。けれども、今いぶかしげに指で触れているこの形見の品が、もしも手元になかったならば、前夜の出来事は眠っている間の夢に過ぎないのだと、自分に言い聞かせることもできたでしょう。

しかし、伊藤は自分の運命が確かに決まってしまったのだと納得したとしても、少しの後悔も感じませんでした。ただ、別れの悲しさと、ふたたびあの幻影が彼の前に現れるまでに過ごさねばならぬ十年という歳月を思って、辛くなるのでした。十年！――その間の一日一日が、何と永いことだろうか！　それでも、そんなに待たねばならない理由を、知りたいとは思いませんでした。死者の世界の秘密の流儀は、神々のみが知ることなのです。

伊藤は一人で散策する折に、何度も何度も、琴弾山の村を訪ねてみました。あの思い出のかけらを少しでも得られないだろうかと、微かな望みを抱いて出かけました。けれども、二度とふたたび、薄暗がりのあの細道に、あの古い門を見つけることはできませんでした。二度とふたたび、夕焼けの中を一人歩いてみても、あの宮仕えの少女の姿を見かけることはありませんでした。

村の人々は、いろいろと尋ねてまわる伊藤のことを、何かに化かされているのではないかと思いました。高貴な人など、ここら辺に住んでいたことなどないし、近くに彼の言うような庭園があったことなども聞いたことがない、と村人たちは答えました。しかし、村人が言うには、このあたりにかつて大きなお寺があって、墓石がまだいくつか残っているというのです。そして伊藤は、うっそうとした茂みの中に、墓碑が埋もれているのを見つけました。その墓碑は古代の中国風の形をしており、びっしりと苔むしていました。その上に刻まれていた文字は、すでに読めなくなっていました。

伊藤は、自分の経験した不思議な出来事について、だれにも打ち明けませんでした。しかし、友人や家族の者たちは、伊藤の容姿や態度がひどく変わったことにすぐに気がつきました。日を追うごとに、顔色は青白く、体もやせ細っていきました。けれども、医者は、体はどこも悪くないと言いました。伊藤の体は幽霊のように、動き方も影のようになってしまいました。かつては、いつでも独りで思索にふけることを好んだのですが、今では、以前楽しんでいたすべての事に対して、無関心になってしまいました。それに名声を得たいと望んでいた文芸の研究にさえも、まったく興味を示さなくなりました。

伊藤の母は、結婚さえすれば、かつての希望を取り戻し、人生にも前向きになるのではないかと考えました。けれども伊藤は、母の勧めに対しても、この世の女性とは、決して結婚しないという誓いを立てたのだ、と答えるのみでした。そのように、月日はゆっくりと過ぎていきました。

ついに、十年目の亥の年が巡ってきて、秋の季節が訪れました。しかし、伊藤はもはや好きだった散策もできなくなっていました。蒲団《ふとん》から起き上がることさえできません。だれにも原因はわかりませんでしたが、彼の命脈は今にも尽きようとしていたのです。それに、彼は長く深い眠りに陥ることが時々あったので、もう死んでしまったのかと思われたこともありました。

ある晴れた日の夕暮れ、そのようなまどろみの中から、伊藤は子どもの声に驚いて目が覚めました。すると、彼の蒲団の片側に、十年前にあの庭園のある館《やかた》に連れて行ってくれた宮仕えの少女が立っていました。少女は伊藤に頭を下げて、にっこりと微笑むと、こう言いました。

「あなた様を今夜、京都の近くの大原にお迎えすることを、お伝えするためにまいりました。そこに新しいお屋敷がございます。お迎えの駕籠《かご》がまいっております」

　そう言うと、少女は姿を消しました。

　伊藤は、いよいよ太陽の光の射さぬところへ呼ばれて行くのだ、と悟りました。しかし、その言葉に非常に喜んだので、自分で立ち上がって母親を呼べるほどでした。それから、母親に自分の花嫁との結婚のことを初めて語り、彼女から贈られた硯《すずり》を見せました。伊藤は、その硯はぜひとも棺の中に一緒に入れてほしいと頼むと、ついに息を引き取りました。

　硯は、伊藤の亡骸《なきがら》とともに埋葬されました。葬式の前に、専門家に鑑定してもらったところ、その硯は、承安《じょうあん》8年間に作られたもので、高倉天皇の御世の、ある工匠《こうしょう》の銘《めい》が彫りこまれてあったということでした。

1　**山城の国**　現在の京都府の南東部。
2　**管子**　中国古代の政治論文集。管仲の著と伝えられるが、一人の作ではなく、戦国時代から漢代にかけて成立したとみられる。経済政策や富国強兵策などを記している。
3　**重衡卿**　平重衡《たいらのしげひら》。平清盛《たいらのきよもり》の子。原注によれば重衡は、京都の警護（当時は平家があたっていた）において勇名を馳せたが、その後、義経《よしつね》の率いる源氏の軍勢の不意討ちにあい、敗走した。弓の達人であった家長《いえなが》という武士が放った矢が重衡の馬を射倒し、重衡は、もがく馬の下敷きとなった。家来に、替え馬を寄越すよう叫んだが、その男は逃げて行ってしまった。そうして重衡は、家長に捕らえられ、源氏の頭目頼朝《よりとも》に引き渡された。頼朝は、重衡を駕籠で鎌倉へ連れて行かせた。重衡は、そこで幾多の辱めを受けた後、しばらくは慮りのある扱いを受けるようになった。——漢詩を詠んだことから、さすがに無情な頼朝の心にもいくらかのあわれを誘ったのである。しかし、彼が以前、清盛の命で南都の僧侶に戦を仕掛けた、と僧らが進言したことから、翌年、重衡は処刑された。

4　**寿永**　一一八二〜八四年。高倉天皇の皇子である安徳、後鳥羽天皇の時代。

5　**高倉天皇**　第八十代天皇。在位一一六八〜八〇年。平清盛の隆盛時であった。

6　**石山寺**　滋賀県大津市石山町にある真言宗の寺院。真言密教の道場として、平安中期から朝廷貴族の崇敬を集めた。

7　**笄**《こうがい》　刀のさやにさしておく、金属製のへらのようなもの。本来整髪具だが、中世以降は装飾用として扱われる。

8　**承安**　一一七一〜七五年。高倉天皇の代。

——The Story of Itō Norisuké（*The Romance of the Milky Way*, 1905）

牡丹燈籠

一

昔、江戸の牛込町に、飯島平左衛門という旗本が住んでいました。平左衛門には、露という一人娘がおりました。その名に違わず、朝露のように清らかな娘でした。

お露が十六くらいのころ、飯島は後添《のちぞ》いを迎えました。けれども、お露は義母との仲がうまくいかなかったので、父の飯島は柳島に小ぢんまりした下屋敷を建て、お米というよくできた女中をつけて、そこに住まわせることにしました。

お露は、新しい屋敷に移り、お米と何不自由なく暮らしておりました。そんなある日、飯島家出入りの山本志丈《しじよう》という医者が、根津に住む萩原新三郎という若侍を伴って、お露のご機嫌をうかがいにやってきました。

新三郎はまれにみる男ぶりで、物腰もたいそう優しげでしたので、若い新三郎とお露は一目会うなり恋におちてしまいました。やがて山本志丈が暇《いとま》を乞うころには、二人は彼の目を盗んで、すでに一生の契りを交わしておりました。別れぎわ、お露は新三郎の耳元にこうささやきました。

「きっとですよ。もし逢いにきてくださらなかったら、露はもう生きてはおりませぬゆえ」

新三郎はこの言葉を胸に、ふたたびお露に逢うことだけを願っておりました。しかし、自分一人で訪ねて行っては礼を欠くことになります。仕方なく「近いうち、またあの家へご一緒しましょう」という医者の山本志丈の言葉を信じて、ひたすら待ち続けておりました。けれども、悲しいことに、その約束の言葉は果たされることがありませんでした。志丈がお露の新三郎への一目惚れに気づいていたので、もし間違いでも起こったら、自分が父親に責められることになると恐れをなしていたのです。

お露の父親の飯島平左衛門は、気にさわることがあると容赦なく人の首をはねるという評判でした。新三郎を飯島の下屋敷へ連れていったばかりに、とんだことになってしまうかもしれない——と、案ずれば案ずるほど、志丈は身がすくむ思いでした。それで志丈は、新三郎の家を訪ねることをあえて控えておりました。

幾月かがすぎていきました。新三郎から何の音沙汰もないのはなぜなのか、わけを知らないお露は、新三郎に袖にされたと思い込んでしまいました。そして、やつれ果て亡くなってしまいました。主人思いのお米も、お露を失った悲しみのあまり、後を追うようにして亡くなってしまいました。二人は、新幡随院《しんばんずいいん》の墓地に並んで葬られることになりました。

新幡随院は、毎年、菊祭りが催されることで有名な団子坂のそばに今も残っているお寺です。

二

そんなこととはつゆ知らぬ新三郎は、お露に会えないため、落胆と焦りの気持ちが募るあまり、長らく病の床についてしまいました。少しずつ快方にむかったとはいえ、まだひどくやつれた様子でした。そんなところへ、思いがけず山本志丈が訪ねてきました。医者の志丈は長い間ご無沙汰した言い訳をくどくどと述べ立てました。新三郎はいいました。

「春先よりずっとふせっており、まだ何も喉を通りませぬ……。一度も見舞ってくださらぬとは、薄情なお方だ。飯島のお嬢様のところへも、また伺う約束だったではありませんか。おもてなしのお礼にささやかな贈り物をしたかったのに、私一人ではおたずねするわけにもまいりません」

すると志丈は、沈痛な面持ちで応えました。

「大変お気の毒ですが、あのお嬢様は亡くなられました」

「えっ、亡くなられたと？」

新三郎は、さっと顔が青ざめると、聞きかえしました。

志丈はしばらく押し黙っていましたが、やがて気を取り直し、深刻にならないようにと努めて明るく話そうとつとめました。

「そもそも、貴殿をお嬢様にお引き合せしたのが、間違いであった。お嬢様は、一目で貴殿をお気に召したご様子だった。さては、小部屋で二人きりになられたとき、気をもたせるようなことを申されましたかな。

いずれにしろ、お嬢様のお気持ちは火を見るより明らかでしたから、いささか心配になりましてな。そんなことがもしお父上の耳に入ったら、すべての責めは、私が負わねばなりません。ですから、この際有り体《てい》に申しあげますが、貴殿ともしばらくはお目にかからぬ方がよいと思い、ご遠慮いたしておりました。

ところがつい二、三日前に、たまたま、飯島様のお屋敷へあがったところ、なんとお嬢様はすでにお亡くなりになっておられました。しかも、女中のお米までが、後を追ったというのです。それを聞いて、すぐに合点《がてん》がいきました。お嬢様は、貴殿に恋焦がれて亡くなったに違いないと……。

へへっ、いやはや、貴殿も罪なお方じゃのう。へへへっ。若い娘さんを焦がれ死なすほどの見目うるわしさ、これが罪でなくてなんであろう……。しかし、亡くなってしまったとあっては仕方がない。もう、このお話はやめにしましょう。せめて、お嬢様に念仏のひとつも唱えて差しあげなされ……では、御免」

こういい終えると、志丈はそそくさと帰ってしまいました。計らずも、志丈は、おのれが引き起こしてしまった悲しい出来事について、これ以上話したくなかったのです。

三

新三郎はお露が亡くなったと知って、悲しみにくれ、長いこと何も手につきませんでした。けれども、やがて落ち着きをとりもどすと、さっそく亡くなったお露の名を刻んだ位牌を仏壇に置き、その前に供え物をして、手を合わせました。以来、くる日もくる日も、お供えと念仏を上げつづけておりましたが、お露の面影は、片時も新三郎の心から消えることはありませんでした。

新三郎は心寂しく、うつうつとした毎日を過ごすようになりました。そして、時は移り、七月十三日、盆の入りの頃となりました。新三郎は、仏事に備えて家に飾り付けをし、支度をすべて整えておりました。あの世から戻ってくる魂が迷わないようにと提灯《ちょうちん》をつり、精霊棚《しょうりょうだな》[1]には供物を捧げました。こうして、お盆の最初の宵《よい》を迎えました。日が落ちると、新三郎はお露の位牌の前に小さな灯をともし、提灯にも火を入れました。

よく晴れわたり、大きな月がこうこうと輝く夜でした。風はなく、たいそう蒸し暑い夜でしたので、新三郎は涼をもとめて縁側に出ました。薄手の浴衣一枚という姿で腰をかけ、蚊やり[2]を焚き、時折うちわを使ったりしながら、お露を悼んで夢うつつをさまよっておりました。

なにもかも静まり返っていました。この一帯はうら寂しく、人影もまばらで、近くの小川のせせらぎの音と虫の声だけが、わずかに聞こえていました。

とそのとき、急に静寂が破られました。

カランコロン、カランコロン――

こちらへ向かってやってくる、女の駒下駄《こまげた》の音がしました。近づくにつれて、その音は速くなり、庭に巡らした生垣のあたりまでやってきました。「いったい誰だろう」――不思議に思った新三郎は、背のびをして、垣根の外を覗きました。

見ると、女が二人歩いて来るではありませんか。牡丹《ぼたん》飾りのついた美しい盆燈籠を提げた女は、どうやら女中のようでした。もう一人は、十七、八のすらりとした娘で、秋草の柄を染めぬいた振り袖を着ていました。二人はほぼ同時に、新三郎の方を振り向きました。なんとそれは、お露と女中のお米でした。

お露はすぐに足を止め、驚きの声を上げました。

「まあっ……萩原様！」

同時に新三郎も、女中の方に向って問いかけました。

「お米、お米ではないか。間違いない、おまえはお米だね」

「萩原様！」

お米も、たいそう驚いた様子です。

「まあ何ということでしょう。萩原様は、亡くなられたとうかがっておりましたのに……」

「とんでもない。お二人こそ、亡くなられたのではなかったのか」

「いやですよ、縁起でもない。……誰がそのようなことを申したのでしょう」

「とにかく、こちらへお上がり。話は中でしよう。」

そこでお露とお米は家の中へ入り、新三郎と挨拶を交わしました。庭の戸が開いてるはずだから……」にと勧めてから、新三郎は話し始めました。二人にくつろぐよう

「長いことお訪ねもせず、申し訳ない。実は一月ほど前、医者の志丈から、お二人は亡くなったと聞かされたものですから……」

「志丈が？」

お米は声を荒げていいました。

「なんてひどい方でしょう。私どもに、萩原様が亡くなられたと申しましたのも、志丈なのです。お人のよいのにつけこんで、あなた様を欺《あざむ》こうという魂胆だったのでしょう。

お嬢様が新三郎様へのお気持ちをつい洩らされて、それがお父上のお耳に届いたのかもしれません。そこでお二人を別れさせようと、後添えのお国あたりが企んで、萩原様にも私どもが死んだとお伝えするよう、志丈に命じたのでございましょう。

あなた様が亡くなられたと聞いて、お嬢様はすぐ髪を下ろそうとなさいました。けれど

も、私がお止めしたのです。尼になるのは、お心だけになさいませと申しました。

そののち、お父上様がさるお方と妻《めあわ》せようとなさったのですが、お嬢様は嫌だとおっしゃるもので、一悶着ございましてね。これも、お国が焚き付けたのでしょう。仕方なく私どもは屋敷を出て、谷中《やなか》の三崎に小さな家を見つけました。今はそこで内職などしながら、細々と暮らしを立てております。

お嬢様は、萩原様のためにずっと念仏を唱えておいででした。今日は盆の入りですので、お寺に参ってきたところでございます。遅くなってしまいましたが、お陰で、思いがけずお目にかかることができました」

「なんと不思議な話だろう」

新三郎は言いました。

「これはうつつか、それとも幻なのか。ご覧の通り、私も毎日御位牌に念仏をあげていたのです」

そう言って、精霊棚に上げてあったお露の位牌をみせますと、お米は相好をくずして申しました。

「お心におかけいただき、嬉しゅうございます」

さらにお米は、ずっと片袖で顔をおおい、はずかしそうに口をつぐんだままのお露の方へ向き直り、話し続けました。

「お嬢様は、萩原様のためなら、七生まで勘当されてもいい、いや殺されたってかまわないとおっしゃっておいでした。……ですから、今夜はこちらにお泊めいただいてもようございますね」

新三郎は嬉しさのあまり茫然となりながらも、やっと声をしぼり出しました。

「ええ、もちろんだ。ただ大きな声だけは立てないように。いや、隣家に厄介な人物がいてね。白翁堂勇斎という人相見《にんそうみ》なのだが、少し変わった人なので、その人には知られたくないのだよ」

その夜、二人は新三郎の家に泊まり、夜明け少し前に帰っていきました。

それからというもの七日間、月夜の日も雨夜の日も、きっかり同じ時刻に二人は通ってきました。新三郎はますますお露に夢中になっていきました。今や二人はお互いに、鋼《はがね》より固い――幻の絆で結ばれるようになっていきました。

四

新三郎の屋敷の軒先には小屋があり、伴蔵という男が住み込んでいましたが、妻のおみねとともに新三郎に仕えていました。はた目には、夫婦ともよく主人に尽くしているように見受けられました。新三郎も二人によく目をかけてやり、それなりの暮らしをさせていたのです。

ある晩遅く、母屋から女の声が聞こえてきました。伴蔵は、何やら胸騒ぎを覚えました。——旦那は人がよくて情けが深いから、もしや悪い女に騙されているのではあるまいか。そんなことになれば、真っ先に割を食うのは、使用人のわしら夫婦ではないか。

そこで伴蔵は、自分の目で確かめてみることにしました。さっそく次の夜、こっそり母屋に近づいて、雨戸の隙間《すきま》から覗き込みました。行灯《あんどん》のあかりに照らされて、寝所の蚊帳の下で、主人と見知らぬ女が、話をしているのが見えました。女はこちらに背をむけていたので、初めのうちは姿がよく見えませんでした。ただ、とてもほっそりとしていて、着ているものや髪形からすると、かなり若い娘のようでした。隙間に耳をあてると、話がはっきり聞こえてきました。

「では、私はお父様からもし勘当されても、あなた様のお側《そば》に置いていただけるのですね」

「もちろんだとも。むしろそうなってほしいぐらいだ。でもお露は一人娘ゆえ、お父様もずいぶんと可愛がっておられるようだから、まず勘当される心配はなかろう。それより、いつかお前との仲を引き裂かれるのではないだろうかと、そっちの方がずっと心配だよ」

お露はやさしく応じました。

「いいえ、あなた様以外の方を夫に迎えるなど、決して考えられません。たとえこの秘め事が父に知れ、手討ちにされましても、——ええ、あの世にまいりましても、きっとあなた様をお慕《した》い申し上げております。新三郎様も、同じお気持ちでしょう。私がいなければ、長くはお生きになれますまい」

……そういうと、お露は新三郎に身を寄せ、首すじに唇をそわせました。新三郎もまた、お露を抱きしめました。

伴蔵は不審に思いました。その女が、普通とは違う、身分の高い者の言葉を使っていたからです。伴蔵は何が何でも、女の顔が見たくなりました。そこで足音を忍ばせて、後や前へと屋敷のまわりを探り、節穴や隙間を見つけると、部屋の中を覗きこみました。ようやく中が見えたと思った瞬間、伴蔵の体はその場に凍りつき、髪の毛が逆立ちました。

女の顔は、死人の顔でした。そして、主人の身体をまさぐる女の指も、肉がおちて骨だけで、腰から下は何もありませんでした。腰から下はぼんやりと尾を引く影のように、消えてなくなっていました。恋に目のくらんだ新三郎には、その女の容姿が若くたおやかに映っていたのでしょう。しかし伴蔵の目には、どうみても気味の悪い骸にしか見えませんでした。

そして部屋には、もう一人、もっと不気味な姿の女が座っていました。その女が伴蔵に気づいたらしく、立ち上がって、すうっとこちらへやってくるではありませんか。恐ろしさのあまり、伴蔵は隣家へ転がり込み、白翁堂勇斎をたたき起こしました。

五

人相見《にんそうみ》の勇斎はかなりの年齢《とし》でしたが、若い頃には諸国を旅して回り、いろいろと見聞を広めていたので、たいていの事では驚きません。ところが、その勇斎でさえ、おびえきった伴蔵の話には、さすがに腰を抜かしました。生者と死者の恋については、中国の古い書物で読んだことがありましたが、有り得ない話だと思っていたのです。

しかし、伴蔵が嘘をついているようにも思えません。どうやら萩原の家では、何かただならぬことが起こっているようでした。もし伴蔵が思っている通りだとすれば、若侍の新三郎の命は、もはや風前の灯火《ともしび》といえるでしょう。

「もし、その女が幽霊だとするならば――」

勇斎は、おびえる伴蔵に告げました。

「もしその話が本当ならば、そなたの主人は、近いうちに死んでしまうに違いない。よっぽど荒療治をしないかぎりはのう。それから、もしその女が幽霊ならば、ご主人の顔には死相が出ているはずじゃ。生者の魂は『陽気』といって、純粋なもの。だがな、死者の魂は『陰気』といってな、汚れたものなのじゃ。幽霊の女を娶《めと》った者は、生きてはおられぬぞ。たとえ、おのれの血の中に百年生きのびる力があろうとも、そんな力はあっという間に消え失せてしまう……。

まあ、萩原様をお助けするために、出来るかぎりのことはいたそう。だが、誰にもこのことを話してはならぬ。女房にもじゃ。夜が明けたら、萩原様をお訪ねするといたそう」

六

あくる朝、勇斎に問いただされた新三郎は、初めのうち「女など誰も訪ねて来てはいない」と言い張っておりました。しかし、どう言い逃れをしても信じてもらえません。この年老いた人相見の勇斎に下心はないようでしたので、新三郎はとうとう一切を認めました。さらに、そのことを秘密にしておきたかった理由も、打ち明けました。そして、できる限り早く、飯島家の娘お露を嫁に迎えるつもりだと話しました。

「とんでもない！」

勇斎は驚きのあまり、思わず声を荒げました。

「よろしいか。……夜な夜なここに訪ねてくるのは、屍人《しびと》じゃ。貴殿は、恐ろしい亡霊にたぶらかされておられるのだ。……貴殿とて、長いことお露様が亡くなったと信じて、念仏を唱え、位牌にお供えをしておられたではないか。それが何よりの証拠じゃ。……死者の唇が貴殿をなめ、死者の手が貴殿をまさぐっていたのですぞ。

……今この時にも、ご尊顔《そんがん》には死相が出ていなさる。それでもまだ信じないとおおせか。

……のう、新三郎殿、どうか聞く耳をもってくだされ、貴殿をお助けするためなのじゃ。

さもなくば、貴殿は二十日と生きられますまい。

女たちは、下谷《したや》の谷中三崎に住んでいると言っていたのですな。そこを訪ねたことは、おありか。ないじゃろう、ないはずじゃ。さっそく今日いってみなされ。谷中三崎にいって、その家とやらを探してみるのじゃな」

白翁堂勇斎はこれだけまくしたてると、早々に立ち去りました。

まさかとは思いながらも、少々不安をおぼえた新三郎は、しばらく考えた末、勇斎の勧めに従って、下谷に行ってみることにしました。谷中の三崎に着いたときには、まだ朝早く、さっそくお露の家を探し始めました。

通りや脇道もしらみつぶしにあたり、入り口の表札を一軒一軒調べ、人に尋ねてもみました。けれども、お米が言うような小さな家は見あたりませんでした。誰にきいても、女が二人だけで住んでいる家など知る人はいませんでした。新三郎はこれ以上調べても無駄だと思い、家に帰ることにしました。近道をしようとして、たまたま新幡随院の境内を通ることになりました。

その時ふと、寺の裏手に、新しい墓が二つ並んで建っているのが、目に入りました。ひとつは、ありふれた、身分の低い人の墓のようでしたが、もうひとつは、大きくて立派なものでした。墓の前には、美しい牡丹燈籠が吊ってありました。おそらくお盆のとき、誰かが置いていったものなのでしょう。

新三郎は、それがお米の持っていた燈籠とそっくりなことに気がついて、不思議に思いました。その墓をもう一度よく見てみましたが、何もわかりません。戒名《かいみょう》以外に、生前の名前らしきものは刻まれていなかったのです。

そこで新三郎は、寺の者にきいてみることにしました。小僧をつかまえて尋ねると、大きい方の墓は、近ごろ、牛込の旗本、飯島平左衛門の娘のために建てられた墓で、隣の小さい方は、若い女主人の葬式後間もなく悲しみのあまり後を追った、女中お米のものだと答えました。

新三郎の胸に、お米のかつての言葉が蘇りました。そしてその言葉には、最初に聞いたときとは別の、不吉な意味あいが籠められていることに気がつきました。「私どもはお屋敷を出て、谷中の三崎に小さな家を見つけました。今はそこで内職などしながら、細々と暮らしを立てております……」

急に恐ろしくなった新三郎は、一目散で屋敷に戻ると、勇斎に助けを請いました。しかし、事ここに至っては、勇斎の力ではどうすることもできません。できることといえば、さっそく新三郎に書状を持たせて、新幡随院の高僧良石のところへ行かせ、御仏の力にすがる術《すべ》しかありませんでした。

七

良石和尚は博識で徳の高い僧でしたので、どのような悲しみの種も、その裏にある因果も、見通してしまう眼力をもっていました。良石は身じろぎもせず、新三郎の話に耳をかたむけた後で、こう言いました。

「さよう、御身は大変危うい目におうておられる。前世で冒した過ちの報いじゃ。貴殿を死の淵にひきずりこもうとしている因果は、なかなか難儀なものですぞ。

いや、事細かなことをお話ししても、おそらく貴殿には解りがたいであろう。ただ、これだけは申し上げておくが、貴殿にとり憑《つ》いた女は、憎しみや悪意からそうしているのではなく、むしろ身を焦がすほど深い情けが、そうさせているのだ。

おそらく、その娘は今生《こんじょう》よりもはるか昔、三生も四生も前に貴殿に恋情を抱いていたのであろう。それから何度となく生まれ変わり、姿や身の上も変わったはずだが、貴殿への想いだけは断ち切れなかったとみえる。それほど深い業《ごう》ゆえ、容易に逃れられるものではない。それゆえ、貴殿には、この霊験あらたかなお守りをお貸しいたそう。海音如来《にょらい》と申す、黄金の御仏《みほとけ》でのう。説法をなさるお声が、まるで海の波の音のように世の中に響きわたることから、海音様と呼ばれているのじゃ。このお像はなにより死霊除けに効《き》くものだから、守り袋にいれたまま、胴巻きの下にお付けになり、肌身離さずお持ちなされ。及ばずながら拙僧《せつそう》も、自坊にて施餓鬼供養《せがきくよう》をいたし、迷える死霊をお鎮めいたそう。

……それからこれは、雨宝陀羅尼経《うほうだらにきょう》というありがたいお経じゃ。お屋敷へもどられたら、心して毎夜唱えなされ。必ず、ですぞ。それにこのお札《ふだ》も差し上げておくゆえ、戸口に貼るとよかろう。どんなに小さな穴でも、外から出入りできるような所にはすべて貼っておくのじゃ。そうしておけば、死者の霊は入ってこられぬ。とにかく何がおころうとも、お経をあげることだけは、ゆめゆめお忘れなさらぬように」

新三郎は、良石和尚に厚く礼をのべ、お守りとお経、それにお札もいただき、日が暮れぬうちに大急ぎで屋敷へ戻りました。

八

勇斎の手も借りて、新三郎は日暮れ前までに、家中の戸口から小さな隙間に至るまで、すべての穴をお札でふさぎ終えました。勇斎は新三郎を一人残して、自分の屋敷へ引き上げました。

その夜は雲ひとつない、生暖かい晩でした。新三郎は戸締まりをすると、腰に如来像を付けて蚊帳に入り、行灯《あんどん》の明かりで雨宝陀羅尼経を唱えはじめました。ひたすら唱え続けておりましたが、意味はほとんど解りませんでした。そこで、少し休みを入れることにしました。けれども、その日おこった不思議な出来事が、次から次へと脳裏に浮かび、気持ちは昂《たかぶ》るばかりでした。——真夜中を過ぎても、いっこうに寝つかれません。とうとう、伝通院の鐘が八つを告げました。

鐘が止むと突如、いつもの方角から下駄の音が聞こえてきました。けれどもその日は、いつもよりゆっくりとした足取りです。

カラーンコローン、カラーンコローン――

新三郎の額に、脂汗がにじみました。震える手で慌《あわ》てて経本を開けると、ふたたび大きな声でお経を唱え始めました。足音はだんだん近づき、とうとう生垣のところまでくると、ぴたりと、止まりました。

新三郎は、なぜか、蚊帳の中にじっとして居られない心持ちになりました。恐怖よりも強い衝動に駆られ、どうしても外を覗《のぞ》いてみたくなったのです。雨宝陀羅尼経を唱えるのも忘れ、愚かにも雨戸に吸いよせられて、節穴から闇夜に目を凝らしました。

お露が家の前に立っていました。牡丹燈籠を提げたお米も、一緒でした。二人とも、入り口に貼られたお札をじっとにらみつけています。

その夜のお露はいつにもまして、いや、在りし日の頃よりもさらに美しく見えました。新三郎は、お露への断ちがたい想いにあやうく惑わされそうになりましたが、死への恐怖、未知への恐れから、やっとのことで踏み留まりました。お露を愛《いと》しく思う気持ちと恐怖心とがせめぎ合い、まるで灼熱《しゃくねつ》地獄で身を焼かれているような苦しみでした。

やがて、お米の声が聞こえてきました。

「お嬢様、入り口がどこにもございません。萩原様は、お心変わりなさったのでしょう。昨夜のお約束を違《たが》え、こうして私たちを締め出しておしまいになりました。今晩は、入ることが叶いません。萩原様のことは、もうおあきらめあそばせ。お気持ちが変わってしまわれたのですから。お嬢様にはもうお逢いになりたくないのでしょう。このようにつれないお方のために、身も心もお捧げになるなど、おやめになった方がよろしゅうございます」

けれどもお露は、涙ながらこう訴えました。

「あれほど固く契りを交わしましたのに、どうしてこのような目に遇うのでしょうか。萩原様にかぎって、このような酷い仕打ちをわたくしになさるはずがないと信じていたのですから。ねえ、お米、お願いだから、萩原様に逢わせておくれ。それまでは、お露は帰りませぬ」

振り袖の袂で顔をおおい、お米にこう頼み込むお露の姿は、いかにもいじらしく、大変哀れをそそられます。けれども新三郎は、死への恐怖がどうしても先に立ってしまうのでした。

とうとうお米が、言いました。

「お嬢様、あれほどつれないお方のために、どうしてお心を痛められるのでしょう。でも、仕方がないことでございますね。それでは裏口がないかどうか、ご一緒に見てまいりましょう。さあ、おいでなされませ」

それからお米は、お露の手を引いて屋敷の裏手へまわりました。すると突然、二人の姿はその場から、行灯の火がかき消えるようにふっとかき消えてしまいました。

九

夜ごと丑《うし》の刻《こく》になると、二人の幽霊はふたたびやってきました。その度に、お露のすすり泣きが聞こえてきました。けれども、新三郎はもう自分の命は大丈夫だと思い込んでおりました。そして、頼みに思う者たちの裏切りに遭《あ》い、自らの運命が逆転しようとは、思いもよりませんでした。

伴蔵は母屋での不思議な出来事について、誰にも、たとえ女房のおみねにであれ、口外しない、と勇斎にかたく約束していました。けれどもしばらくすると、幽霊は眠っている伴蔵にとりつくようになりました。毎夜、お米が彼の小屋までやってきて、伴蔵を起こし、「母屋の裏手の小さな窓に貼られたお札を剝がしてくれ」と頼むのです。伴蔵は恐ろしくなって、「あくる晩までには剝がしておこう」と約束するのですが、昼間になると、どうしてもできません。主人の新三郎に災いが及ぶとわかっていたからです。

ついにある嵐の夜、お米は問い詰めるように大声を上げて、まどろんでいた伴蔵を起こしました。そして彼の枕元に膝をつくと、「人を侮《あなど》るのもいいかげんになさいまし。もし明日までにあのお札を剝がしておかなかったら、ただではすみませぬぞ」。

そういって脅かすお米の形相の凄《すさ》まじさに、伴蔵は恐怖のため息が止まりそうでした。伴蔵の妻のおみねは、その日まで何も知らずにおりました。伴蔵ですら、あれは悪夢にちがいないと思っていたくらいですから、無理もありません。けれども、この夜に限って、おみねがたまたま目を覚ますと、伴蔵に話しかける女の声が聞こえました。

その女の声はすぐに止みましたが、おみねがあたりを見まわしたときには、おびえて震え上がった、顔面蒼白の夫だけが、行灯の火に映っていました。しかし、女の姿は、見当たりません。戸口にはしっかり鍵がかかったままで、誰かが出入りした様子もありませんでした。

おみねの心にふつふつと嫉妬心が湧きおこり、伴蔵を激しくせめました。こうなると、秘密を守るどころではありません。伴蔵は、自分の苦しい胸の内を妻に打ち明けました。おみねの怒りは驚きに変わりました。小賢《こざか》しいおみねはさっそく、新三郎の命を犠牲にしても、夫を守ろうとあれこれ考えを巡らしました。そして、伴蔵に悪知恵を授け、幽霊と取引させることにしたのです。

あくる夜、お露とお米の二人は、また丑の刻に現れました。

カランコロン、カランコロン——

駒下駄《こまげた》の音を耳にしたおみねは、さっと身を隠してしまいましたが、伴蔵は真暗闇の外に出てお露とお米の二人を迎えました。そして勇気を奮って、妻に教えられた通りのことを言いました。

「お叱りはごもっともなこと。だがここは、お怒りを鎮《しず》めてくだされ。お札を剝がせないのには、訳があるんでさ。わしも家内も、萩原様のご厄介になって、やっと暮らしを立てている身なんです。主人にもしものことがあれば、災いはわしらにも及ぶんです。ただ、もし金百両もあれば、旦那のお情けがなくてもなんとか身が立ちますんで、ご満足のいくよう取り計らえるんですがね。つまりね、百両ほど頂戴《ちょうだい》すれば、後顧《こうこ》の憂いなく、お札を剝がせるって言ってるんですよ」

伴蔵の話を聞いたお米とお露は、しばらく黙って顔を見合わせていました。やがて、お米が口をきりました。

「お嬢様、だから申し上げましたでしょう。しょせん無理なお願いだったのです。私どもの頼みごとをきいていただけないからといって、お恨みするのは筋違いのことです。もうこれ以上、萩原様をお慕い申しても、叶わぬことです。萩原様はもうお心変わりなさったのでございますよ。後生《ごしょう》ですから、もう萩原様のことはおあきらめくださいませ」

けれども、お露は泣きながら訴えました。

「いいえ、お米、どんなことが起ころうとも、萩原様をお忘れすることなどできません。百両あれば、お札をとってもらえるのでしょう。お願いだからあと一度だけ、ねえ、お米、あと一度でよいから、萩原様にお目文字《めもじ》したいのです。お願いです」

お露は袖で顔を覆いながら、お米にこう懇願しました。お米は困り果てました。

「なぜ、そのようなわがままをおおせになられますか。そのようなお金などないのは、先刻ご存じのはずでしょう。でも、どうしてもとおおせなら、仕方がございません。なんとかお金を工面《くめん》して、明晩持ってまいりましょう」

それから、お米は、信用のおけない伴蔵に向かって申しました。

「伴蔵や、実は萩原様は、『海音如来』と申すお守りを身につけておいでです。肌身離さずお持ちなので、おそばに参れません。お札を剝がすだけでなく、あのお守りもどこかへ除《の》けてしまってくださいな」

伴蔵は、恐るおそる言いました。

「百両くださるんだったら、それも請け合いましょう」

「それではお嬢様、明日の晩までお待ちになれますね」

「まあ、お米、今宵もまた萩原様にお目にかかれないのね。なんて辛いことでしょう」

お露はすすり泣きながら、お米に手を引かれて消えていきました。

十

一日が過ぎ、また夜がめぐってきました。ふたたび、屍人の二人が訪れる夜になりました。けれどもその夜、萩原の家の表からは、いつもの女たちの嘆き声は聞こえてきません。丑の刻に礼金をせしめた不実な下男の伴蔵が、さっそくお札をはずしたからです。

それればかりではありません。伴蔵は、金の海音如来の像も、主人の新三郎が湯につかっているすきにまんまと守り袋から盗みだし、銅の仏とすり替えて、人気《ひとけ》のないところに埋めてしまいました。

もはや亡霊たちの行く手をさえぎるものは、何もありませんでした。お露とお米は袖で顔をおおったまま、すっとからだを伸ばすと、まるでたなびく霞《かすみ》のように、お札がはぎ取られた小さな窓を通り抜けて、家の中へ入っていきました。その後、家の中で何が起こったのか、伴蔵には知るよしもありませんでした。

翌朝、日が高くなったころ、伴蔵はやっと重い腰をあげ、母屋に足を運びました。ところが雨戸をたたいても、返事がありません。長いこと新三郎に仕えてきましたが、こんなことは初めてでした。あまり静かなので、伴蔵は急に胸騒ぎをおぼえました。

伴蔵は何度も声をかけてみましたが、やはり返事はありません。そこでおみねの手を借り、なんとか戸口をこじあけました。主人の寝室までいって、もう一度声をかけましたが、返事はまったくありません。雨戸を開けると、部屋に陽が差し込みましたが、何の気配もありません。仕方なく部屋へ入り、ついに蚊帳《かや》の端をめくってみました。

蚊帳の中をのぞいたとたん、伴蔵はぎゃっと叫ぶと、家から飛び出しました。

新三郎が、息たえていたのです。何ともむごたらしい死に様でした。その死に顔には、断末魔のすさまじい恐怖と苦しみが、まざまざと見てとれました。それだけではありません、新三郎の死の床には女の白骨体が、彼の体にぴったりと寄り添っていたのです。そして、女の腕の骨は新三郎の首にしっかりと絡みついていました。

十一

伴蔵に拝みたおされて、白翁堂勇斎は新三郎の亡骸《なきがら》を見にいきました。その有り様には、さすがに年老いた人相見も震え上がりました。しかし、どうにか恐怖心を踏み留まらせると、あたりに鋭い目配りをはじめました。すぐに家の裏窓のお札がはがされているのが、目に入りました。さらに新三郎の死体をまさぐると、守り袋にはいっていたはずの金のお守りが、銅の仏像にすり替えられているのに気づきました。

おそらくこれは、伴蔵の仕業にちがいありません。あまりにも尋常でない出来事でしたので、次の手を打つ前に、まず良石和尚に相談することにしました。そこで、もう一度念入りに調べたのち、勇斎は老いた足を引きずりながら、できるだけ急いで新幡随院にむかいました。

訪問の目的を告げるいとまもなく、良石和尚はすぐに勇斎を自室に招きいれました。

「よくおいでなさいましたな。まあお楽になさい。さても、萩原様はお気の毒でしたな」

勇斎は、驚いて尋ねました。

「左様でございます。しかし、和尚様、なぜそれをご存じで？」

良石和尚は応じて、こう言いました。

「萩原様がとりつかれておられたのは、それはおそろしい悪因果《カルマ》でしてな。その上、使用人にも恵まれんかった。つまり、あのお方の身に起こった禍事《まがごと》は、避けようのないことだったのじゃ。生まれるずっと前からこうなると決まっておったのじゃからのう。だから、お前様もこの件については、あまりご自分を責めぬことですな」

「徳の高いお坊様は、百年先まで見通す力がおありときいておりましたが、目の前でそのようなお力をお見せいただいたのは、これが初めてでございます……ところでもうひとつ、たいそう気がかりなことが……」

「盗まれた海音如来様のことであろう」

和尚は勇斎の最後まで聞かずに、言葉を継いだ。

「それもご心配めさるな。あの仏様はとある畑に埋められておいでだ。来年の八月には誰かに見つけられて、私の手元に戻ることになっておるから、心配はご無用じゃ」

ますます感服した人相見の勇斎は、思い切って尋ねてみました。

「私もいささか陰陽易学の心得がありまして、人様の運勢をみて暮らしを立てておりますが、いやはや、先の事はわかりません。和尚様はどうしてそのように何でもご存じなのでしょうか」

良石は、真面目な顔つきで応えました。

「大したことではない、どうかご放念くだされ。それより今は、萩原様の葬儀が大切なこと。もちろん、萩原家にもお墓はおありじゃろうが、そこに入れるというのもどうであろうか。おそろしく深い因縁ゆえ、やはり飯島家のお露の墓のそばに葬ってさしあげるのがよかろう。お前様も、萩原様にはひとかたならぬご恩がおありであろうから、お墓ぐらい建てて差し上げてはいかがか」

こうして新三郎は、谷中三崎の新幡随院の墓地に、お露と隣合わせに葬られたのでした。

——A Passional Karma (*In Ghostly Japan*, 1899)

1　精霊棚　盂蘭盆《うらぼん》に供え物をして、死者の魂をまつる棚のこと。

2　蚊やり　蚊取り線香のこと。

第三章　愛の伝説——アメリカ時代の「怪談」より

泉の乙女

　これは太平洋のある島で語りつがれてきた伝説です。そこでは、衣をまとっているのは死者だけで、若者は琥珀《こはく》の像のように美しく、常夏《とこなつ》の島にある山々に雲がたなびくことはありませんでした……。

力強き、オマタイアヌク！
背の高き、褐色のアヴァーヴァ！
背の高き、オウトゥートゥ！
我らの行く手に、影を落とせ！
我らの前に、椰子《やし》の木のようにそびえ立て！
まどろむ者の上に、夢のように身をかがめよ！
眠れる者の眠りを、さらに深めよ！

眠れ、敷居の蟋蟀《こおろぎ》よ！　眠れ、休むことをしらぬ蟻《あり》たちよ！
眠れ、闇夜に輝く甲虫《かぶとむし》よ！
風よ、囁《ささや》くのをやめよ！　眠りなき草々よ、そよぐのをやめよ！
椰子の葉群れよ、静まれ！　川辺の葦《あし》よ、そよぐのをやめよ！
青き河よ、岸を洗うのをやめよ！
まどろめ！　家の梁《はり》よ、太い柱と細い柱よ、たるきと棟木《むなぎ》よ、草ぶき屋根よ
まどろめ！　葦の網代《あじろ》よ、竹格子の窓よ、幽霊が泣くように軋《きし》む戸よ、
ちらちら揺れる白檀香《びゃくだんこう》の火よ——
すべてのものよ、まどろめ！

おお、オマタイアヌク！
背の高き、オウトゥートゥ！
褐色のアヴァーヴァ！
我らの行く手に、影を落とせ！
我らの前に、椰子の木のようにそびえ立て！
まどろむ者の上に、夢のように身をかがめよ！

眠れる者の眠りを、さらに深めよ！
風の眠りを、さらに深めよ！
水の眠りを、さらに深めよ！
ほの暗き夜を、さらにほの暗くせよ！
おまえたちの吐息のヴェールで、月を覆え！
星明かりを、淡きものにせよ！
怪しきもの、いのけの名において、
オマタイアヌク！
オウトゥートゥロラア！
アヴァーヴァロロア！
眠れ！
眠れ！

こんなふうに、新月が昇るたびに、盗人《ぬすっと》たちの歌う魔法の唄声が、聞こえてきました。初めの晩は、盗人たちの唄声は、椰子《やし》の木々の間をぬける風のように低い声でした。けれど、夜ごと日ごとに、その唄声は高まり、甘く美しい澄んだ声に変っていきました。そしてその唄声は、月の白く大きな顔《かん》ばせが森いっぱいに光を注ぎ、椰子の木のまわりの沼地を、銀色の水たまりに変える満月の夜まで続きました。

満月の魔力は、魔法の唄よりもはるかに力強いものでした。それ以外の夜には、ラロドンガの人々は、満月の夜は眠りませんでした。けれど、それ以外の夜には、ですから、ラロドンガの人々は、罠を仕掛けておいても、姿の見えない盗人たちが、たくさんの椰子の実やタロ芋、栽培したバナナや野生のバナナを盗んでいきました。そして、人の手が届かぬような高い木のてっぺんから椰子の実が消えているのに気づくと、ラロドンガの人々は、ぞっとするのでした。


ところで、ある夜、首長のアキは、地下の世界を流れる水が湧きでるヴァイピキの泉のほとりに一人たたずんでいました。細い新月が泉にその姿を映したちょうどそのとき、泉から若者と娘が水面《みなも》に上がってくるのが見えました。若者と娘は月よりも白く、魚のように一糸まとわず、夢と見まがうほどの美しさでした。

それから、若者と娘は歌いだしました。

首長のアキは唄が聞こえると、蛸木《たこのき》の茂みに隠れ、耳をふさぎました。それは、あの魔法の唄、オマタイアヌクだったからです。若者と娘が歌いだすと、風は止み、波も眠りに落ちました。椰子の葉はそよぐのを止め、蟋蟀の歌も、止みました。

そこで、首長のアキは若者と娘を生け捕りにしようと思いました。泉の底深く、大きな魚網を仕掛けて、二人が帰るのを待ちました。夜の静寂《しじま》は深まり、火の山が吹き出す煙は、その山すそを血の色に染めていました。そして、その煙は巨人の帽子のはね飾りのように、たなびいたまま中天にかかっていました。それでも、海から吹いてきた潮風は、椰子の木立の間で亡霊のささやき声をたてていました。

一匹の蟋蟀が鳴きました。すると、無数の虫たちが、それに和して鳴きはじめました。新月は、その青白いかたちの一角を太平洋の海原に映し出しました。東の空は白み、鮫《さめ》の腹のように色を変えていきました。いまや、魔法の呪縛の刻《とき》は解け、夜が明けようとしています。

首長のアキが見守っていると、白く輝く若者と娘が果物や木の実、香草をかかえて戻って来ました。隠れていた茂みから、立ち上がったアキは、だしぬけに二人めがけて襲いかかりました。すると、若者と娘は魚のように身を躍らせ、泉に飛びこみました。けれど、どうしたことか、二人もろとも、網にかかってしまったのです。泉のほとりには、二人が持ち帰った果物が、散らばっておりました。

そこで、アキは網を水ぎわまで手繰《たぐ》り寄せようとしました。アキは力が強かったので、たやすく網を引き寄せることができました。けれど、網を返したとき、若者の方は網から飛び出し、鮭のようにきらっと身を躍らせ、底知れぬ泉の深みへと潜って逃げてしまいました。

　アキが生け捕りにできたのは、若い女の方だけでした。その娘は網の中でもがきましたが、どうすることもできません。アキに捕らえられた娘は、美しい人魚のようでした。娘の月のように白いからだからは、きらきらと輝くオパール色の光が放たれていました。

　娘は逃がしてくれるように泣きながら首長のアキに訴えましたが、彼は聞き入れませんでした。そして、娘が逃げて姿を消してしまわないように、泉の底を珊瑚《さんご》の大きな塊で塞いでしまいました。

　けれども、アキは、娘の世にもまれな美しさにうっとりとしてしまいました。それから、アキは娘に口づけをすると、やさしいなぐさめの言葉をかけました。娘は泣きやみました。娘の見開いた黒い瞳は、星が満天にきらめく熱帯の夜空のような美しさでした。


　やがて時が経つとともに、首長のアキはその娘を愛するようになりました。自分の命よりも大切に娘をいとおしみました。村人たちは娘の美しさに驚きました。娘がひとたび動けば、からだからは光を発しています。川で泳げば、水面に映る月のように、輝く一条の光となって揺れているのでした。

　けれど、この美しい娘の光り輝く姿は、月の満ち欠けとは逆に変化してゆくことに、村人たちは気づきはじめました。娘がいちばん白く輝くときは新月のときで、満月が近づくにつれて、輝きが薄れてゆくのでした。しかも、新月が昇るたびに、娘はひそかに涙するのでした。

アキは娘を慰めようとして、島の言葉で愛のささやきを教えました。しかし島の言葉では、愛の語らいも、夜鳴く鳥のさえずりのように聞こえ、慰めにはなりませんでした。

こうして、何年も過ぎてゆきました。首長のアキもいまでは老人になってしまいました。けれども、娘は若いままでした。そのわけは、娘が歳をとらない国の者だったからです。そしてあるとき、娘の瞳の色がこれまでになく深くなり、いいようもないほど優しい眼になったことに、人々は気づきました。

年老いたアキは、自分がこの歳で父親になろうとしていることに気づきました。けれども、娘は泣きながら、アキにこう訴えたのです。

「わたしは、あなたとは異なる種族のものです。とうとう、暇乞いをするときがやってまいりました。わたしを愛していてくださるのでしたら、わたしの白いからだを切り開き、子どもを助けてやってください。と申しますのも、子どもがわたしの乳を飲めば、わたしはもう十年、この縁もゆかりもない世界で暮らさねばなりません。わたしのからだを切り開いていただいても、わたしのからだは傷つきません。たとえ、ひとたび死んだように見えても、わたしのからだは生き続けるのです。

水が斧や槍で傷つかないように、わたしは傷つくことはありません。わたしは、水と光、月光と風からできている種族の者だからです。わたしは、あなたの子どもに乳をふくませることはできないのです」

けれども、アキは娘も子どもも失いたくなかったので、うまく娘を言いふくめ、引きとめました。こうして生まれた子どもは、白い星のように美しい子でした。娘は、さらに十年のあいだ幸せに暮らし、子どもを大切に育てました。

しかし、十年が過ぎたとき、娘はアキに口づけをして、言いました。

「ああ、今度こそ、お別れしなければなりません。さもないと、わたしの命は絶えてしまいます。どうぞ、泉の底の珊瑚の塊をはずしてください」

それから、娘はいま一度アキに口づけをして、ふたたびもどってくることを約束しました。それで、アキはついに娘の願いを聞き入れました。娘はアキを一緒に連れて帰りたかったのですが、それはかなわぬことでした。アキはいつかは死ぬべき運命の種族の者でしたから。そして、娘は微かな光を発しながら、泉の奥深くへと消えていきました。

アキの子どもは、とても背の高い美しい少年に育ちました。ただ母親には、似ておりませんでした。海を越えてやってくる異国の人々のように、色が白いだけでした。けれども、少年の眼には妖しい光が宿っていて、新月の夜になると光り輝き、満月が近づくとその輝きは薄れるのでした。

ある夜、大嵐がやってきました。椰子の木々は葦のようにしなりました。すると、不思議な声が風に混じって運ばれてきて、泣いたり、叫んだりするのでした。夜が明けてみると、少年の姿はありませんでした。そしてその後、二度と少年を見た者はおりませんでした。

アキは百歳を超えても、生きておりました。娘の帰りを、ヴァイピキの泉のほとりで待ち続けました。とうとう、アキの髪も夏の雲よりも白くなってしまいました。そこで、島の人々はアキを彼の家まで連れて帰り、蛸木《たこのき》の寝台に寝かせました。村の女たちはみんなで、アキが亡くならないように世話をしておりました。

それは、新月の夜の、月が昇ってきたときのことでした。にわかに低く甘い美しい声が、聞こえてきました。それは、古い昔の唄をうたっていました。その唄を覚えている者もおりましたが、五十年も昔の唄でした。歌声はせつないほど甘く美しいものでした。

新月はたかくたかく昇っていきます。蟋蟀は歌うのを止め、椰子の木は風になびくのを止めました。

そのとき、なにか重たいものが、アキを見守る女たちの上にのしかかってきました。女たちは目を見開いているのに、手足を動かすことも、声を出すこともできませんでした。月の光よりも白く、湖の魚のようにしなやかな容姿の一人の女に気づいたのは、そのときでした。

居並ぶ付き添いの女たちのあいだをすべるように通り抜けると、女はアキの白くなった頭を自分の光り輝く胸に抱きとめました。そして女はアキに歌いかけ、口づけしては、老いたアキの頬をそっと撫《な》でさすりました……。

陽が昇り、付き添いの女たちが起き出してきました。アキの様子を見ようと身をかがめると、アキは静かに眠っているように見えました。けれども、女たちが呼びかけてみても、返事はかえってきませんでした。アキのからだにさわると、アキはもう動かなくなっていました。アキは永遠の眠りについたのでした……。

——The Fountain Maiden（*Stray Leaves From Strange Literature*, 1884）

鳥妻

その地では、いくたびも月が満ちては、ふたたび欠けてゆくのでした。

ちょうど人間が死んでは、魔力によって生き返ることがしばしばあるように——。

いっぽう太陽は、青白い霞の輪の中を動き、沈むことはありませんでした。

それでも、ついには沈むときを迎えますが、明るさはまだ残っています。それは、死者たちが氷山の上空に赤い炎を焚くからです。

そして死者たちは、ほの暗い日々を幾月も過ごし、ふたたび太陽がのぼってくるまで待っているのです。


この地では、すべてのものが真白で、そうでないものといえば、黒い海と鉛色の霧だけでした。このあたりでは、どこまでが海で、どこからが陸なのかはっきりしていませんでした。それは、神々がこの世界をお創りになったときに、最後の仕上げをするのを忘れたからでした。

氷の頂《いただき》は太くなったり、細くなったりしながら、北や南に移動しては、その様相を不気味な姿に変えていきます。長くなったり、広がったりする氷には、顔があって、それは絶滅した生きもののような形をしています。

満月になると、死んだ魚を食べて生きているおびただしい数の犬たちが、とどろく海に向かって、いっせいに遠吠えをします。すると、大熊たちがその叫びを聞きつけて、氷河のいちばん高いところに集まり、そこから犬たちに向かって、鋭く尖った白い氷の岩を投げつけます。

そうした風景の中に、山が赤い炎を立ちのぼらせてそびえ立っています。そこには、この世ができたときから燃え続けている炎の泉がありました。また地表のあらゆるところには、巨大な骨が堆積《たいせき》していました。ただし、これは夏の光景で、冬ともなれば、氷のきしめくうめき声と風の高鳴る悲鳴、それに薄氷の歯ぎしりする音のほかは、なんにも聞こえてきませんでした。

さて、こうした辺境の地にも人は住んでいます。彼らの家は氷で作られた小屋で、ランプの灯《ひ》には海の動物の脂を燃やし、野生の犬たちを飼い慣らして暮していました。

しかし、ここの住人が最も恐れているものは、ハヴェストラムという、古代の氷のような緑色の、両腕のない人間の形をした怪物でした。またマージャイジというのも、人間の小屋が建っている氷の下から叫び声をあげる、人間の女の姿をした怪物です。

そのほかにも、氷柱《つらら》の牙をもつ熊の怪獣や、カヤックを黒い海へと引きずりこむ氷山の妖精がいました。また、魚の鱗よりさらに薄い氷の上を、霧のごとく、声なき仲間たちと共にうろつきまわる象牙採りの幽霊や、夜道に迷った者を待ちうけては、執拗に笑いかけ、みな殺しにしてしまう白い亡霊や、決して追いかけて捕獲してはならない白い眼の鹿が住んでいました。

ここには、テュピレックを生み出す魔法使いやイリセートサットたちの住処《すみか》もありました。このテュピレックとは、恐ろしいものの中でいちばん恐ろしいもので、言葉に言い表せないもののうちでもいちばん言葉で言い表すことが出来ない怪物です。

ですから、この地は海と陸の怪物の骨や、人間が誕生するはるか昔に絶滅した生きものの頭蓋骨《ずがいこつ》と肋骨《ろっこつ》であふれていました。あちこちに、そうした骨の山や島がありました。

そこへ、時折、遠く南の国の大商人たちがたくさんの犬を連れ、橇《そり》に乗った象牙採りたちを送りこんできました。象牙採りは命がけで、あまり深くないところの氷や砂地から突き出ている白い歯やぶきみな牙を掘りだしました。

すると、イリセートサットはそうした骨の中から、いちばんでかいものを捜し出すと、海と陸の多量の動物の心臓や脳味噌とをいっしょに、大きな鯨の皮でつつみ、奇妙な呪文を唱えはじめました。

するとその大きな包みが、ぶるぶると音をたてて震えだしました。そして、神々が創造したものよりも、はるかにおぞましい形の大きなものに変化しました。それは何本もある足でうごめき、いくつもある眼であたりを見まわし、無数にある歯でものをむさぼり食うのでした。これが創造主の意のままになる、テュピレックという怪物です。

＊

ところで、この土地ではすべてのものが形を変えます。あたかも氷が気まぐれに形を変えてみたり、砂地の境界線が絶え間なく変化したりします。あるいは骨が土に、土が骨に変化するように変えるのです。だから、動物たちも人間のかたちをしてみたり、鳥が人間のふりをしたりしています。なぜなら、ここではすべてのものが、魔力を秘めているからです。

ある日のこと、一人の象牙採りが、鷗《かもめ》の群れが人間の女に姿を変えているところを目撃しました。そこで、その男は自分も白い皮を身にまとい、注意深くその女たちの方へとしのび寄って行きました。そして、女の姿になった鷗の群れにいきなり襲いかかり、いちばん身近にいた女を、がっしりとした手で捕まえました。

残りの鷗たちはふたたび鳥の姿にもどると、長い奇妙な鳴き声をあげながら、南の方へと飛び去ってゆきました。

その生け捕った女は、痩せた新月のような少女でした。色白で、鷗のように黒い穏やかな眼をしていました。象牙採りの男は、少女が逃げだそうともがいたりもせずにただ嘆き悲しむのを見て、不憫《ふびん》に思いました。そこで、少女を雪でできた暖かい自分の小屋に連れ帰り、柔らかな毛皮を着せ、大きな魚の心臓を食べさせてやりました。そして、やがて、かわいそうだと思う気持ちが、少女を愛する気持ちに変わりました。

少女は男の妻となりました。

こうして、二人は二年間いっしょに幸せに暮らしました。男は網と弓を巧みに使って狩りをし、いつも妻に魚と獣の肉を分け与えておりました。けれど、留守にするときはかならず、妻が鳥になって逃げてしまわないように、小屋の戸をふさいでおきました。

しかし、子どもが二人生まれると、そんな不安は、男の頭から消えてしまいました。妻は夫について狩りにも出かけました。そして、弓をあやつるようになりましたが、鷗を殺してはいけない、と夫にしじゅう訴えておりました。かくして、二人は相思相愛の暮らしをつづけ、二人の子どもはたくましく、敏捷な子に育ちました。

そうしたある日のこと、夫婦でいっしょに狩りをしていると、夫はいつになくたくさんの鳥を射落としました。すると、妻は二人の子どもを呼んで「急いで、母さんの羽をもってきてちょうだい」と言いつけました。子どもたちが両手いっぱいの羽を持ってくると、母親はその羽を子どもの両腕と自分の肩につけると、かん高い声で叫びました。

「さあ、飛ぶのよ！　おまえたちは鳥なのよ！　風の子なのよ！」

すると、着ていたものが三人の身体からはがれ落ちてゆきました。そして、あっと言う間に、母親と二人の子どもは鷗の姿に変貌しました。母親と二人の子どもは、何度も何度も輪を描いては、冷たく輝く空へ、高く高く舞い昇って行きました。

鷗になった母親と二人の子どもは、泣き伏す父親の頭上で三度ほどくるくると旋回しました。それからほどなくして、氷の頂の上空で三度鳴き声をあげたかと思うと、はるか遠い南の空をめざして飛び去って行きました。そして、母親と二人の子どもは、永久にもどってくることはありませんでした。

——The Bird Wife（*Stray Leaves From Strange Literature*, 1884）

最初の音楽家

フィンランドの古典叙事詩『カレワラ』[1]には、世界は卵の黄身から、天は卵の殻から創られたことや、鉄《くろがね》の起源、鋼鉄《はがね》の誕生、さらには「音楽」の始まりなどが語られています。

さて、最初の音楽家は誰かといえば、英雄ワイナモイネン[2]でありましょう。ワイナモイネンが、最初の三弦の竪琴カンテレを、音のよく響く樅《もみ》の木と大きなカマスの骨から造ったことは、「カレワラ」の第二十二章に述べられています。

ワイナモイネンは、樅の木から竪琴の胴の部分を、大カマスの歯から糸巻きを造りました。また弦は、悪の魔術師ヒイシの駿馬の黒いたてがみ、つまり、狼と熊の番人ヒイシの種馬の光り輝くたてがみから造ったのでした。

かくして、楽器はできあがり、竪琴《カンテレ》は弾くばかりになりました。老いたる英雄ワイナモイネンは、老人たちに、竪琴を弾き、太古の詩を歌うように命じました。

　そこで、老人たちは歌い出しましたが、禿山を吹く風のように弱々しい歌声でした。老人たちの声は、寒々とした震えるような声でしたし、竪琴は力の入らない指先をはね返してしまいました。

　つぎに、老英雄のワイナモイネンは、若者たちに歌うように命じました。けれども、若者たちの指先も弦の上で震え、哀れな音色を奏でるだけでした。竪琴は触れる指先を、やはりはね返してしまったのです。音は歓喜の音とはならず、歌も歌に和することはありませんでした。

　そこで、老ワイナモイネンは、氷の荒野に住む魔法使いポホヨラ人の魔女たちに竪琴を渡しました。魔女たちは歌いました。魔女の娘たちも、歌いました。そして、魔法使いたちも、歌いました。そして、魔法使いたちの子どもたちも歌いました。それでも、歓喜の音楽は奏でられず、歌も歌に和することはありませんでした。

　竪琴は指が弦に触れるたびに、きいきいと鳴きました。その音は、人が闇夜におののき、見えない手で触れられたときの悲鳴のようでした。すると、この竪琴の悲鳴で、炉辺の隅でまどろんでいた、二百回以上もの冬を越してきた高齢の老人が、その眠りを破られました。

「やめろ！　やめてくれ！　頭が痛くなるわい。骨の髄まで凍りつきそうじゃ。竪琴を海か湖に捨ててしまえ。さもなくば、造った者に返してしまうがよい」

するとと、不思議なことに、竪琴の弦がひとりでに美しい調べを奏ではじめました。そして、その竪琴の調べは言葉に変わり、こんなふうに懇願しました。

「わたしを深みに投げ込まないでください。わたしを造った者のところへお返しください。造った者の手に返れば、歓喜の音も、優しい調べも奏でることが出来ましょう」

そこで、人々は、造り手のワイナモイネンのところへ、竪琴を返しました。

老英雄ワイナモイネンは、まず両手の親指を洗いました。指先を洗い清めると、海沿いの銀の小山にある歓喜の岩、いや、黄金の丘の頂に腰掛けました。そして、竪琴カンテレを取り上げると、声を張り上げました。

「太古から伝わる歓喜の歌、竪琴の妙なる音、音楽の調べを聞いたことのない者たちは、みなここに聴きに来られよ」

そう言うと、ワイナモイネンは歌い始めました。その声は流れる水のように澄み、清らかで深く、力強く、美しく響きました。

竪琴の弦をかき鳴らすワイナモイネンの指は軽やかで、その指先に合わせて、竪琴は世にも不思議な音楽を見事に奏でました。何千羽の小鳥が、いっせいに喉を震わせて歌っているような美しい調べです。そして、歌い手が歓べば、弦もまたそれに共鳴します。竪琴が奏でる音楽は、ワイナモイネンの歌に和し、呼応しました。森に住む生き物、空に住む生き物はみな、まろやかで美しい歌声を聴こうと、偉大な詩人ワイナモイネンのまわりに集いました。

灰色の狼たちは、広大な沼地の隠れ家から出てきました。熊たちは、樅の木の根っこや、大きな松の木の洞穴の住処を出て、やってきました。みんなは、行く手に障害物があればよじのぼり、邪魔ものがあれば、踏み越えてやってきました。

森の主、黒い顎《あご》ひげをはやした老人で、歓びに満ちた森の王クイナッパも、やってきました。そして、野獣の神タピオの従者たちも、みんなワイナモイネンの音楽を聴こうと姿を現しました。森の王の妻、猛獣の女神、タピオラの女主人も、紅の衣装に、空色の靴下を身につけて、老英雄の歌に耳を傾けようと、空《うつろ》の樺《かば》の木によじ登りました。

森の動物たちも、空の鳥たちもみな、この老音楽家のすばらしい演奏を聴こう、妙なる歌声を聴こうと、急いで駆けつけてきました。

鷲《わし》は雲の合間から舞い降り、鷹《たか》は風を切り、白いカモメたちは、遥か遠くの沼地を後にして、やってきました。白鳥たちは、清流の淵から飛び立ちました。また、身軽なヒバリや機敏な金腹《きんぱら》、美しい紅ヒワも、神のごときワイナモイネンの肩に止まろうと飛んできました。

空に輝く清らかで光り溢れる太陽と美しく照り輝く月は、その歩みを止め、太陽は蒼《そう》穹《きゅう》に、月は長くたなびく雲の端にそれぞれ陣取っておりました。そして、太陽と月は繊細な光の織物を金の杼《ひ》で織り、銀の梳櫛《すきぐし》で梳《す》いておりました。

突然、今まで聞いたこともない吟唱詩人ワイナモイネンの、力強く美しい歌声が聞こえてきましたので、金の杼は、太陽と月の手から抜け出し、銀の梳櫛は彼らの指の間から滑り落ち、織物の織り糸は切れてしまいました。水に住むあらゆる生き物たち、深海の何千ものひれをもつ魚たちもみな、ワイナモイネンの美しい歌声を聴きにやってきました。

鮭と鱒が、すばやく泳いでやってきました。川カマスたちも、角サメたちも、やってきました。大きな魚たちも、小さな魚たちも、岸辺にやってきて、できるかぎり近くに身を寄せて、ワイナモイネンの歌に頭をもたげて、聞き入っておりました。すると、そこへ、海とともに齢《よわい》を重ね、海藻のひげをはやした、水の王者アフトが、睡蓮《すいれん》に乗って波間に現れました。

また、豊饒なる海神の妻も、金の櫛で髪を梳いていると、ワイナモイネンの歌が聞こえてきました。すると、彼女は櫛を手からとり落としてしまい、震えるような喜びに包まれました。そして、何が何でもその歌を聴きたいという思いが募りました。そして、海神の妻は、緑色の海の深淵から身を起こして、岸辺へと近づいていきました。そして浜辺の岩に胸を寄せ、ワイナモイネンの声に和する竪琴の優しい美しい調べに耳を傾けました。

勇士たちも、みな涙を流しました。彼らのかたくなな心も和らいでいきました。それまで涙したことのないものたちも、このときばかりは、みな泣きました。

若者たちも、老人たちも、泣きました。強者《つわもの》たちも泣きました。乙女らも泣き、幼い子らも泣きました。ワイナモイネン自身もまた、涙の泉があふれでてくるような気がしておりました。

やがて、老音楽家ワイナモイネンの涙は、山の野イチゴやツバメや鶏の卵の数よりも、たくさん滴《したた》りはじめました。ワイナモイネンの涙の滴りは、頬をつたい、頬から膝へ、膝から脚へ、脚から大地へと流れ落ちて行きました。

老音楽家のワイナモイネンの涙は、六枚重《かさ》ねの毛織りの外套、六本の黄金の帯、七枚の青い衣服、八枚の厚手の下着にも、染み込んでゆきました。

やがて、老ワイナモイネンの涙は、川の流れとなりました。そして、海辺へ流れてゆき、海辺からいっきに深海へ、黒い砂の邦へと落ちてゆきました。彼の涙は海底で花開き、真珠となりました。そしてその真珠は、王の冠や雄々しい勇士の永遠の喜びにふさわしいものとなりました。

老いたる音楽家のワイナモイネンは、声高らかに言いました。

「若者たちよ！　良家の娘たちよ！　深海の水底の黒砂の邦から、わたしの涙を拾い集めてこようとするものは、誰もいないのか」

しかし、若者も、老いたる者も、声をそろえて言いました。

「私たちの中には、深海の水底の黒砂の邦から、あなたの涙の珠《たま》を拾い集めに行く者は、誰もおりません」

と、そのときです。一羽の青い羽毛のカモメが飛んできて、冷たい海の波の中にくちばしを浸しました。それから、カモメは深海の水底の黒砂へ潜り込むと、真珠となったワイナモイネンの涙の珠を拾い集めはじめたのでした。

1　『カレワラ』　フィンランドの全五十章からなる古典叙事詩。

2　ワイナモイネン　『カレワラ』に登場する、太古の吟唱詩人である英雄。

——The First Musician (*Stray Leaves From Strange Literature*, 1884)

愛の伝説

死を司る天使《アズラ》ジェミルが、言いました。

「わたしは生きているかぎり、あなたを愛しつづけます。たとえ、わたしが死んだとしても、わたしの霊は墓から抜け出し、あなたの霊を追いつづけることでしょう」


山腹の台地にそそり立つ、強固な白い都を、ごらんになったことがあるでしょうか。砦《とりで》の物見の塔の上に広がる青い空には、椰子《やし》の木々が揺れています。風に波立つ湖面には、アラビア風の門とその長押に光る預言者の金句、大怪鳥ロクの卵のようなモスクのドームが、震えながら映し出されています。

そして、イスラム寺院の尖塔《ミナレット》からは、沈みゆく夕陽の赤い光の中で、信者たちに礼拝を呼びかける声が、朗々と響き渡って聞こえてきます。

「眠りに就こうとする者たちよ、おまえたちの魂を、眠ることとなき神にゆだねよ！」……そのイスラムの都にも、キリスト教徒が多く住んでおりました。——「キリスト教徒の亡骸は、ひき砕かれ、その名は永久に抹殺されんことを！」

そう、でも、その名は忘れてしまいましたが、そのなかにたった一人だけ、除いておくべき名の者がいます。それは女の名ではありましたが、忘却ということを知らぬわれらの預言者が、その女の名を書き記しておいたのです。

都の城壁の近くに、イスラム教徒を埋葬する墓地がありましたが、そのなかに、互いの足と足とが向きあった二つの墓がありました。一つは、頭部がターバンの形をした墓石でしたが、もう一方は、塚石の形をしておりました。どうやらそれは女の墓らしく、浮き彫りの花と死者の名前だけが、墓石に刻まれていました。墓のそばには、古い糸杉の老木が立ち並び、彼女の死の悲しみを悼むかのように、あたりを夏の夜のようにほの暗く覆っています。

……チューリップの茎のようにすらりとしたその娘が歩く姿は、軽やかで、まるで彼女の足どりは、歩くたびに台地に口づけをしているかのようでした。ヴェールを脱いだ娘の素顔をごらんになったことがあるでしょうか？　ほほ笑んだときに、褐色の唇の間から見えるその歯の、なんと白くまぶしかったことでしょう！　若者の方も若い盛りで、娘に対する恋心は、サヒド・ヘン・アグバの語った、死を司る天使《アズラ》ベニのように激しいものがありました。

けれども、娘はキリスト教徒でした。一方、若者はイスラム教徒でした。だから、二人は人目を忍んで会わなければなりませんでした。ましてや、互いの両親に二人の仲を打ち明けることなど叶いませんでした。若者がキリスト教徒になれないのは、改宗すれば、子孫の代までイスラムの神に見放されてしまうことになるからです。一方、娘が異教のイスラム教の信仰を親たちに告白できないのも、一族に恐れを抱かせることになるからでした。

ですから、娘は家の格子の窓越しに、ときおり若者と愛を語り合うことしかできませんでした。こうして、愛を育んでいた二人でしたが、やがて二人とも重い病の床につくことになってしまいました。若者の病はかなりひどく、しばらくは、自分が誰かもわからないほどに弱ってしまいました。

やっとのことで、若者の病は癒えましたが、しばらくの間、ダマスカスの都へ転地療養することになりました。しかしそれは、愛しい恋人から身を遠ざけるためではなく、ひとえに健康を回復させるためでした。ところで、若者の家は貧しく、娘の家は裕福でした。二人は、手紙のやりとりをして思いをたしかめ合うことにしました。娘は若者に百ディナールを添えて、手紙を書き送りました。

「わたくしを愛してくださるのなら、このお金で絵師を見つけ、あなたの肖像画を描いてもらってください。そうすれば、わたしはいつでもあなたに口づけすることができます」

若者は返事をしたためました。

「愛する人よ、ご存じないのでしょうか。それは私たちの信仰に背くことなのです。最後の審判の日に、もし神が、あなたの描かせた絵姿に生命《いのち》を与えよ、と命じられたら、あなたはなんと答えるのでしょうか？」

娘はこう返しました。

「愛する人よ、審判の日に、わたしはこう答えます。神よ、あなたはご自分の創られたものには、ものを生み出す力がないことをご存じでしょう。でも、この肖像画にあなたの命を吹き込んでくださるというのなら、わたくしは、あなたのお創りになった一番美しい生き写しの絵姿を、たとえ自分の魂より深く愛したという罪に問われようとも、永遠に祝福いたします、と」……。

やがて、若者は、都へもどって来ましたが、また病に伏してしまいました。そして、いよいよ最期のときを迎え、友人の耳元でこう呟きました。

「現世では、心から愛するあの娘と会うことは、もう叶うまい。心にかかるのは、私がイスラム教徒として死ねば、あの世でも娘に会えないことだ。いっそ、信仰を捨てて、キリスト教徒に改宗したいものだ」

こう言い残して、若者は息を引き取りました。若者がこんなことを口走ったのは、心が病んでいたからにちがいないということになりました。そして、彼の亡骸はイスラム教の埋葬所に葬られました。

それから若者の友人は、娘のところに急いで駆けつけました。しかし、娘も死に瀕《ひん》しており、心痛からか深い悲しみがただよっておりました。娘は亡くなった若者の友人に言いました。

「わたくしが心よりお慕いもうしている方に、もうこの世ではお目にかかることができなくなりました。気がかりなのは、わたくしがキリスト教徒として死ねば、あの世であの方にお目にかかれぬことです。ですから、わたくしは心に誓います。アッラーのほかに神はなく、マホメットが神の預言者であらせられることを！」

それを聞いた若者の友人は、娘の耳元でことの顚末を伝えました。娘は驚いて、こう言いました。

「わたくしをあの方の眠るところに運んでください。そして、わたくしの足とあの方の足が向き合うように埋葬してください。そうして頂ければ、わたくしが審判の日に甦《よみがえ》ったとき、あの方のお顔と向き合い、お会いすることができますから」

——A Legend of Love (*Stray Leaves From Strange Literature*, 1884)

天女バカワリ

ヒンドゥー語で書かれた物語には、不思議なものがあります。古代インドの神々、天女《アプサラ》たちや鬼神《ラークシャサ》たちの物語ですが、書き遺したのは、イスラム教徒たちでした。題して「バカワリの薔薇《ばら》」といいます。

そこには、水浴びをすれば、男は女に、女は男に変わるという霊水が湧き出る泉や、枯れることなく咲き続け、ひとたびその匂いを嗅げば、目の見えぬものは目が見えるようになるというお話――。

その物語には、魔法によって生み出された花の由来なども、描かれております。なかでも、これからお話しする人間と神との恋の物語は、ほかには類を見ないお話といえるでしょう。

……ザイヌル・ムルク王が、インド東方の国々を治めていたころのことです。バカワリという天女が、そのほかならぬムルク王の息子と恋に落ちてしまいました。

若者も天女バカワリのように美しく、愛欲の神カーマも、顔色を失うような美青年でした。この世に生まれてきたのは、恋をするためかと思われたくらいでした。

さて、この国では、命あるものは、草木といえども、美しい乙女の足に触れただけで、香りのよい花を咲かせる無憂樹《アソカ》のように、美しさにとても敏感でした。そのうえ、バカワリは、もともと神の娘でしたから、地上のどんな創造物よりも美しかったのです。

人々は天女バカワリを見て人間の娘と思いこみ、バカワリについて問われれば、こんなふうに答えました。

「そんなことは聞いてくれるな。それよりも、夜なき鶯《ナイチンゲール》にでもたずねて、バカワリの美しさを歌ってもらうことだね」

大王の息子タジュル・ムルクも、バカワリに巡り合い、天の伎楽神ガンダルヴァのひそみにならい、ひそかにバカワリと心を通わせていました。でも、まさか自分の恋人が人間ではないなどとは思いも及びませんでした。ただ、バカワリの瞳は不思議なほど大きく、黒々としており、髪からはタタール産の麝香《じゃこう》の香りがすることに、若者は、気づいていました。

また、動くたびにバカワリの身体から光と香りがこぼれ出るので、ムルクは思わず言葉を失って見とれてしまいました。そして、壁画に描かれた人物像のように身動きができなくなるのでした。

一方、バカワリの心を燃え立たせた恋の炎も、黄金色の蛾《が》はみずからの手で身を焼き尽くすように、彼女の理性を燃やし尽くしてしまいました。バカワリは、一族のことも、自分が神であることも、天の住処のことさえも、すっかり忘れ果ててしまいました。

＊

インドの聖典の中には、永遠の都アマラナガルと、そこに住む神々について記述されたものがたくさん見受けられます。その都アマラナガルには、空色の顎《あご》ひげをはやした空の神、インドラが住んでおりました。天の神スールヤのまわりを天の星座が輝きながら踊りめぐっているように、そこでは、まどろむことのない天界の踊り子たちに囲まれて、みな眠ることなく快楽に耽っておりました。ここ こそが、天女バカワリが、人間の若者との恋に落ちて、見捨てた都でした。

さて、天界では宴たけなわ、あたりの空気が芳しく匂う宵のことでした。インドラ神がしばらく忘却していたことをにわかに思い出したかのように、寝椅子から身を起こし、そばの者に尋ねました。

「フィロズの娘、バカワリはどうしておるのか。このごろしばらく見かけぬようだが？」

そば仕えの一人が、申しました。

「インドラ様に申し上げます。可愛い天女様は、人間との恋の罠《わな》に捕らえられてしまったようでございます。夜なき鶯のように、もはや恋することは叶わぬことと、嘆いております。バカワリ様は、人間の恋人の、いずれは衰える若さと美貌に、もうまったく夢中なのでございます。

バカワリ様は人間の若者との恋に夢中でございます。今は、あの若者がバカワリ様のすべてでございますから、一族のことさえ忘れ去り、ご自分が神であることまで毛嫌いする始末です。

インドラ様、あの人間の若者のために、あの薔薇色の天女バカワリ様は、この宮殿にしばらくお姿を見せぬのでございます」

それを聞くとインドラ神は激怒して、バカワリに痴《たわ》け者との恋の申し開きをさせるため、自分のところへ引き連れてくるように申しつけました。神々が、寝ているバカワリを起こし、雲の車に乗せて、インドラ神の前に連れて来ました。

バカワリの唇は、人間と交わした口づけのせいで、まだしっとりと濡れておりました。喉のあたりには、若者がつけた口づけの赤い印が残っていました。バカワリは、祈るときのように両手の指を組んで、インドラ神の前にひざまずきました。空の神インドラは、象に乗り、戦さに出陣するときのような恐ろしい形相で、バカワリをにらみつけました。それから、まわりにいる神デーヴァたちに言いつけました。

「神の身であることをわきまえぬ、この人間臭い女を、焼いて浄《きよ》めるのだ。つまらぬ恋に身をやつし続けるなら、このおれ様の目の前で、何度でも火あぶりにしてくれるわ」

神たちは、天界で一番美しい天女バカワリを縛りつけ、太陽の炎のように激しく燃え盛る炉の中に、彼女を投げ込んでしまいました。するとたちまちのうちに、バカワリのからだは、ひと塊の白い灰と化してしまいました。

ところが、その灰に霊水をふりかけると、めらめらと燃え盛る炉の中から、たった今生まれてきたかのように、一糸まとわぬ姿のバカワリが、以前よりもさらに美しく、薔薇色に輝いて立ち現れました。すると、インドラ神は以前のように、生れ変わったバカワリに、目の前で踊りを舞ってみせるように命じました。

そこで、バカワリは天界の王宮で舞われる踊りの数かずをすべて舞ってみせました。あるときは、かおる風にたわむ花のように、またあるときは、月光の下でうねり蛇行する水のように舞いました。またあるときは、風に舞い散る木の葉のようにくるくると円を描いたり、蜜蜂のように軽快に飛び回ったりして、踊り続けました。

うっとりするような数かずの可憐な舞いに、バカワリの踊りを見つめるインドラ神も一座の者も、心酔しきってしまいました。そして、だれもかれもが、賞賛の声を上げました。

「花の化身であろうか！　はたまた、薔薇の生れ変わりであろうか！　うるわしい花園のみやびやかさよ！　あでやかな花よ！　花の妖精よ！」

*

こうして、バカワリは、毎夜、アマラナガルのインドラ神の前にまかり出て踊ることとなりました。そして、バカワリは愚か者とののしられようとも、自分の恋を捨てようとはしなかったので、毎夜、インドラ神から激しく燃え盛る炎の浄めを受けねばなりませんでした。バカワリは毎晩、神の前で舞い終えると、宮廷の薔薇水が湧き出る聖泉で水を浴びました。それから人間界の恋人のところにもどり、若者が目をさまさぬうちに、そっとそのかたわらにわが身を横たえるのでした。

ところが、ある夜のこと、恋人のタジュル・ムルクがたまたま夜中に目を覚ますと、いつも手の届くところにいるはずのバカワリがおりません。そこにあるのは、枕に残された彼女の髪の移り香と、寝椅子にしどけなく投げかけてある香《こう》ばしい衣類だけでした。

しかし、その夜、バカワリが戻ってくると、また一段と艶やかさが増しているように見えましたが、タジュル・ムルクは、一言も恋人に問い質《ただ》すことができないままでおりました。

つぎの夜は、眠らぬよう、指先を鋭い刀で傷付け、傷口に塩をすりこんでおきました。やがて天の車が音もなく、長い銀色の月の雲のように空から降りてきたとき、タジュル・ムルクは起き上がり、バカワリに気づかれぬように、こっそりと跡を追いかけました。

天の車にしがみつき、若者は吹きつける風にたえながら、アマラナガルまで上り、宝石で飾られた宮廷のインドラの御前近くまで入り込みました。インドラ神は美しい天女たちに囲まれて、神酒ソーマに酔いしれており、タジュル・ムルクには気づきませんでした。

タジュル・ムルクは、柱のかげに隠れ、これまでに見たことのないような美しい天女たちを目にし、人間界の楽士たちが聴いたことのないような妙なる調べの音楽を耳にしました。宮廷の壮麗さには戸惑うばかりで、雷文模様を組み合わせ、宝石をちりばめた頭上のアーチは、まるで無数の虹が交差して、混じり合っているように見えました。

けれども、タジュル・ムルクは、突然、あの恐ろしいバカワリの炎の浄めを目の当たりにしてしまいました。彼の心臓は凍りついたようになり、思わず悲鳴をあげてしまいました。もしもそのとき、魔法の言葉が唱えられ、魔法の霊水がふりかけられるよりもはやく、タジュル・ムルクの足が動いていたとしたら、若者も白熱の炎の中に身を投じていたことでしょう。

やがて、タジュル・ムルクは、バカワリが雪のように白い灰の中から、すくっと立ち昇ってくるのを見ました。まるで彼女は、千相もの美しい姿をもつ繁栄の女神吉祥天女《ラクシュミー》のように、前よりも光り輝いて見えました。バカワリは太陽の神との逢瀬からたった今帰ってきたばかりの彗星のように、しなやかな姿態を見せ、輝く長いつややかな髪をたらし、生き生きとしておりました。

それから、バカワリはひとしきり舞を舞い終わると、立ち去って行きました。タジュル・ムルクも、来たときのように下界にもどって行きました。

＊

夜が明けるころ、タジュル・ムルクは、バカワリのあとを追って天界に昇って行き、バカワリの秘密を知って驚いたことを、バカワリに打ち明けてしまいました。すると、バカワリは身を震わせて泣きました。

「まあ！　なんてことをなさったんでしょう」と泣きながら申しました。

「あなたは、ご自分をご自分の敵にしてしまわれました。わたくしが、あなたのためにどれほどつらい思いをしてきたかご存じないのでしょう。一族のものからは呪われ、神々からは辱められてきたのです。それでも、わたくしはあなたとの恋に背《そむ》くよりは、夜ごとの炎の責め苦を選んだのです。毎夜、こうして幾たびも死のうとも、あなたを失うよりはましと思ったのです。

でも、あなたはその目でわたくしの秘密の姿をごらんになってしまわれました。人間には神の世界に来ることを禁じられておりますから、人間が天界からもどるときは、罪を与えられるのです。こうなっては、これ以上むごいことにならないよう、うまい手だてを考えねばなりません。あなたをそっとアマラナガルにお連れして、インドラ神さまのお心を和らげ、すべてをお許しいただくようにせねば……」

＊

それから、天女バカワリはもう一度、炎の責め苦を受けた後、神々の前で舞を踊りました。その舞は今までのような舞ではありませんでした。光り輝く髪を舞い上がらせながら、手足を巧みに使うものでした。バカワリは、なまめかしい白い脚を素早く動かし見事に舞って見せたので、一同は幻でも見ているかのような眩惑された気分になりました。

バカワリの美しさは見ているものの舌までしびれさせ、「おお、そなたは花の化身！」と賞賛する声音も、やがてささやきともつかぬ弱々しい声となって、消えていきました。楽士たちの指はけだるくしびれ、楽の音は震えながらかすれてゆき、やがて昂まりを迎えると、止みました。

感動のあまり静まりかえった満座の沈黙を破って、インドラ神の喜びの声が、遠雷のように響きわたりました。

「バカワリよ、見事であった！　褒美をとらそう。そなたの欲しいものを何なりと申してみよ。三大神トリムールティに誓ってもよいぞ！」

すると、バカワリはインドラ神のみ前にひざまずきました。舞を終えたばかりなので、まだ大きな息で胸を弾ませていましたが、神妙な声で申しました。

「インドラ様、叶うことならお暇をいただき、わたくしがお慕い申し上げる人の命あるかぎり、その方と一緒に暮らしとうございます」

そう言うと、バカワリは、若いタジュル・ムルクをじっと見つめました。

このバカワリの言葉を聞いて、インドラ神も、タジュル・ムルクの方をじっと見つめました。だが、天の宮廷が暗くなったかと思われるほど、インドラ神は苦りきった顔をしました。それから、こう申しました。

「人間の子よ。おまえもバカワリと同じことを願うのだろうが、バカワリのような天女を連れ出し、妻にすれば、かならずやおまえには裁きが下るだろう。それから、バカワリよ、恥を知らぬおまえは、三大神に誓ったゆえしかたないことだが、その若者とこの天界を去ってもよいぞ。だが、その代り改めて誓おう。これより十二年の間、おまえの腰から下を大理石に変えることにいたす。さあ、行くがよい。行って、おまえの恋人を喜ばせてやれ！」

こうして、バカワリはセイロンの森の奥深くに埋もれ、荒れ果てた仏塔《パゴダ》の一室に置かれることになりました。両足から腰までが大理石となったバカワリは、そこで石の台座に座ったまま、何年かを過ごすことになりました。そして、タジュル・ムルクは、バカワリの居場所を捜しだし、女神の像に仕える僕《しもべ》のように、バカワリの世話をしながら、十二年の歳月を待ち続けておりました。

バカワリのいる仏塔の荒れるにまかせた石畳は、石の継ぎ目から雑草が生え、土台がゆるみ、野生の象たちが外を歩くたびにぐらぐらと揺れました。時には、仏塔の入り口の柱の陰から、エメラルドのように燃える目を光らせた虎が、こちらをじっと見すえていることもありました。

それでも、タジュル・ムルクは、あきらめることも、おびえることもなく、退屈で恐ろしい歳月を、バカワリのかたわらで待ち続けました。

あるときは、宝石のように光る眼をしたトカゲがやってきて、不思議そうな素振りをみせたり、またあるときは、蛇が黄玉《トパーズ》のような妖しい目で、二人をじっと見つめていることもありました。巨大なクモが、タジュル・ムルクの頭上で銀のレースの網を張ることもありましたし、肉色の大きなくちばしをした、夕陽のように赤い羽根の鳥が、下半身が大理石と化したバカワリのすぐ目の前で、雛《ひな》をかえすこともありました。

十一年目がそろそろ終わろうとするある日のこと、タジュル・ムルクはたまたま、食料を求めて留守にしておりました。その間、半ば壊れかけた仏塔がとうとう崩れ落ち、誰も助ける人もいないまま、バカワリは巨大な瓦礫《がれき》の山の下に埋もれてしまいました。

タジュル・ムルク一人の力では、とても動かすことはできませんでした。若者は嘆き悲しみました。それでも、天女が不死身であることを知っていたタジュル・ムルクは、ひたすら待ち続けておりました。

それからしばらくすると、雑然とした廃墟の瓦礫の中から、一本の不思議な木が生えてきました。その木はしなやかで華奢でしたが、幹や枝は女の身体のように丸みをおび、ふっくらとしていました。炎暑のなかで、その木がすくすくと育つのを、タジュル・ムルクが見守っていましたが、やがて木は花を咲かせました。その花は、東方の乙女の瞳にたとえられる、水仙の花にも勝るとも劣らぬ美しい花でした。それから、まもなく乙女の肌のようになめらかな薔薇色の実がなりました。

こうして、十二年目の年が過ぎました。その年の最後の月が沈むとき、大きな木の実が自然と割れて、中から、ほっそりした、この上なく美しい乙女が誕生しました。乙女のしなやかな手と足は、ちょうど蝶が繭《まゆ》の中にいるように、木の実の中に折りたたまれていました。乙女は、インドの暁の空のように美しい顔立ちをしていました。そして天女ゆえの、地上の女とは違った不思議な深みのある瞳をしていました。

この乙女こそ、不滅の天女、神々の呪いから解き放たれ、恋する人のために生まれ変わったバカワリでした。

——Bakawali（*Stray Leaves From Strange Literature*, 1884）

大鐘の霊

大鐘寺[1]の鐘楼《しょうろう》の水時計が時を告げると、やおら撞木《しゅもく》があがり、この大きな金属塊の鐘の花弁に打ちかかります。大きな花弁の周りには、貴い「法華経《ほけきょう》」や「輪廻経《りんねきょう》」からとられた有難い経文が刻まれています。

響きわたる大鐘の音に耳を澄してご覧なさい！　大鐘には舌《ぜつ》もないというのに、なんと力強い音色で言葉を発しています——珂愛《こんない》[2]、珂愛！

この重々しい音の響きに呼応して、緑屋根の高く反り返った庇に彫られた金色の小龍たちが、尻尾の先まで身を打ち震わせています。そして、屋根じゅうの鬼瓦たちは、彫刻が施された留め木のうえで打ち震え、何百という堂塔の小さな梵鐘《ぼんしょう》に至るまで、もの言いたげにおののいています。

珂愛！——緑や金色の屋根瓦はことごとく打ち震え、瓦の上の木製の金魚は、空に向かって身もだえています。参詣者の頭上高く天を指し示している仏陀《ぶつだ》の指も、蒼くたなびく香煙にかすんで揺れています。

珂愛！——何という響きでしょうか！　宮殿の軒蛇腹《のきじゃばら》に刻まれた漆塗りの妖怪どもは、燃えるような赤い舌をうごめかしています。ゴーンと一撞《つ》きするごとに、木霊《こだま》となって広がってゆく、荘重なうねり音のなんとすばらしいことでしょう。やがて轟音がとぎれとぎれの低いささやき声となり、あたかも女が「鞋《あい》」と叫ぶかのようにかすれてゆき、突如、しくしくというすすり泣きの声に変わって、耳元に伝わってきます。

しかも、この大鐘はほぼ五百年の間、毎日、鳴り続けてきました——「珂愛」という轟音で始まり、やがてはかり知れないほどの荘重なうねり音となり、ついには「鞋」という、か細いささやき声になるのです。この中国の古い彩り豊かな都、北京のどこの片隅にいても、子どもたちは誰ひとりとしてこの大鐘の物語を知らないものがなく、誰でもこの大鐘が「珂愛、鞋」と響き渡るわけを知っているのです。

さて、次に語る話は、大鐘寺の大梵鐘の物語で、広州の学者兪《ゆ》葆真《ほうしん》が書いた『百孝図《ひゃっこうず》説《せつ》』という本の中に収められているものです。

＊

五百年ほど昔のこと、明の天子永楽帝は、高官の関由《かんゆ》[3]に百里離れた遠方からでも聞こえるような大きな鐘をつくるように命じました。さらに、真鍮《しんちゅう》を使って力強い音を出し、また金を加えて重厚な音にし、また銀を混ぜては音を柔らかくするように指示を出しました。しかも、鐘の外側と大きな縁には有難い教典の文句を彫り込み、また鐘は首都の真ん中に吊るし、彩り豊かな北京の都の隅々まで響きわたらせよというものでした。

そこで高官の関由は、国中から、鋳物師《いものし》の親方や高名の鐘師《かねし》のほか、鋳物仕事で名高い職人をことごとく集めました。集まった職人たちは、合金にするための材料を計り、手際よく処理し、鋳型や炉や道具のほかに金属を溶かすための巨大な坩堝《るつぼ》を用意しました。

それから、職人たちは、巨大な働き蜂のように猛烈に働きはじめました。休息や睡眠や生活の楽しみなどは、おあずけにして、関由の命ずるままに昼夜の別なく働き、天子の命令を細大漏《も》らさず実行するために獅子《しし》奮迅《ふんじん》の努力をしました。

しかし、金属を鋳型に流し込み、土型を白熱した鋳物から引きはがして見ると、多大な労苦と細心の注意を払ったにもかかわらず、結果は失敗でした。金属どうしが反発しあってしまい、金は真鍮を寄せつけず、銀は溶けた鉄になじまなかったのです。そこでもう一度土型を用意し、火を入れ、金属を溶かしなおしました。手間が掛かり、骨の折れる作業でした。天子ははじめこの失敗に立腹しましたが、なにも言いませんでした。

二度目の鋳込みも、結果はまたもや失敗に終りました。金属どうしが今度も互いになかなかなじまず、鐘の体をなしませんでした。しかも、側面にはひびが入り、縁は滓《かす》だらけで、ぎざぎざになっていました。

そこで、三度《みたび》繰り返さねばならなくなり、関由は困り果ててしまいました。委細を聞いた天子は前にもまして怒り、使者を立てて関由に書状を遣わしました。浅黄色の絹に書かれた書状は、龍の印で封じられていました。

「明朝の天子永楽帝より、臣関由へ告げる。汝は朕《ちん》の命を奉じながら、再度これに違背《いはい》した。もし三度朕の命を達成できぬようであれば、汝の首は刎《は》ねられると思え。謹んで従うべし」

*

さて、関由にはまばゆいばかりに可愛らしい娘がいました。名前は珂愛といい、幾たびとなく詩人に賞賛され、その心根は顔つきにもまして美しいものでした。珂愛は父をこよなく愛していましたので、自分がいなくなって父の家がさびしくなるのをおそれ、百にものぼる有難い縁談を断ってきたのでした。

それゆえ、畏れ多い龍璽《りゅうじ》の押された黄色の書状を見たとき、娘の珂愛は、父の身の上を案じるあまり気を失ってしまいました。意識をとりもどし元気になってからも、父の災厄が気がかりで、休むことも、眠ることもできなくなってしまいました。

珂愛は、密かに自分の宝石をいくつか売り払って、星占い師のもとに走りました。占い師に大金を払って、どうしたら父がさし迫っている危機を脱することができるのか、助言を求めたのでした。そこで星占い師は天体を観測し、天の川の様子を調べました。さらに十二宮図を検討し、五行の表と秘伝の錬金術書を繙《ひもと》きました。ながい沈黙の後、星占い師は答えました。

「乙女の肉が坩堝《るつぼ》に溶け込み、溶けた金属と処女の血が混ざり合うまで、金と真鍮は決して睦《むつ》まず、銀と鉄とは決してなじみませぬ」

珂愛は、悲嘆に暮れながら家に帰りました。しかし、星占い師から聞いたことは、そっと心にしまったままにし、何事があったのか、誰にもしゃべりませんでした。

＊

ついに、三度目の大鐘鋳造が敢行される恐るべき日がやってきました。

珂愛は侍女と一緒に父について鋳造場へ行き、鋳物師たちの仕事ぶりや、どろどろに溶けた金属を眺め渡せる踊り場に席を占めました。職人たちはみなものも言わずに働き、シューシューと音を立てて燃えさかる炎以外は、物音ひとつ聞こえませんでした。

やがて火音が、近づいてくる台風のようにうなり始め、鮮血のように溶けた金属の湯たまりが、じょじょに朝日のような朱色に輝きはじめました。それから金属の朱色が燦然とした黄金色の光に変わり、その黄金色の光は満月のように眩くきらめいてきました。

すると、職人たちは燃えさかる火に薪をくべるのを止め、みな関由の目をじっと見据えていました。関由は、鋳込み開始の合図をしようとしました。

まだ関由が合図の手を挙げないうちに、叫び声が聞こえました。関由は思わずふり向きました。雷のようにうなる炉火の上で、小鳥の歌声のように澄み切った珂愛の鋭い声が、響きわたったのです。

「お父さま、あなたのお役に！」

そう叫びながら、珂愛は金属の溶けた洪水のなかに身を投じました。金属の溶湯《ようとう》はうなりをあげて珂愛を迎え入れると、屋根まですさまじい火花をはねあげました。そして、噴火口のように土型の縁から溢れ出し、鮮やかな炎の噴水となって吹き上がりました。それから閃光を放つと、雷鳴がとどろきました。やがてその雷鳴は、遠雷のつぶやきとなって、震えながら収まりました。

これを見た父親の関由は、悲しみのあまり呆然自失となり、娘の後を追って飛び込もうとしました。しかし、屈強の男たちが彼を引き戻し、しっかと抱きとめました。ところが、関由は気を失い、まるで死人のようになって、家に担ぎ込まれました。

珂愛の侍女も、ショックで目が眩み、口もきけず、炉の前で両手で珂愛の靴を抱きしめたままでした。真珠と花の刺繍をあしらった小さくて可愛い靴でした。珂愛が金属の溶湯の中に飛び込もうとした瞬間、侍女は珂愛の足をつかんだのですが、間に合いませんでした。きれいな靴だけがすっぽりと珂愛の足から抜けて、侍女の手に残ったのです。侍女は、気でも違ったかのようにじっとその靴を眺めているばかりでした。

＊

事情はともかく、関由は天子の命令は守らねばならず、結果を問わず鋳造の仕事をやり遂げねばなりませんでした。ところが、今度は驚いたことに、金属の光沢は以前より白く透き通り、見事なものになりました。なかに葬られた美しい珂愛の亡骸の痕跡は、どこにも見当りませんでした。こうして、苛酷な重苦しい鋳造の仕事は、終わりを告げました。

しかし驚いたことに、金属が冷えてくると、鐘は見るからに美しく仕上がり、形も完璧で、ほかのどんな鐘よりもすばらしい色合いでした。珂愛の遺体の気配は、どこにも見られません。貴重な合金にすっかり吸い込まれ、よく混ざり合った真鍮と金、銀と鉄の融合体のなかに溶け込んでしまっているのでした。

さて、出来上ったその鐘を鳴らしてみると、音の響きはほかのどの鐘よりも深みがあり、まろやかで、力強いものでした。そして、夏の雷鳴のように百里の先までとどろき、しかも、なにか声高に女の名前――珂愛の名前を呼んでいるように聞こえてくるのでした。

＊

さらに、この鐘を撞き鳴らす合間あいまに、低くて、長いうめき声のような音が聞こえてきます。そのうめき声は、あたかも女が泣きながら「鞋！」とつぶやいているかのように、いつもすすり泣き、訴えるような声音で消え入るように終わるのでした。

今でも人々は、この大鐘のうねる音を聞くたびに、みな黙りこんでしまうのでした。澄んだ可愛い震える声が空に響き、むせび泣くような「鞋！」という声が聞こえてくると、北京の華やかな都に住んでいる中国の母親たちは、子どもたちにこんなことを囁《ささや》くそうです。「ほら、お聞き！　珂愛が靴がほしいと泣いているのですよ。珂愛が靴を呼んでいるんですよ」

——The Soul of the Great Bell (*Some Chinese Ghosts*, 1887)

1　**大鐘寺**　北京市に現存する寺で、創建は清代であるが、明の永楽帝が造らせた、この物語の大鐘で有名。構内には、梵鐘博物館も設置されている。
2　**珂愛**　「孤概」と表記した書もある。
3　**関由**　「管育」と表記した書もある。

孟沂の話

詩人鄭谷《ていこく》[1]が、こんな詩を詠《よ》んでおります。

「桃花まさに開く、薛濤《せっとう》の墓の上」

薛濤とはだれか、とお尋ねになられますか。何千年も昔から、樹木《きぎ》は薛濤の墓の上でさわさわと囁《ささや》いております。薛濤の名は、木の葉の囁きとともに、聞く者の耳に届いてきます。指を広げたような大枝が揺らぎ、木の葉を通して光と影がさんざめき、交錯するとき、数知れぬ野の花が、あたかもひとりの女人が、そこにいるかのように甘い吐息をもらすとき、その薛濤の名は、聞こえてくるのです。

けれども、薛濤の名のほかには、樹木が何と囁いているかは、誰にもわかりません。薛濤のありし日々を知っているのは、この樹木ばかりです。しかしながら、わずかな木戸銭で夜ごと人々に物語を語り聞かせる中国の語り部、かの有名な講古《こうこ》人《じん》に問えば、薛濤についてわずかながらも、古《いにしえ》の伝説を聞くことができるでしょう。

同様に、『今古奇《きんこき》観《かん》』[2]という古い書物にも、薛濤の物語を見つけることができます。この書物に書かれている話の中でも、この薛濤の物語こそは、殊のほか秀逸なものと申せましょう。

五百年も昔、明《みん》の孝宗皇帝《こうそうこうてい》の治める世のこと、精霊たちの都、広州府の都に、深い学識と孝心とでその名を知られた田百禄《でんひゃくろく》という男が、住んでおりました。この田百禄には、息子がひとりおりました。眉目秀麗《びもくしゅうれい》で学問に秀で、体軀も立派で、諸芸のたしなみにも優れ、この歳の若者には、並ぶ者がいないほどでした。その名を孟沂《もうぎ》と言いました。

この若者が十八歳になった夏、父の百禄が四川省成都《しせんしょうせいと》の教官に任命されることとなりました。孟沂も両親とともにその地に移り住みました。成都の近くには、天運史《てんうんし》（庄屋のような役）を務める張という身分の高い金持ちが住んでおりました。張は、子弟に良い教師を探しておりました。新しい教官が赴任してきたことを聞くと、張はさっそく相談してみようと思い、百禄を訪ねました。その折、百禄の優秀な息子に会い、言葉を交わす機会に恵まれ、たちまちのうちに、孟沂が張家の家庭教師になることに話が決まりました。

張の家は町から離れておりましたので、孟沂はその家に住み込むのがよかろうということになりました。こうして、孟沂が住み込みの勤め先に赴くための支度を整えると、彼は両親に別れのあいさつをしました。すると、父の百禄は、老子などの賢人のことばを引き合いにして、息子に助言を与えました。

「美しい若者にとって、この世は色恋の誘惑に満ちている。
しかし、天は決してそういうものに欺かれることはない。
東から女がやってくるのを見たら、西を向け。
女が西から近づいてきたら、東に目を向けよ」

後になってから、孟沂がこの忠告を忘れてしまうことがあったとしても、それはただ若さゆえのこと、若者には無理からぬ思慮不足のなせる業と言えましょう。孟沂は張家に住み込むために出立しました。こうして秋が過ぎ、冬もまた去ってゆきました。

陽春二月の「百花生誕の日」、中国では「花朝《かちょう》」と呼ばれる目出たい日が近づくと、孟沂はそろそろ両親に会いたくなってきました。主人の張にそのことを打ち明けると、張はこころよく願いを聞き入れてくれた上、両親に手土産のひとつも持って帰ったらよかろうと、孟沂の手に銀二両を握らせました。花朝の祭りには、友人や親戚縁者に贈り物をするのが、古くからの中国のならわしでした。

その日は、花の香りがうっとりと眠気を誘うような陽気で、蜂の飛び回る羽音がぶんぶんと聞こえ、賑やかな一日でした。孟沂にとって、いま進んでいこうとする道は、もう長いあいだ、人に踏みしめられたことのない道のように思われました。草が丈高く生い茂り、道の両側にそびえる巨木が、がっしりとした苔だらけの枝を絡み合わせ、濃い影を落としています。けれども、葉が重なり合った暗がりは、鳥の囀《さえず》りで揺れ動き、ほの暗い並木道は、黄金色の靄で彩られ、花の香りがほのかに漂っていました。それは、あたかも香のにおいのたちこめる寺院のようでした。

夢のような春の日は、孟沂の心に染みわたってゆきました。孟沂は、薄紫の空を背にさわさわと揺れる枝の下、舞い散る花びらの中に腰を下ろしました。そして、春の光を浴び、芳香をたっぷりと吸いこんで、のどかな春の静けさを満喫しておりました。

こうして休んでいると、何か物音がしたので、孟沂は花咲く桃の木の木陰に目をやりました。するとそこには、桃色に色づいてゆく蕾《つぼみ》のように美しい女がひとり、木の陰に身をひそめようとしておりました。

ほんの一瞬ちらりと女に目をやっただけでしたが、孟沂はその女の顔立ちの美しさを見逃しはしませんでした。艶《つや》やかな白い肌、蚕蛾《かいこが》が翅《はね》を広げたように、美しく弧を描いた眉の下に輝く切れ長の目もとが、彼のまぶたに焼きつきました。孟沂はすぐさま目をそらすと、さっと立ち上がり、旅の続きを急ぐことにしました。

しかし孟沂は、あの美しい女の眼差しが木の葉のあいだから自分に注がれているのではないかと思うだけで、なんだかくすぐったいような気持ちがしました。そして、着物の袖にしまってあった金子《きんす》を落としたことにも、気づかずにおりました。少しすると、軽やかに走る足音が後ろからついてくるのが、聞こえてきました。続いて、孟沂の名を呼ぶ声がしました。驚いて振り返って見ると、こぎれいな侍女が立っており、こう言いました。

「もし。拾ったこの金子を、あなた様に届けなさいと、奥様が申しました。あなた様が、道でお落としなされたものでございます」

孟沂は侍女に丁重に礼を述べ、どうか奥様によろしく申し上げてください、と言いました。そうして、ふたたび花の香る静かな道を歩き始めました。人気のないうららかな木陰の小道を夢見心地で行きながら、孟沂は先ほど見かけた美しい人のことを思い、不思議に心が高鳴るのを覚えるのでした。

それから数日の後、やはり来た時とおなじようなうららかな日、同じ道を帰る途中で、孟沂は、あの美しい人がつかのま姿を見せた場所で足を止めました。ところが、今度は驚いたことに、大きな樹の枝の隙間から、この前は気づかなかった家が、一軒あるのが見えました。田舎家風の、大きくはないけれども、滅多に見られないほど風雅なたたずまいの家でした。

弓なりにそった明るい青色の瓦《かわら》屋根は、木々の葉《は》群《むら》の上に高くそびえ、輝く紺青《こんじょう》の空に溶け合うかのように見えました。玄関にある金と緑の彫刻は、陽の光を浴びている木の葉や花に模して刻まれた、この上なく典雅な造りでした。そして、戸口に上がる階段の上には、大きな磁器の亀の置物にかしずかれるようにして、この家の女主人が立っているのが見えました。その女性こそは、夢にも忘れぬ面影の人でした。あの日、お礼の言伝《ことづて》を頼んだ侍女に付き添われて、あの女性がたたずんでいました。

孟沂がじっと彼女を見つめていると、向こうもこちらを見ているようです。そして微笑みながら、女主人と侍女のふたりは、なにやら孟沂のことを話し合っているようでした。孟沂は心中、恥ずかしく思いましたが、遠くから思い切って、その美しい人に会釈してみました。

すると、なんと侍女が、こちらに来るようにと手招きしているではありませんか。孟沂は、驚きと信じがたいような喜びとが入り交じった思いをしました。彼は、真っ赤な花を咲かせる蔓草に半ば覆われたひなびた門を開け、新緑に縁取られた小道を、玄関に向かって進んでゆきました。

孟沂が近づくと、美しい女主人は家の中に姿を消してしまいました。しかし、広い階段の上で侍女が彼を待ってくれており、孟沂が上がっていくと、こう言いました。

「落とされた物をお届け申しただけのことですのに、わざわざそのお礼にお見えになられたのですね。どうか奥にお上がり下さいますように、と主人は申しております。あなた様のお噂はかねがねうかがっておりますから、ぜひご挨拶申し上げたいとのことでございます」

孟沂は、おずおずと屋敷の中に入って行きました。床の敷物は、森の苔《こけ》のようにふかふかと柔らかで、足音もしませんでした。通された広い応接間は、ひんやりとして、摘んできたばかりの花の香りが、ほのかに漂っておりました。心地好い静けさが屋敷を包み、竹の簀《す》の子《こ》からもれる光の中を、鳥影《とりかげ》が横切って行きました。燃え立つような紅色の羽の大きな蝶が飛び込んで来て、唐三彩《とうさんさい》の壺のまわりをひらひらと舞っていましたが、やがて鬱蒼とした森の中へと姿を消してゆきました。

すると、若い女主人はその蝶のように音もなく別の入口から入って来ました。孟沂に恭《うやうや》しく挨拶すると、彼も両手を胸に合せて、深ぶかと頭《こうべ》を垂れました。女主人は、孟沂が思っていたよりも背が高く、美しい百合のようにたおやかで、ほっそりとしておりました。黒い髪には、乳白色の橘《たちばな》の花が編みこまれ、青磁色《せいじいろ》の絹の衣は、動くたびに色合いが移り変わり、あたかも光のうつろいで色を変えてゆく霞のようでした。

互いに丁寧に挨拶を交わした後、ふたりは腰を下ろすと、女主人は言いました。

「わたくしの思い違いでなければ、あなた様は、わたくしどもの親類にあたる張家のお子たちをお教えくださっている孟沂さまではございませぬか。張家は親類でございますから、その子どもたちの先生も、わたくしどもの身内同然と申せましょう」

孟沂は少なからず驚いて、答えました。

「失礼ですが、こちらさまのご一族のお名前をお聞かせ願えませんか。わたくしの主人とは、どのようなご関係でいらっしゃるのでしょうか」

美しい婦人は答えました。

「わたくしの一族は平《へい》と申しまして、成都では古い家柄でございます。わたくしは文孝坊《ぶんこうぼう》の薛《せつ》の娘で、名は同じく薛と申します。わたくしは平家の康という男の元に嫁ぎましたが、その縁で張家とは姻戚関係となったのでございます。ところが、結婚後まもなく、夫の康は亡くなりましたので、わたくしは、こうして人里離れたこの地でやもめ暮らしをしているのでございます」

女の声音には、小川のせせらぎか、泉がささやくような、眠りを誘う響きがありました。またその言葉遣いには、孟沂がかつて聞いたことのないほどの不思議な優美さがたたえられていました。しかし、女が未亡人であることを知った以上、正式に招かれたわけでもないのに長居をするのははばかられました。供された極上の茶を飲み終えると、孟沂は暇乞《いとまご》いをしようと立ち上がりました。すると、薛は彼を引き止めました。

「そうお急ぎにならずともよろしいではございませんか。あなた様がせっかくお立ち寄りになられたというのに、ろくなおもてなしもせずにお帰ししたとあらば、わたくしが張に叱られてしまいます。どうか、せめて夕食を召し上がって行ってくださいませ」

孟沂は再び腰を落ち着けることにしましたが、心密かに嬉しく思っておりました。なぜなら、薛ほど美しく、気立ても優しい女性にはいままで会ったこともなく、父母に対する敬慕の気持ちよりも、もっと深い愛情を薛に感じてしまったからでした。ふたりが語り合ううちに、夕刻の長い影は、ゆっくり薄紫の闇に融けてゆき、檸檬《れもん》色の夕日の光も、消えうせていきました。

北の空には、人間の生と死と運命を支配する「三公」[4]と呼ばれる星座が、冷たく光る瞳を見開いて、瞬いておりました。薛の館には、彩り豊かな燈籠が灯され、晩餐の支度が整えられました。孟沂は食卓につきましたが、並べられたごちそうなどは目にも入らず、ただ目の前の美しい人のことばかりを思い続けておりました。

孟沂が皿に盛られたごちそうにもろくに箸をつける様子がないのを知ると、薛は酒をすすめ、ふたりは共に盃をかさねました。紫色の酒は盃に露が結ばれるほど十分に冷やされておりました。でも、飲み進むうちに、不思議な炎が全身に満ちていくように、からだが温まってくるのを感じました。盃を重ねるうちに、孟沂には、すべてのものが魔法にかけられたような輝きを帯びているように思われました。

応接間の壁は遠くに退き、天井は高くなり、明かりは鎖でつるされた星のように輝きを増してゆきました。そして薛の声が、まどろむ夜の静寂の彼方から聞こえてくる遠い旋律のように、孟沂の耳に届いてきました。

孟沂の胸は高鳴り、舌はなめらかに回り始めて、ふだんなら言えないような言葉が、流れるようによどみなく口をついて出てくるのでした。それでも、薛は決してそれを押しとどめるようなことはせず、口元にこそ笑みを浮べてはいなかったものの、彼女の切れ長の明るい瞳は、孟沂の口にする褒めことばを喜ぶかのように微笑しておりました。孟沂の熱のこもった眼差しを、女主人は優しく受けとめている様子でした。

「あなた様が、たぐいまれなる才能をお持ちのことや、諸芸に通じていらっしゃることは、聞き及んでおりました。わたくしも、音楽の手ほどきを受けたというほどではございませんが、少しばかりは歌を存じております。こうしてせっかくすばらしい先生にお目にかかれたのですから、恥ずかしゅうございますが、思い切って歌わせていただきます。あなた様もごいっしょにご唱和下さいませ。わたくしの歌をお聴きいただけるなんて、願ってもない幸せでございます」

「わたくしこそ、嬉しゅうございます。この上ないご厚意をいただいて、なんともお礼の言葉もございません」と孟沂は答えました。

小さな銀の呼び鈴に応えて、あの侍女が楽譜を持って来ると、またすぐに引きさがりました。孟沂は楽譜を手に取ると、楽しそうに目を通しました。音譜の書かれた紙は薄く黄味がかっており、薄物の絹のように軽いのですが、その古風な文字は、蝿ほどの大きさの墨の精、黒松使《くろまつし》者《しゃ》自らの筆によるものらしく、美しいものでした。その上、譜面に押された落款《らっかん》[5]は、唐代《とうだい》[6]の詩人、元稹《げんしん》、高駢《こうべん》、杜牧《とぼく》[7]などのものでした。孟沂はまたとない貴重なその宝を見て、おもわず歓喜の声をあげてしまいました。そして、しばらくはその楽譜を手から離す気になれませんでした。

「奥様。なんと、これは、どんな王侯貴族の宝にも勝る貴重な品ではありませんか。わたしたちが生まれる五百年も前に、かの大家たちによって書かれた肉筆のものです。このようなものが残っていようとは！　それに、この墨の色こそは、まさに『百年如石《にょせき》、文字如《にょ》漆《しつ》』と言われた鮮やかな墨の色ではないでしょうか。そしてまた、この詩もなんとすばらしいことか。五百年前、四川省の刺史《しし》だった君子の詩人、高駢の作でございましょう」

「高駢、ああ、なつかしや愛しい高駢様！」そう言った薛の目は、妖しげな輝きをたたえておりました。

「高駢もわたくしの大好きな詩人です。孟沂さま、ごいっしょに、高駢の詩を古の調べにのせて歌いましょう。人々が、今よりももっと気高く、賢かった頃の音楽の調べに合わせて、歌おうではありませんか」

ふたりの声は溶け合って甘い蜜となり、不思議の鳥、瑞鳥鳳凰《ずいちょうほうおう》の囀《さえず》りのように、ほのかに香る夜の帳《とばり》に流れました。一緒に歌っている相手の声の魅惑に、孟沂はしばし圧倒され、ただうっとりと聴き惚れておりました。感激のあまり喜びの涙が頬を伝って流れ、応接間の明かりは、目の前で霞んでいきました。

夜の刻《とき》は過ぎていきました。ふたりは夜が更けるまでさらに語り合い、薄紫の酒を酌み交わし、唐代の詩を詠じ続けました。孟沂は何度も暇を告げようとしましたが、そのたびに薛はうるわしい声で、古の偉大な詩人たちや、詩人が愛した女たちの珍しい逸話を語り聞かせたりしました。薛は、聞いたこともない珍しい歌も歌ってみせたので、孟沂は魔法にかけられたかのようについつい聴き入ってしまい、帰りそびれてしまいました。

薛がさらに孟沂に酒をすすめた時、孟沂はとうとう抑えきれずに、薛の形のよいふっくらした首筋に腕をまわしました。そして、彼女のきゃしゃな頭《こうべ》を引き寄せると、葡萄酒《ぶどうしゅ》よりも赤く甘い唇に接吻しました。しばらくの間、ふたりの唇は、そのまま離れませんでした。こうして、夜はなおも更けていきましたが、ふたりはそれすら気がつきませんでした。

小鳥たちが目覚め、草花が朝の光に目を開きました。孟沂は、妖しくも美しい恋人にいよいよ別れを告げねばならないことを悟りました。玄関まで見送りに来た薛は、孟沂に優しく接吻して、言いました。

「愛しいお方、たびたびお越しくださいな。薛を思い出すたびにおいでくださいませ。あなた様が、秘密を守れぬような不実なお方だとは露《つゆ》ほども思っておりませんが、でもお若い方ゆえ、時には分別を忘れることもございましょう。

わたくしたちの秘密を知っているのは、天の星だけでございます。どうかこのことをお忘れ召されるな。ふたりのことを、決してだれにももらさぬよう。さあ、昨夜の思い出の形見の品をお受け取りくださいませ」

薛は、頭をもたげた獅子を模《も》した、小さな珍しい文鎮《ぶんちん》を孟沂の手の上にのせました。それは、孔子が孝経を著したときに、天にかかっていた虹から出来たといわれる黄玉《トパーズ》の文鎮でした。孟沂は、文鎮を受け取り、差し出した薛のしなやかな美しい手に、やさしく接吻しました。

「あなたに叱られると知りつつ、約束を破ったりすれば、きっと天罰が下るでしょう」

それから、ふたりは誓いを交わして、別れました。

次の朝、孟沂は張家に戻ると、生まれて初めて嘘をつきました。そろそろ陽気もよくなり、これからは自宅から通ってはどうかと母が申したゆえ、道のりは少々あるけれども、若くて元気な自分にはかえって適当な運動にもなろうから、ぜひともそうさせてほしい、と孟沂は申し出ました。張は、孟沂のいうことをすっかり信じて、ことさらに異を唱えることはしませんでした。

こうして孟沂は、毎夜、あの美しい薛の家を訪ねることができるようになりました。ふたりは毎晩、初めて会った夜と同じように、愉楽の時を過ごすようになりました。かわるがわる歌を歌ったり、会話を交わしたり、あるいは周《しゅう》の武王《ぶおう》[9]が戦を模して考案したといれる象棋《しょうぎ》を指したり、あるいは、花鳥風月を八十韻もの俳律《はいりつ》[10]に詠んだりしました。

しかし、そのどれをとっても、薛の手並みは、孟沂よりもはるかに鮮やかでした。象棋を指せば、孟沂の王将は、いつも取り囲まれて敗れましたし、詩を詠《うた》めば、詞《ことば》の取り合わせも、形式の美しさも、そして詩想の高貴さも、孟沂に勝っておりました。

二人の選んだ詩の主題は、唐代の詩人の詠んだうちでも、もっとも難しいものでした。また、二人が吟《ぎん》じた詩は、五百年も昔の大家、元稹《げんしん》、高駢《こうべん》、杜牧《とぼく》などの詩でしたが、なかでも四川省の刺史だった詩人の中の詩人、高駢の詩は、格別なものでした。

こうして、ふたりの恋は、夏のように燃え盛り、やがて衰え、秋が訪れてきました。そして、夢幻の黄金色の露が降り注ぎ、紫の怪しげな幻影が漂うようになりました。

ところで、思いがけないことが起こりました。孟沂の父が、息子の主人の張に成都で会った折に、こう尋ねられたのです。

「もう冬も近いというのに、なぜご子息は、毎夜町まで歩いてお帰りになるのでしょう。朝になって遠い道のりを帰ってくる頃には、すっかり疲れ果てている様子です。雪の季節だけでも、ご子息を拙宅に泊まらせてはいかがでしょうか」

孟沂の父は、大いに驚いて答えました。

「なんとしたことでしょう。息子は町へは戻って来ておりませんし、それどころか、この夏は一度も帰宅しておりません。なにやら悪いことを覚えて、よからぬ仲間と夜な夜な遊んでいるのではありますまいか。博打《ばくち》に打ち興じたり、狭斜《きょうしゃ》の巷《ちまた》で女と酒を酌み交わしたりしているのではありますまいか」

しかし、張は答えました。

「いいや。そんなことは、とうてい考えられませぬ。ご子息にはそんな自堕落《じだらく》なところは微塵《みじん》も見られません。それに、このあたりには、盛り場や色里など、遊興に耽る場所はありません。きっと同じ年頃の気の合う友人でもできて、いっしょに過ごしているに違いありません。

わたしに伝えれば、外出を禁じられるとでも思ったのでしょう。それで本当のことを言わずにいるのですよ。わたしが真実をつきとめますから、どうか、それまで黙って見守ってやってください。今夜さっそく、どこへ行くのか、下男に後をつけさせてみましょう」

父の百禄《ひゃくろく》はただちに張の申し出に同意して、それでは明日の朝また出直してまいります、と約束して帰っていきました。夕方になって、孟沂が張の家を出ると、下男は孟沂に見つからないよう、遠まきにそっと後をつけて行きました。

ところが、道のほの暗いところにさしかかると、孟沂の姿は、まるで土の中にでも飲みこまれたかのように、忽然と消えてしまいました。下男はずいぶん捜しまわりましたが、ついに見つけることができず、すっかり気落ちして家に戻ってきました。張は一部始終を聞くとすぐに、百禄のもとに使いを遣《や》りました。

一方、孟沂か愛しい人の家に入ると、薛が泣いているのを見てたいそう驚きました。

「ああ、あなた」

薛はすすり泣きながら、孟沂の首に両腕をまわして言いました。

「永遠にお別れしなければならない時がやってきました。理由《わけ》は申し上げられませんが、初めてお会いしたときから、わたくしは、この日が来るのはわかっておりました。それでもあまりに突然のこと、思いもかけぬ災いにあったようで、泣かずにはいられません。今夜かぎりで、二度とお目にかかることはできないでしょう。この薛のことを、一生お忘れにならないで下さいまし。でも、いずれあなた様は偉い学者になられて、富と名声を授かるでしょう。そうなれば、どなたか美しいお方が現われ、わたくしの代わりにあなた様を慰《なぐさ》めてくださるにちがいありません。

さあ、あなたももう嘆き悲しむのはやめにして、最後の夕べを楽しく過ごすことにいたしましょう。わたくしの思い出が悲しい思い出になりませんように。わたくしを思い出される時には、わたくしの涙顔ではなく、笑顔を思い出されますように」

薛《せつ》はきらきらと光る涙のしずくを拭うと、お酒と楽譜と七弦琴《しちげんきん》を持ってきました。そして、やがて来る別れの時のことは、いっさい口に出さず、孟沂を楽しませようと努めるのでした。薛は、空の青さを映す夏の湖の静けさや、悲嘆や憂鬱《ゆううつ》や倦怠の雲が影をさす前の、人の心の小さな平静の世界を詠んだ古歌を歌いました。ふたりは、酒と歌の楽しさのうちに悲しみを忘れてゆきました。この最後の晩は、孟沂にとっては、最初の出会いの感激にも増して、至福の時となりました。

しかし、美しい黄色味を帯びた朝焼けが訪れると、ふたりの悲しみはふたたび戻ってきました。ふたりは、さめざめと泣きました。薛は、玄関の階段まで恋人の見送りに出ました。そして、別れの接吻をすると、孟沂の手に最後の贈り物をそっと握らせました。それは、精巧な彫り物が施された小さな瑪瑙《めのう》の筆入れで、偉大な詩人の机上を飾るにふさわしい名品でした。こうして、ふたりは涙を流しながら、互いに永遠の別れを告げました。

しかし、孟沂には、これが薛との永遠の別れになるとはどうしても信じることができませんでした。

「そんなことがあるはずはない。明日、もう一度訪ねてみよう。薛なしで生きることなど、もうわたしにはできはしない。わたしが行けば、きっと薛も迎えてくれるだろう」

孟沂が、そんなことを考えながら張の家へ帰っていくと、玄関先には、張と父が彼を待ち受けておりました。孟沂が口を開かないうちに、父は言い放ちました。

「息子よ、いったい毎晩、どこへ出かけていたのだ」

自分の嘘がばれてしまったとわかると、孟沂はさすがに何とも答えようがありませんでした。ばつが悪そうに押し黙ったまま、ただ父の前でうなだれておりました。百禄は持っていた杖で、息子をしたたかに打ちすえ、本当のことを白状せよ、と迫りました。ついに孟沂は、父に対する畏怖の念と「父に背《そむ》く息子は、竹の鞭により百叩きに処すべし」という法を恐れる気持ちから、みずからの恋の顛末《てんまつ》を、とつとつと語りはじめました。

孟沂の話を聞くと、張は顔色を変えて、大声で叫びました。

「うちには平《へい》などという親戚はないぞ。そんな女のことも、そんな家があることも、聞いたことはない。しかし、あなたはご尊父に向かって、嘘をつけるようなお人ではない。どうもこの度の出来事は、なにやら尋常ではなさそうだ」

そこで、孟沂は薛にもらった贈り物、黄玉《トパーズ》の獅子と瑪瑙細工の筆入れ、そして美しい薛の詠んだ詩を、取り出してみせました。それを見ると、張も百禄もたいそう驚きました。

瑪瑙の筆入れも、黄玉の獅子も、何世紀にもわたって地中深くに埋まっていた品々であることは明らかでした。その精妙な細工は、今日生きている人間にはおよそ真似のできない品々でした。また、詩篇は唐代の詩人の作風で書かれた傑作であることもわかりました。

張は言いました。

「百禄殿、ご子息といっしょに、この品々を手に入れた場所に行ってみましょう。この不思議な出来事の謎を、明かしてみませんか。ご子息が、真実を語っていることにまちがいはございますまい。それにしても、この話には腑に落ちないことがたくさんあるようですな」

こうして、三人は薛の館のあった場所に出かけて行きました。

三人が、道のいちばん鬱蒼《うっそう》としたあたり、花の香りがとても芳《かぐわ》しく、苔《こけ》の緑がもっとも深い、野桃の実がもっとも赤く色づいているあたりに着くと、茂みの向こうを目を凝らして見つめていた孟沂が、驚きの声を上げました。

青い瓦屋根が空高くそびえていた所には、ただ抜けるばかりの青い虚空が広がっているばかりでした。また、緑と金色に塗られた正面の玄関口があった場所には、降り注ぐ金色の秋の日差しの下で、木漏れ日が、ちらちらと瞬いているだけでした。

戸口に上がる広い壇には、崩れかけたひとつの墓石がすえられておりましたが、もはや墓碑が読みとれないほどに苔むしておりました。薛の館は、忽然《こつぜん》と姿を消しておりました。張は突然、自分の額をぽんと手で打つと、百禄を振り返って、昔の詩人鄭谷《ていこく》の名高い詩の一節を詠じました。

『桃花まさに開く、薛濤の墓の上』。百禄殿、あなたのご子息を誑《たぶら》かした美人とは、この荒れ果てた墓に葬られた女だったようです。その女はたしかに平康に嫁いだ、と言ったのでしたな。このあたりにはそんな氏の家はないけれども、確かにそういう名の広い通りがありました。それにしても、女の言ったことは謎めいていますな。自分では文孝坊の薛と名乗ったと言うけれども、そんな人物はいないし、通りもない。

しかし、漢字の『文』と『孝』を合わせると『教』という文字になる。これは明らかに教坊のことです。ああ、なるほど。お聞きくだされ。平康巷という裏通りには、『教坊』という通りがあり、そこは唐代には、名妓たちが住まう狭斜《きょうしゃ》だったのです。その女は高駢を詠じたと申されましたな。それにご子息がもらった筆入れと文鎮の上の文字には、『渤《ぼっ》海《かい》高氏清玩』と読めましょう。渤海という都は、今ではもう存在しませんが、高駢は四川省の刺史《しし》で大詩人だったのですから、高駢にまつわる記憶はいまもそこに残っているのです。

蜀《しょく》の地にいたころ、高駢が寵愛した名妓こそが、薛。当時、その美しさでは右にでるものさえいないと讃えられた薛濤ではなかったか。となれば、あの詩の草稿を薛に与えたのも、希代の珍しい品々を贈ったのも、高駢だったのでしょう。

薛濤は死んでもなお、並みの女人とは違っていたのでしょう。薛濤の肉体は塵土に帰したと言えど、彼女の何かがこの森の奥深くにいまでも棲まっており、その女の亡霊はこの影多き土地をいまも彷徨っているのです」

張はそこまで語ると、黙り込んでしまいました。なんとも言われぬ、漠とした恐怖が、三人を包んでいました。薄い朝霧が緑色の遠景を霞《かす》ませ、森は妖しい美しさを湛えていました。微かな風が、芳しい花の香りを、枯れていく花の終の香りを残して――打ち捨てられた絹の衣にほのかに残る香りのように、うっすらとした香りを残して――吹き過ぎてゆきました。そしてその風に乗って、静まりかえった奥深い森の陰から、誰かが「薛濤《せっとう》」と密やかに囁きかける声が、聞こえたようでした。

息子の身を案じた百禄は、ただちに孟沂を広州府に帰しました。数年の後、孟沂はその地で学を成し、高い地位と名誉とを授かりました。そして名家の娘と結婚して、子女の父となりましたが、子どもたちも、品行の正しい、諸芸に秀でた者に育ちました。孟沂は終生、薛濤を忘れることはありませんでした。たとえ、書机《しょづくえ》の上の、黄玉《トパーズ》の獅子と瑪瑙の筆入れのいわれについて話してくれ、とどんなに子どもたちにせがまれた時でも、決してその人の名を口にすることはなかったと言われております。

1　**鄭谷**　中国、晩唐の詩人。生没年不詳。

2　**今古奇観**　中国、明末の崇禎《そうてい》年間（一六二八～四四年）に刊行された短編小説集。当時の短編集五種から四十編を選んで、各巻に一編を収め、全四十巻から成る。世態人情が生き生きと描かれている。中国では後代への影響も大きく、戯曲になったり、類書が刊行されたりした。西洋でも早くから有名で、英、仏、独各国に翻訳紹介されている。

3　**明の孝宗皇帝**　「明」は中国の統一王朝。一三六八～一六四四年。「孝宗皇帝（弘治帝）」は第九代の皇帝。

4　**三公**　中国の占星術師や学者が、大熊座の六つの星が二つずつ一組になっているのを「三公」と名づけた。

5　**落款**　完成したしるしに、書画に筆者が署名・捺印すること。または、その署名・印。

6　**唐代**　「唐」は中国の統一王朝。六一八～九〇七年。武力が整い、整備した律令によって統治された時期で、諸外国からの影響も受け、多彩な文化が花開いた。

7　**元稹《げんしん》、高駢《こうべん》、杜牧《とぼく》**　いずれも中国、唐代の詩人、作家。滅びゆくものの美しさを詠う退廃的な情緒は、当時一般の詩風として、特徴的である。

8　**刺史**　中国の官名。「刺史」とは「不法を刺挙する史」の意味。民政をつかさどり、重要な州の都督（軍政長官）を兼ね、その権力は非常に高かった。

9　**周の武王**　「周」は中国の古代王朝のひとつ。紀元前一一〇〇頃～前二五六年。中国の歴史時代、最初の王朝である殷《いん》を滅ぼして、これに代わった。その時の王が武王。

10　**俳律**　一定の規則に従って韻律を整えた八句からなる定型詩を「律詩《りつし》」と言う。一句が五字からなる「五言律詩」と、八字からなる「八言律詩」がある。「俳律」は通常の八句ではなく、十句以上の句からなるもので、「長律」とも言われる。

――The Story of Ming-Y（*Some Chinese Ghosts*, 1887）

織女の伝説

老子[1]の聖典に添えられた『感応篇《かんのうへん》』と呼ばれる古い注釈に、短い話が載っておりま す。たいへん古い話なので、初めにその話を語った者の名は、一千年もの間、忘れ去られていたほどです。しかし、とても美しい話なので、中国の四億の民の記憶の中に生き続けてきました。それはちょうど、ひとたび習い覚えたら決して忘れることのない祈りの言葉にも似ております。

中国の作者は、この物語の舞台がどこの都なのか、どこの地方なのかも、詳《つまび》らかにしておりません。どんなに古い伝説といえども、このようなことは珍しく、わたくしたちはただ、物語の主人公の名が、「董永《とうえい》」といい、今からおよそ二千年前の漢代[2]に生きていた人物であることを知るのみです。

母は、董永がまだ幼いころに亡くなってしまいました。父もまた、董《とう》が十九の若者になった年に、何ひとつ財産を残さずに世を去り、彼は天涯孤独の身となりました。

　父親はたいそう貧しく、息子に学問を受けさせるために、ひとかたならぬ辛苦を嘗めたほどでしたので、稼ぎの中から銅貨一枚の蓄えも残すことができませんでした。亡き父を手厚く葬りたくとも、ひととおりの葬式を営み、吉方の地を選んで墓を建てることもできないほど、わが身が貧しいことを、菫は嘆き悲しみました。貧しい者の友はみな貧しく、菫の知人のうちには、葬儀の費用を用立てられる者は、おりませんでした。

　菫が金を得るためにに残されたたったひとつの手だては、金持ちの大百姓に自分の身を売って奴隷[3]となることでした。そして、菫はそうすることに決心しました。友人たちはなんとか思い止まらせようと尽くしました。いずれは助けてやれるだろうから、と宥《なだ》めすかし、身売りを先に延ばさせようとしたのですが、菫の決心を翻《ひるがえ》すことはできませんでした。菫はただ、わが身を百回売ってもかまわない、父を成仏できぬままにしておくわけにはいかぬ、と答えるばかりでした。

　その上、菫は自分が若く屈強であることに大いに自信を持っていたので、奴隷の身受けにそうとう高い値をつけました。それだけの値で売れれば、立派な墓を建てるに十分でした。しかし、それは菫が一生働き続けても、とうてい返せるような金額ではありませんでした。

　菫は、奴隷や罪人が売りに出されている広場へ行きました。そして、奴隷としての値段と、どんな労役をこなせるかを札に書き連ねて肩に貼り、石の腰掛けに座って待ちました。通りかかった者はみな、札に書かれた値段を見ては、さも軽蔑したように鼻でせせら笑い、何も言わずに立ち去りました。ある者はただの好奇心から寄って来てはひやかし、ある者は心にもないお世辞を言って囃《はや》し立てました。また、董の、わが身を省みぬ行いをあからさまに嘲る者や、彼の子どもじみた孝心をあざ笑う者もありました。

こうして、時は無為に過ぎていきました。董が自分を買ってくれる者を見つけることを諦めかけたとき、州の高官が馬に乗って通りかかりました。この高官は威厳のある姿のよい男で、一千人の奴隷を使う大地主でもありました。手綱を引いて韃靼馬《だったんば》の歩みをとめ、札の文字を読むと、奴隷の値段を考量しました。

高官はにこりともせず、何も尋ねることもせず、ただ董の若く立派な体軀と値段とを黙って見比べておりました。そして、その高官は董を事もなげに買い上げることに決め、お供の者にお金をさっさと支払わせると、必要な書類ができあがったら見せるようにと命じました。

こうして董は、宿願を果たすことができました。熟達した画工に意匠をたのみ、腕のいい彫り物師に墓石を刻ませて、小さいながらも見事なできばえの墓を建てることにしました。まだその墓の設計図ができたばかりという頃に、しめやかに父の葬儀を執り行いました。死者の口に銀貨を供し、家の入口に白い提灯を下げ、経が朗吟されたのち、冥土に行った死者が使う紙の燈籠や召使いの人形などの品々を、浄めの火で焼きました。

それから、占い師と呪術師が、凶星の照らさぬ、悪鬼邪龍に邪魔されぬ場所を選び、そこに美しい塚を築きました。沿道には賽銭が撒かれ、葬列は死者の家を出発し、読経と悲泣の声に伴われて、菫の父の亡骸は、墓所に送られました。


葬儀がすんで、菫が自分を買いあげた主人の家に行くと、主人は菫にちいさな小屋を与えました。菫はその小屋に、先祖代々の名を刻んだ木の位牌を持ちこみました。子たるものは、位牌の前で毎日欠かさず焼香し、先祖の霊を拝まなくてはならないのです。


香りたかき春が花の大地を三たびめぐり、「掃墓祭《そうぼさい》」4と呼ばれる死者のための祭礼が、三たび執り行われました。菫は三たび父の墓を浄めて飾り、果物と肉を五重に積んで供えました。こうして喪は明けましたが、菫が供養をやめることはありませんでした。

月日はめぐっても、ひとときの喜びも、一日の休息も、菫にもたらしませんでした。それでも、菫は決して奴隷の境遇を嘆くことも、祖先の供養を欠かすこともありませんでした。

ところが、ついに稲田の熱病が彼に襲いかかり、菫は病の床に伏してしまいました。仲間の奴隷たちは、彼がとうてい助かることはあるまいと思っていました。奴隷の身であるからには、家の下働きや野良仕事に一日中駆り出されるため、だれも董のそばについてやる者も、世話をしてやる者もおりませんでした。みんな日の出とともに野に出て働き、日が暮れるとようやく疲れ果てて、家に戻ってくるのでした。

ある蒸し暑い日のこと、熱に浮かされていた董は、眠るでも覚めるでもなくうとうととしていると、奇妙な夢を見ました。見も知らぬ美しい女が枕元に立って体をかがめ、すんなりとした長い指を董の額に当てているのです。ひんやりとしたその指先を感じたとき、不思議にも気持ちのよい刺激が体中をめぐり、血管が脈打って、新しい活力が満ちてくるように思われました。

不思議に思って目を開けると、夢とばかり思っていた美しいその女が、たしかに董の顔を覗きこんでおり、ずきずきと疼く額を小さな手で撫でてくれていました。燃えるような高熱はいつの間にか引き、ひんやりとした心地よさが、体のすみずみまで行き渡り、夢に見たとおりの活力が、大きな喜びにうち震えるかのように、体中を駆けめぐりました。

するとそのとき、その見知らぬ優しい女の眼と自分の眼とが、出合いました。女の眼はまれにみる美しさで、燕《つばめ》の翼のような眉山《まゆやま》の下に黒い宝石のように輝いておりました。

しかし、穏やかなそのまなざしは、ガラスを通す光線のごとく、董の体を貫くように感じられました。その眼を見ていると、董はなんだか恐ろしくさえなってきて、喉まで出かかっていた問いかけの言葉が、どうしても口から発することができませんでした。女はあいかわらず菫の額をなでながら、微笑んで、こう言いました。

「わたくしはあなたの病を癒《いや》し、妻になるために参りました。さあ、起きてわたくしとともに祈りましょう」

女の澄んだ声は、小鳥の歌のように弾んだ声音《こわね》でした。しかし、その眼には有無を言わせぬ力があり、菫はなんとしても抗うことができませんでした。床から起き上がってみると、菫は自分の体がもとどおり元気になっているのにびっくりしました。そして、冷たくしなやかな女の手が、自分の手を取って、さっさと前へ前へと歩みを進めるので、ためっている暇などありませんでした。

菫は自分の惨めな境涯を告白し、妻を持つことなどとてもできないと伝えようとしました。しかし、女の切れ長の黒い眼には逆らいがたい何かがあり、打ち明けることはできませんでした。

女は、その不思議なまなざしでこちらを見、菫の心を見透かしているかのようでした。そして彼女は、澄んだ声で「わたくしが万端《ばんたん》、賄《まかな》うことにいたしましょう」と言いました。菫はそのとき、ぼろを纏《まと》った見すぼらしい自分の姿を思って、恥ずかしさの余り顔を赤らめました。ところが、よくよく見ると、女の方もまた、貧しい身なりをしており、飾りらしい飾りもつけず、履物さえ履いておりませんでした。

そして、董がまだ何も言い出さないうちに、ふたりは祖先の位牌の前にまで来ていました。女は董といっしょに跪いて先祖に祈りを捧げ、いったいどこから持ってきたのか、盃《さかずき》を取り出し、酒をそそいで乾杯をし、天と地とに祈りを捧げました。こうして女は、董の妻になったのでした。

いかにも奇妙な結婚でした。董は結婚した当日も、その後も、名前はおろか、どこから来たかさえも、妻に尋ねませんでした。そのため、仲間に妻のことをあれこれときかれても、何も答えられませんでした。それに、女の方も、自分の名は「織《ち》」ということのほかには、何ひとつ語りませんでした。

董は女に見つめられると、まるで射すくめられたように恐ろしかったのですが、それでも、言葉では言い尽くせぬほど織を愛していました。結婚以来、自分が奴隷の身であることが、心苦しく思われました。

ところが、二人の小さな住まいは、彼女が来てからまるで魔法にかかったように一変しました。見すぼらしかった家の中は、美しい紙細工で隠され、女のちょっとした魔法で、これといった費用もかけずに品のよい飾りものをひねりだし、部屋を美しく飾りました。毎朝、まだ夜も明けきらぬうちに董が起きだすと、たっぷりとした朝食が整えられておりました。日暮れに奴隷の仕事から戻ると、やはり同じように膳が並んでいました。妻は一日中、機の前に座って絹布を織っておりました。その織り方は、このあたりでは見たこともないような技法で、織っていく端から、まるできらきらと輝く金の小川のように、紫や赤や緑の織りなす不思議な波の形となって流れ出てくるのです。そうして織布の表面には、馬に跨がった幻の騎手や、龍に引かれる幻の戦車や、たなびく雲のように翻る軍旗が、織物の柄となって浮かび上がっているのでした。龍の髭《ひげ》は真珠のように妖しく光り、騎手の兜にちりばめられた珠玉は、きらきらと輝いていました。

織《ち》はそんな模様の絹布を、毎日いく反《たん》も織りあげました。織の織物の評判はしだいに諸国にも知れ渡り、近隣から、遠方から、大勢の人が織の機織を見に押しかけて来ました。噂を聞きつけた大きな町の絹商人も、使いをよこして織物を注文し、その秘法を教えてほしいと申し入れて来ました。織が欲しいだけ絹布を織ってやると、商人たちはその代価にたくさんの銀貨を持ってきました。けれども、商人たちがどんなに織り方を教えてくれと頼んでも、織は笑ってこう言いました。

「お教えしたところで、織るのは無理でしょう。みなさんの中には、わたくしのような手をお持ちの方はいらっしゃいませんでしょうから」

なるほど、織が機を織っているときには、その手はまるで蜂の羽ばたきのように目にも止まらぬ速さで動くので、誰にもその技術を見極めることはできませんでした。

季節はめぐり、董にはもはや何不足のない生活になりました。「わたくしが万端、賄うことにいたしましょう」と言った約束どおり、美しい織が、生活のすべて整えてくれたからでした。絹商人の持ってきた銀貨が、織の家財道具を入れるために買った行李の中に山と積まれていきました。

ある朝、朝食をすませた董が、野良仕事に出かけようとすると、思いがけず織に引き止められました。織は大きな行李を開くと、その中から隷書《れいしょ》で書かれた書状を取り出して、董に手渡しました。それを見た董は、躍り上がらんばかりに喜びました。

その書状は、董を奴隷から解放することを約束した証書だったのです。織は自分の織った絹布を売ったお金で、夫の身柄を密かに買い戻していたのでした。

「もうだれのためにも働かなくてよいのですよ。ご自分のためだけにお働きになればよろしいのです。この家も家財ごと買っておきました。南側のお茶畑も、となりの桑畑も、すべてあなたのものですよ」

董は、感謝の気持ちを表わそうと、われを忘れて織の前に平伏そうとしました。しかし、妻はそれを押しとどめました。こうして、董は自由の身となりました。また、それと同時に暮らし向きも豊かになっていきました。董が浄らかな大地に蒔いた種は、百倍の実りとなって戻ってきたのです。彼の雇った使用人たちはみんな、董をしたっておりましたし、無口であっても、周りの者を何くれとなく気づかう織のことも、好いておりました。

やがて織は、織機に手を触れることがなくなりました。それというのも、織に男の子が生まれたからです。董は生まれた子を見て、あまりの可愛らしさに嬉し涙を流したほどでした。それからというもの、妻は子どもの世話に専念するようになりました。

まもなく、その子は、母に劣らず不思議な子であることがわかってきました。生まれて三月《みつき》で言葉を話すようになり、七ヵ月目で賢人の格言を諳《そら》んじ、教典を暗唱しました。十一ヵ月になるころには、上手に筆を使いこなすようになり、老子の教えを筆写することができました。寺の僧侶たちがこの織の子どもを見にやってきて、その可愛らしさと聡明さに、みな感嘆の声を上げました。

「この子はまちがいなく天からの贈り物じゃ。天がそなたを寵愛《ちょうあい》された兆《しるし》ですぞ。百度の春を迎えられんことをお祈り申し上げまする」

その年の十一月のこと、花は枯れ、夏の香りは過ぎ去り、吹きすさぶ風がしだいに冷たくなってきたころ、董の家では宵の明かりが灯されておりました。柔らかな光を浴びながら、董と織の夫婦は長いこと座って話しておりました。夫はさかんに将来の夢を語り、この子は今に偉くなるだろう、父親として何をしてやろう、などと喋っておりました。しかし、妻の方は口数少なで、ただ夫のことばに聞き入り、時折それに応えるように微笑んでは、美しいまなざしで夫を見つめておりました。

そうしている織は、これまでにないほど美しく見えました。董は妻の顔を見つめながら、夜が更けていくのも忘れ、蠟燭《ろうそく》が短くなっていくのにも、風が葉の落ちた木々を鳴らしているのにも、気づかずにおりました。

すると突然、織がものも言わずに立ち上がり、あの不思議な結婚の朝の日のように、董の手を取って、ゆりかごの方へ優しく導きました。子どもは夢を見ながら、笑みを浮かべて眠っています。そのとき、董は初めて織と目が合った時に感じた奇妙な戦慄を覚えました。その漠とした畏怖の感情を愛情と信頼で鎮めようとしましたが、鬼神に見据えられたような恐ろしさをすっかり払いのけることはできませんでした。

董はわけもわからぬまま、まるで目に見えぬ力でぐいと体が押さえつけられるように感じました。董は神の前で平伏するような姿勢で、織の前に額ずいたのです。恐るおそる顔を上げて妻の顔を見ると、董は畏敬の念に打たれてすぐさま目を閉じてしまいました。織は人間の女とは思えぬほど背が高く、堂々とそびえ立ち、回りには後光《ごこう》が差し、四肢《しし》が着物を透かして光り輝いていたからです。けれども、その声は、いつもと同じように優しく、董の耳に届いてきました。

「さても、わが夫よ。そなたのもとを去るときが参りました。わたくしは人間ではないのです。わたくしは、神がひとときの間人間の姿をかりて顕《あらわ》れた化身なのです。

しかし、わたくしたちの愛の証、この美しき子をそなたのもとに託して行きます。そなたのように忠孝に篤《あつ》い子となるでしょう。わたくしは、そなたの孝心にいたく感服された天帝によって地上に遣わされたものですが、もはや天に帰らねばなりません。

では、お別れの時が来ました。わたくしは女神、織女《ちにゅう》なのです」

こう言い終わると、織女の発する後光はしだいに薄れていき、董がふたたび目を開けたときには、その姿は永遠に消え去っておりました。一陣の天の風が吹きわたったかのように、灯火がかき消されたかのように、神秘に彩られた不思議な出来事でしたが、もう取り返しのつかぬことでした。

すべての戸には錠がかけられ、窓は閉ざされておりました。子どもはあいかわらず夢の中で微笑みながら、すやすやと眠っておりました。おもてでは、闇を打ち破るかのように空がみるみる白んでゆき、夜の帳《とばり》が終わりを告げようとしておりました。

外では、朝日を迎えようと、東雲《しののめ》の空は神々しくもその高い黄金の門を開け放ち、旭光《きょっこう》を浴びた朝霞《あさがすみ》がつぎつぎとその色を移し、姿を変えてゆきました。そのさまは、ちょうど織女の織機《はたおり》から流れ出す絹の残夢のごとく、謎めいた美しさを湛《たた》えておりました。

1　老子　道家思想の祖。または、その著書。老子の生没年は不明であるが、孔子（前四七九年没）よりも百年ほど後輩とも、架空の人物とも言われており、人物よりも書に重点がおかれている。民間に広く口承で伝わった諺や格言とも言うべき趣がある。短い語句の解釈に異説が生じやすく、古来より、多くの注釈がある。

2　**漢代**　「漢」は中国の統一帝国（紀元前二〇二～後二二〇年）。前二〇二年に、劉邦《りゅうほう》が項羽《こうう》を滅ぼし、天下を統一して漢となった。後八年から二五年まで一時中断したが、その期間をはさんで、前期を「前漢（西漢）」、後期を「後漢（東漢）」という。

3　**奴隷**　中国の旧社会には、血統や職業で区別された身分、良《りょう》と賤《せん》があった。良民は自由人であり、社会的に利益が多かった。それに対して賤民が奴隷であり、奴婢《ぬひ》とも言う。奴隷は住居を移転する自由はなく、公職に就く資格もなかった。土地とともに売買されることが多く、また貧しい小作農が重税に耐えかねて、身を売って奴婢になることもあった。物や家畜同様に売買などの処分が出来たが、法律上の婚姻が認められていた。家内の雑事や農耕に従事し、主人の命令に従い、その制裁に服し、逃亡した場合は刑罰に処された。主人は官許を得れば、奴婢を殺害してさしつかえなかったが、勝手に殺害することは法律上、許されていなかった。

4　**掃墓祭**　「清明節《せいめいせつ》」のことか。春分後の十五日目に、墓地を清掃して、生花や香灯などの祭品を供え、紙銭を焼いて祖先を祭礼する。

5　**隷書**　漢字書体の一種。中国の秦《しん》時代に、政治家の李斯《りし》が端正で均整のとれた書体である「小《しょう》篆《てん》」を発明した。隷書はそれを実用的に簡略化・直線化したもので、漢代に盛んになった。後漢のころ、再び装飾化され、芸術的に完成した。

——The Legend of Tchi-Niu (*Some Chinese Ghosts*, 1887)

顔真卿の帰還

顔真卿《がんしんけい》の伝説は、神霊の報応を説いた聖典『感応篇』第三十八章に載っています。真卿が活躍したのは、唐の時代でしたので、没後すでに千年の歳月が経ったことになります。

顔真卿が中国六大法廷の一つで最高判事を務めていたころ、悪業に長けた軍師の李希烈《りきれつ》が反旗をかかげ、破竹《はちく》の勢いで、北方諸国の数百万の軍勢を配下に収めていました。天子様はこの報を受け、希烈が神を敬わず、恐れも知らぬ悪逆非道な人間であることを知りました。そして、真卿に希烈の様子を偵察してくるようにと命じました。希烈を本来の任務に戻るよう説き伏せ、彼につき従って反乱軍に加わった軍勢に、天子様からの譴責《けんせき》と戒告の詔書を読み聞かせるように、と命じたのでした。顔真卿は知謀《ちぼう》と公正さと豪勇ということで、天下にその名を知られていました。もし希烈が人の言葉にいささかでも耳を傾けるような男であるならば、忠誠心と徳とを兼ね備えた真卿の言うことは聞くであろう、と天子は考えたのです。そこで、真卿は家を整理し、妻子に別れを告げました。そして、天子の書状を法服の胸にしまい、ひとり馬にまたがって、騒然とした反乱軍の陣営へと向かいました。「帰ってくるから心配するな」と軒先で見送る老僕に言いきかせましたが、これが彼の最後の言葉となりました。

＊

かくして顔真卿は馬を下りて、反乱軍の陣営に入りました。そして、敵の大軍がたむろするなかを通り抜けて、希烈の前にまでやって来ました。反乱軍の首領、李希烈は、居並ぶ将兵のなかで一段と高いところに座を占め、稲妻のように光り波打つ無数の剣先や、雷鳴のようにとどろく、万余の銅鑼《どら》の音に取り囲まれていました。

頭上には、絹地の黒龍旗が何本もはためき、眼前には、大がかりな篝火《かがりび》がめらめらと燃え上がっていました。よく見ると、火炎の舌は、人骨をなめ、灰のなかには、頭蓋骨が黒ずんで転がっていました。

しかし、真卿は臆《おく》することなくその火を眺め、希烈を睨みつけました。それから、おもむろに懐中《かいちゅう》から天子の命が記された黄絹の芳《かぐわ》しい香のする巻き物を取り出しました。真卿がそれを押し戴き、いざ読み上げようとすると、軍勢は水を打ったように静まり返りました。真卿はよく透る力強い声で読み上げました。

「神君高祖、神尭《しんぎょう》帝の子たる天子が、賊徒、李希烈とその配下に告ぐ」

すると、海鳴りのような唸《うな》り声が——嵐に森が咆哮《ほうこう》するような怒号と恐ろしい鬨《とき》の声が——湧きおこりました。「ウォーン！　ウォーン！　ウォーン！」。きらめく剣先は入り乱れ、雷鳴のような銅鑼の音は、使者真卿の足下を揺るがせました。

しかし、希烈が金杖で制止すると、再び静寂がもどりました。

「よい、よいぞ！　犬には吠えさせておけ！」と、賊将の希烈は言い放ちました。

そこで、真卿は続けました。

「汝ら軽佻浮薄《けいちょうふはく》の輩《やから》、民を徒《いたずら》に破滅の龍口に駆り立てるを知らずや。わが王国の民は、天帝を祖と仰ぐを知らずや。故に、無益に民を傷つけ、死に至らしむるものは、天の救いを得られず、と法に記されたり。

賢人の定めたる法を守らば、至福繁栄が得らるるものを、これに背くは、最悪の罪にして許さるべからず。

わが民よ！　朕《ちん》は汝らの皇帝にして、汝らの父なり。何ぞ、汝らの破滅を求めん。わが求むるものは、汝らの幸せと繁栄、汝らの大成なるぞ。

汝ら愚行に走り、天子の仕置きを蒙《こうむ》るべからず。軽挙妄動《けいきょもうどう》を慎み、わが使者の賢明なる御言葉を聞け！」

「ウォーン！　ウォーン！」。群衆は興奮して、喊声《かんせい》を上げました。唸《うな》り声は、荒れ狂う台風のように山々にこだましました。またもや銅鑼のひびきは、耳を聾《ろう》せんばかりに高鳴りました。

そのとき、真卿が壇上に目を向けると、希烈はせせら笑っておりました。皇帝の詔書の言葉は、もはや聞き届けられそうにもありませんでした。そこで、真卿はできうる限り使命を果たそうと心に決め、希烈には目もくれず最後まで読み続けました。すべてを読み終えて書状を手渡そうとしましたが、希烈は受け取ろうとはしません。真卿は書状を懐中にしまい、腕組みをすると、希烈の顔をまじまじと見すえました。

希烈が再び金杖を振るうと、喊声や銅鑼のひびきは止み、黒龍旗の風にはためく音以外は、何も聞こえなくなりました。そのとき、希烈は憎々しげな笑みを浮かべて言いました。

「真卿！　この犬畜生め！　俺に忠誠を誓い、頭《こうべ》を垂れ、平伏三拝しなければ、おまえをこの火のなかに投げこんでやるぞ！」

しかし、真卿はこの謀反人《むほんにん》に背を向けると、しばらくひざまずいて天と地を拝んでいました。やがて、すっくと立ち上がると、兵士たちが手をかける暇《いとま》もあらばこそ、真卿は燃え盛る火のなかに身を投じ、鬼神のように腕組みしたまま、火中に立ち尽くしたのでした。

希烈は驚いて立ち上がると、兵士たちに向かって怒鳴りつけました。兵士たちは真卿を火中から担ぎ出すと、燃えさかる彼の法服の火を素手でもみ消し、面と向かって彼を口々に誉めたたえました。さすがの希烈も、高座から下り、とりなしの言葉をかけました。

「これは真卿！　なんたる勇者ぞ！　真《まこと》の栄誉にふさわしい振る舞い。われらとともに座して、粗餐《そさん》ではあるが、存分に食されよ」

しかし、真卿は希烈をじっと見すえながら、大鐘の音のように朗々とした声で「希烈よ、おまえが暴虐と愚行を続ける限り、たとえ死すとも、おまえの手からはなにも受け取らぬぞ。この真卿が、逆賊や人殺し盗賊どもと席を共にしたなどとは、決して言わすまいぞ」と答えました。

それを聞くと、希烈は怒りに身をふるわせ、自らの剣で真卿に切りつけました。すると、真卿はその場に倒れ伏し、息を引き取ってしまいました。しかし、今際《いまわ》のときにも、頭《こうべ》を南の宮廷の方角に向け、崇敬する皇帝への忠誠を示そうとしたのでした。

ちょうどその頃、天子は宮殿の奥の間にひとりいて、足下にひれ伏す影に気づきました。天子が話しかけると、影は天子の目の前に立ちましたが、なんとそれは真卿だったのです。天子が問いかけようと声を発する間もなく、なつかしい声が聞こえてきました。

「天子さま、与えられた役目は果たしました。ご命令は、家臣としてお仕えするわたしの微力の及ぶかぎりやり遂げました。しかし、いまはもう、お暇《いとま》を乞わねばなりません。わたしは、あたらしい主君にお仕えしなければならないのです」

ふと見ると、壁に掛けた金色の虎の絵が、真卿の姿を通して透けて見えました。そして、冬の木枯らしのような不思議な冷気が部屋を通り抜けたかと思うと、真卿の姿は消えてしまいました。そのときはじめて帝は、忠臣真卿が語ったあたらしい主君とは、天国の主君であることに気づきました。

かの老僕の話では、ほぼ同じ時刻に、真卿の家でも真卿らしい人影が家に入り、万事、事が思い通りにいっているときに見せるあの笑顔で、ほほえみかけたといいます。「ご無事でしたか、ご主人さま？」ときくと、「無事だよ」と答える声が聞こえましたが、その前に真卿の姿は消えてしまっていたといいます。

＊

その後、天子の軍勢は、希烈が率いる反乱軍と戦さを始めました。国土は血に染まり、火事で焼き尽くされました。国中の川という川には死体があふれ、海に注いで魚の餌食になりましたが、それでも、血で血を洗う戦さは何年も続いたといいます。

やがて西北の砂漠に住む遊牧民の大群が、天子の応援に駆けつけて来ました。みな生まれながらの乗馬の達人であり、重々しい強弓も、両端が重なり合うほど引き絞れる剛力無双の射手《いて》揃いでした。彼らは旋風《せんぷう》のようにやってきて、反乱軍に立ち向かい、鴉《からす》の羽をつけた矢を嵐のように射かけ、敵陣に死人の山を築きました。やがて、希烈の軍勢は駆逐《くちく》されました。死を免れ生き残った敗残兵たちは、帰順《きじゅん》を誓い、ようやく正義は回復しました。

しかしそれは、真卿の死後、幾夏かが過ぎた後のことでした。

天子は、勝ち誇る諸国の将軍たちに命じて、かの忠臣真卿の遺骨を持ち帰らせ、勅命《ちょくめい》で霊廟《こんりゅう》を建立し、祀《まつ》るように命じました。帝の命を受けた諸国の将軍たちは、無名戦士たちの墓地の中を探しまわり、ついに真卿の墓を見つけだしました。土を掘り起こして柩《ひつぎ》を取り出そうとしましたが、柩は諸将の目の前でぼろぼろに崩れ落ちてしまいました。蛆虫《うじむし》がなめ回し、わずかに残った幻のような柩の外枠も、外の光に触れたとたんに消失してしまいました。

ところが、驚いたことに柩が消えてしまうやいなや、そこにかの真卿の変わらぬ姿が横たわっているではありませんか。腐乱の気配も、蛆虫が安眠を妨げた様子もなく、生気も顔から消えうせていませんでした。ひたすら夢見ているかのように——ほの暗いお堂の中で瞼《まぶた》を閉じてほほえむ仏像のように——真卿が微笑を浮かべているのです。

そのとき、一人の僧が顔真卿の墓のそばに立って、こう言いました。

「みなさんがた、これこそまさに神のご加護の証ですぞ。かしこくも、神のお力は、選ばれた不死身の方々をお守りくださっているのです。そのような方々には、死神も勝てず、腐敗も侵《おか》すことができないのです。まことに真卿さまこそ、天国の神々の間に列せられるお方なのです」

顔真卿の遺体は将軍たちによって生まれ故郷に運ばれ、天子の命によって造営された霊廟に最高の礼を尽くして安置されました。そこには、永久に朽ちることなく、盛装のままの真卿が眠っています。

墓石には、真卿の偉大さや知徳をたたえる銘文と官位を示す紋章に加えて、四大徳目——孝、悌《てい》[1]、忠、信——の文字が刻まれています。そして墓の周りは、神聖な守護神——青龍、朱雀《しゅじゃく》、白虎《びゃっこ》、玄武——の大きな石像たちに四方を囲まれ、墓前には、神殿の前に鎮《ちん》座《ざ》しているようないかつい狛犬《こまいぬ》が、監視の目を光らせているのでした。

——The Return of Yen-Tching-King（*Some Chinese Ghosts*, 1887）

1　悌　兄弟あるいは長幼間の情愛の厚いこと。

第四章　さまよえる魂のうた——自伝的作品より

夢魔の感触

一

幽霊を信じている人は、いったい幽霊のなにが恐ろしいのであろうか。

どんな恐怖も、経験、つまり個人的な体験や民族的な経験から生まれてくるものである。その経験は現在のものであったり、忘れられた過去のものであったりする。初めて味わう恐怖でさえ、何かほかに原因があるわけではない。だから幽霊が恐ろしいというのも、過去の苦痛が生みだすものにほかならない。

おそらく、幽霊を信じるのも、幽霊が恐ろしいのも、その発端は夢にある。その恐怖は格別なものである。こんなに強烈な恐怖はほかにないし、またこんなに漠然とした恐怖も存在しない。このように強烈でありながらもおぼろげな感情は、たいてい個人を超越したものであり、遺伝によって受け継がれた、つまり、死者の経験によってわれわれのなかに形成されたものといえよう。

それでは、いったいそれはどんな経験なのだろうか。

幽霊がどうして怖いのか、その理由《わけ》を明らかにしたものを、わたしは一度も読んだことがない。これまでに恐ろしい幽霊体験を持っている知人の十人ぐらいに、どうして幽霊を恐ろしいと感じたのか、また恐怖を感じながらどんな空想がはたらいたのかを尋ねてみるとよい。そのなかの誰ひとりとして、その質問に答えられないのではないかと思う。

口承文芸——口伝えのものであれ、記述されたものであれ——は、その問題に明確な光を当てているとはいえない。実際、幽霊に八つ裂きにされる人間の言い伝えなら数々あるが、そんなおおまかな想定では、なぜ幽霊が恐ろしいのかは説明できない。

幽霊のもつ恐怖とは、身体に暴力を振るわれるという恐ろしさではない。論理的に考えられる恐怖でもないし、たやすく説明できるような恐怖でもない。身の危険というはっきりした観念の上に成り立つ恐怖なら、説明できないわけはないであろう。

さらに、昔の幽霊は人を引き裂いたり、むさぼり食ったりするものと想像されているかもしれないが、幽霊について一般的にいわれていることは、幽霊にはたしかに触れることもできないし、実体もないということである。

あえていうなら、わたしは一般的な幽霊の恐怖とは「幽霊に触れられる恐怖」だと思っている。いいかえれば、超自然の存在には触れる力がひそんでいると想像するからこそ、恐ろしいのである。ただし「触れる」だけで、傷つけたり、殺したりするわけではないことを忘れないでいただきたい。

しかし、この「触れられる恐怖」というのも、やはりそれ自体、経験から生まれたものといえよう。ちょうど子どもが暗闇を怖がるように、生まれる前から受け継がれたものとして、個人のなかに蓄えられている経験の結果だと思うのである。

では、いったいどういう人が幽霊に触れられたという感覚的な体験を持っているであろうか。答えは簡単である――つまり、夢のなかで幽霊に捕まれたことがある人なら、誰もがそういう体験を持っているのである。

人類の誕生する以前の、太古からの恐怖の要素は、子どもが暗闇を怖がることのなかにもまちがいなく混入している。しかし、もっとはっきりした幽霊への恐怖には、おそらく夢の苦痛――先祖がうなされてきた夢魔の経験――が受け継がれてできた可能性が高いといえるであろう。超自然なものによる感触が直感的に恐ろしいのは、このように進化論的に説明できるであろう。

いくつか典型的な経験を述べながら、次にわたしの所見を紹介させてもらおう。

二

わたしがまだ五歳くらいだったころ、ある離れの部屋に独りで眠るようにいいつけられていた。それ以来、そこはたいてい「坊やの部屋」と呼ばれていた（当時のわたしは、ほとんど名前ではなく、「坊や」と呼ばれるだけであった）。部屋は狭いのだが、天井はとても高く、棚に長い窓がひとつあったものの、薄暗くて陰鬱な部屋であった。そこには、一度も火をくべたことのない暖炉があった。わたしは、煙突から幽霊が出てくるのではないかと疑っていた。

「坊やの部屋」は夜になると明かりを消さなければならない、という掟が出されていた。坊やであるわたしが暗闇を怖がるからであった。当時、暗がりを恐れるのは、精神病のためで厳密な治療を要するとまでいわれていた。しかしこうした仕打ちは、わたしの恐怖感をさらに悪化させるだけであった。この掟が出るまでは、いつも世話をしてくれた乳母と明るいランプのついた部屋で寝るようにしていた。

　だから、わたしが暗い部屋で独りで寝なさいといわれたときには、恐ろしさのあまり死んでしまうのではないかと思った。実際、家中でもっとも気味の悪い部屋に閉じこめられて、錠をかけられたまま眠るなど、当時のわたしにはあまりにも残酷なことであった。

　くる夜もくる夜も、わたしがベッドにぬくぬくと潜りこむと、ランプは外され、鍵がカチッと閉められた。手をかざしたランプの影と乳母の足音も、遠のいていく。すると、恐怖からくる激痛がわたしの体を襲った。暗闇のなかで、何かが集まってきて、大きくなっていくような気がした（その何かが大きくなるのが、聞こえるとさえ思っていた）。そしてついに、わたしは叫ばずにはいられなくなるのであった。叫び声をあげると、きまって叱られた。それでも、また明かりをつけてもらえるので、それはむしろ慰めとなった。しかし、しまいにはこれにも気づかれてしまい、叫んだところで、それ以上気にかけてもらえなくなってしまった。

どうしてわたしは、このように尋常でない怖がり方をしたのであろうか。暗闇にはいつも、恐ろしい妖怪が住みついていると思っていたのも、あるだろう。記憶を辿ってみると、わたしは嫌な夢によく悩まされていた。やがて夢から覚めると、いつも夢で見たものの姿が、部屋の陰に潜んでいるのを見た。その影は次第にぼやけていった。しかし、しばらくの間、触ることのできる現実のように、そこに存在していたのだ。そして、それはいつも同じ姿をして、わたしの目の前に現れた。

……ときには夢の前置きもないまま、黄昏どきにその影を見ることもあった。影は部屋から部屋へとわたしについてまわったり、階から階へと上る階段の合間から抜け出て、長くぼやけた手を、わたしの体の後ろに伸ばしたりすることもあった。

わたしが、お化けのことを愚痴ってみても、幽霊などと二度と口にしてはいけないとか、そんなものは存在しない、と相手にされなかった。家中の人に話してみても、誰もが口を揃えて同じことをいうのであった。

しかし、わたしにはこの目でお化けを見たという証拠がある！　その事実を否定するなら、二つの解釈でしか説明がつかないことになる。妖怪は大人が怖いので、小さくてか弱いわたしにしか姿を見せないのであろうか。もしくは、家族中がなにか不快な理由から、口裏をあわせて嘘をついているのか。わたしには、後者のほうが腑に落ちるような気がした。なぜなら、わたしのそばに誰もいないときに、何度も物の怪が現れるのを認めていたからだ。

しかし、こうして家族が物の怪のことを自分に内緒にしていることのほうが、幽霊が現れるのと同じくらいぞっとした。どうして、自分がカーテンの揺れる背後で見たことや、階段がきしむ音を聞いたことさえも、口に出してはいけないのだろうか。

「誰もおまえを傷つけたりなどしませんよ」

こんな慰めをいわれても、夜独り残さないでくれ、と頼むわたしにとって、薄情な答えとしか思えなかった。お化けはたしかにわたしを傷つけているのだから。ただ幽霊は、わたしが眠りに落ち、彼らの力に捕えられるまで、ただ待っているだけであった。幽霊はわたしが起き上がることも、動くことも、叫ぶこともできなくさせる、そんな魔術を持っていたのである。

わたしを暗い部屋に独り、恐怖を抱かせたまま閉じ込めてきたことについて、家族の者に申し立てをするつもりはない。ただわたしは、何年もその部屋で言葉で言い表せないほど苦しめられてきたのである！　だから、その後、幽霊とはほとんど無縁な寄宿学校に入れられたときは、かえって嬉しかったほどであった。

この部屋で見た幽霊は、これまで見た幽霊とは違っていた。影のように暗い衣装をまとい、身の毛もよだつほど自在に自らの姿を奇怪なものへ変化させていくのだ。たとえば、天井まで背が伸び、そのまま天井を伝い、向こう側の壁へ逆さまになったまま伸びていくことができる。幽霊の顔だけははっきりと覚えているが、わたしはその顔を見ないようにしていた。夢うつつの状態でも、目を覚ましてそれ以上お化けを見ないように、自分の指で瞼を引っ張ろうとしていた。そのように、努めていたのだと思う。しかし、瞼はまるで張りついてしまったように閉じたままであった。

……後年、オルフィラの『墳墓発掘誌』に描かれた恐ろしい木版画を初めて目にしたとき、わたしは、子どものころ悩まされた夢魔の恐怖が、まざまざと蘇ってきた。オルフィラの挿入画はほんとうに生きているような存在感があるので、「坊や」の経験を理解してもらうには、巨大な奇形物のようにたえず伸びたり、歪んだりしていた亡霊の図を想像してもらいたいと思う。

しかしながら、このような夢魔の中の幽霊の顔を見たことだけが、坊やの部屋での最も恐ろしい経験のすべてではなかった。夢魔はたいてい、不安で何かいぶかしいという感覚から始まった。なにかあたりの空気が重苦しいと感じながら、ゆっくりと意識がなくなっていき、次第に体を動かす力が麻痺していくのである。はっと気づくと、いつも自分は明かりの消えた、大きな家のなかに独りぼっちでいる。

すると、最初に恐怖と感じるのとほとんど同時に、部屋の中が、床から半分くらいの高さまで、ものがおぼろげに見えるくらいの、ぼうっとした黄色い光で覆われはじめる。天井は真っ暗なままである。黄色い光は、ランプの光でないことはたしかである。むしろ黒ずんだ部屋の空気が、床の下の方から徐々に色が変わっていくかのようだった。……それはあたかも、嵐の前夜、ものすごい夕焼けが、不吉な予感を醸し出しているようであった。

……わたしは、そこからただちに逃げ出そうとした（一歩一歩、川を渡っていくような思いで）。ときには、何とか部屋の真ん中あたりまで進めるのだが、いつもそこで立ち止まってしまうのだった。なにか言いようのない抵抗に、体が動かなくなってしまうのである。

隣の部屋からは、楽しそうな声が聞こえてくる。扉の上の、手が届こうにも届かない明かり採りの窓から、光が射している。ひと声大声を張りあげれば、助けてもらえるとわかっているのだが、大声をあげようとしても、ささやくようなか細い声しか出ないのである。

……正体の知れぬお化けがやってくるのが、はっきりとわかる。近づいてくる。階段を上ってくる。足音が聞こえる。布にくるんだ太鼓のように鈍い音を響かせながらやってくる。どうして、ほかの人にはこの足音が聞こえないのだろうか。幽霊は長い長い時間をかけてこちらにやってくる。ぞっとするような足音がしたと思うと、敵意があるかのように急に立ち止まる。それから、きしむ音もたてず、かんぬきを掛けたはずの扉が、ゆっくりとゆっくりと開き、幽霊は部屋のなかに入ってくる。意味もわからぬことをまくし立てながら、手を差し出し、わたしを摑むなり、暗い天井へ放り上げ、落ちてきたわたしをまた捕まえては、上へ、また上へと放り上げるのだ。

……そのあいだ、わたしには恐ろしいという感情は起こらない。恐怖感自体は、初めて摑まれたときに麻痺してしまうのである。それに当てはまる言葉を探そうとしても、見つからぬ、名状しがたい感情であった。その幽霊に触られるたびに、痛みよりもなにか無性に気持ちの悪いショックを感じるのである。わたしの最も奥深くに眠っている感覚をも、覚醒させるほどの衝撃であった。忌まわしい電流のようなものが体じゅうを走り抜け、まったく未知の感性の領域に、想像もつかないような苦痛が潜んでいることに気づいたのである。

……これはふつう、幽霊がひとりの場合であった。しかし、幽霊の集団に捕まり、何分もの間、一人からもう一人へと、次々に放り上げられた記憶もある。

三

こうした幽霊にまつわるわたしの想像は、いったいどこからくるのであろうか、わたしにはわからない。おそらく、ごく幼いころに感じた恐怖なのか、自分が別の生命であった時に経験した恐怖なのか。その謎は永遠に解けない。しかし、幽霊に触れられたときの衝撃の謎については、はっきりした仮説をたてることができる。

まず、感情そのものの経験は、「ただの想像力」として片づけられないということである。想像力とは脳の活動のことだ。想像上の苦痛や喜びも同様に、神経の働きとは切り離すことはできない。感情が肉体へどれほど重要な意味を及ぼすかは、生理学的な効果から十分に証明されている。夢魔の恐怖はほかの恐怖と同じく、人間を殺してしまうことがあるかもしれない。論理的にみても、これほど研究に値すると思われる強烈な感情はないであろう。

この問題においてひとつ明らかなのは、「夢のなかで捕まえられるという感覚」が、目覚めているときに感じられるどんな感覚にも該当しないという事実である。どうして異なるのであろうか。あの恐怖の並外れた大きさと深さをどのように説明できるであろうか。

夢で味わう恐怖は、自分に関係する経験の反映というより、先祖からの数えきれない夢の経験のすべてを表しているのだ、とわたしはすでに語った。いま生きている人間の経験すべてが遺伝により受け継がれていくのなら、寝ているときに起こる経験もまた、すべて受け継がれたものに違いない。そして正常な遺伝であれば、おそらくそのどちらの経験も、はっきりと区別されて伝達されていくであろう。

さて、この仮説を認めてみると、「夢で捕まえられるという感覚」は、夢を意識し始めた初期の段階――人類が現れるずっと以前に始まったことになるであろう。ものを考えたり、恐れたりする能力を持った最初の生物は、しばしば自然界の敵に捕まった夢を見たに違いない。しかし、こうした原始的な夢には、その苦痛について空想することがほとんどなかったであろう。

ところが、次第に神経が高度に進化してくるにつれ、夢の中で苦痛を感じる感受性も強くなっていったのであろう。さらに、論理づける思考力が発達するにつれ、超自然という観念が夢の恐怖の性格を変化させ、いっそう恐ろしいものにしていった。そのうえ、あらゆる進化の過程を通して、遺伝はそうした感情の経験を蓄積してきたのである。こうして、宗教的理念の影響を受けて発達してきた、空想上の痛みという形に姿を変えながら、荒々しい原始的な恐怖は、おぼろげながらも生き残り続けていったのであろう。また人間の無意識の底には、古代からの動物への恐怖心が、曖昧《あいまい》でありながらも深く生き続けていったにちがいない。現代の子どもたちも、成長してゆくにつれて、夢魔が訪れて、これらの潜在意識がひとつまたひとつと心の奥底から蘇ってくるのかもしれない。

どんな特別な夢魔の幻影でさえ、自分の脳より古い歴史を持っているとは、疑問に思われるかもしれない。しかし、幽霊に体を触れられるという衝撃的な体験は、「これまで幽霊に捕まえられたことのある人類すべての経験に、夢で触れる」ということを意味していることになりそうである。自我の深いところ、太陽のどんな光も到達しえない人間の深い淵が、不思議なことに眠りのなかで呼び起こされるのかもしれないし、暗闇の中から、何百万年にも渡る無数の記憶の戦慄が、反応しているのかもしれないのである。

――Nightmare-Touch（*Shadowings*, 1900）

私の守護天使

これからお話しするのは、六歳ぐらいのころに体験したことだったと思う。その頃のわたしは、お化けの類についてはいろいろと知っていたが、神々についてはほとんどと言っていいくらいなにも知らなかった。

あのころ、お化けや悪霊の存在を信じていたのは、何よりもそうしたものを昼夜を問わず目にしていたからだった。わたしはいつも頭から毛布をかぶって眠っていたが、それはお化けや悪霊に見つからないようにするためだった。お化けや悪霊が夜具を引っ張ろうとしたときは、大声で叫んだものだった。なぜか理解できなかったが、こうした話を人様にするのは禁じられていた。

わたしは宗教についても、ほとんど何も知らなかった。わたしを養育してくれた老婦人は、わたしをカトリック教徒にするつもりだったが、まだ特定の宗教教育を施そうとはしていなかった。二、三のお祈りの言葉を唱えるように教えられていたが、オウムのように言葉を繰り返していたにすぎなかった。

わたしは理由《わけ》もわからないまま、教会に連れて行かれ、縁に紙のレースがついた小さな絵をたくさんもらった。それはフランスの宗教画の複製で、その絵が何を意味するものかはわからなかった。わたしの寝室には、ギリシャのイコンが掛けられていた。それは、聖母子像が描かれた、あたたかい色合いの小さな油絵だった。精巧な金属の額に納められていたので、絵から見えるところは、聖母子のオリーブブラウンの顔と手と足の部分だけだった。

わたしは母親のことはほとんど覚えていなかったけれど、わたしはその茶色の聖母を母だと信じていた。そして、聖母に抱かれた大きな目をした子どもは、わたし自身だと思いこんでいた。わたしは、主への祈り「父と子と聖霊のみ名により」と唱えるように教えられていたが、その言葉が何を意味するのか知らなかった。ただ、その呼び名の一つにとても興味をもった。それはいまでもよく覚えているが、わたしが宗教に関して初めて抱いた質問で、「聖霊《ホーリー・ゴースト》」とは何かということだった。

もちろん、ゴースト、Ghostという言葉が、わたしの好奇心を刺激したのである。わたしは、口にしてはいけないことのような気がしていたが、おそるおそるまわりの者に尋ねた。しかし、どんな答えが返ってきたのか、はっきりとは思い出せない。けれども、その返答から、「聖霊」とは白い霊で、日暮れにしかめっつらをして、子どもを驚かすようなまねはしないものだということを知った。

それにもかかわらず、とくに「霊」Ghostの正しい綴《つづ》りを祈禱《きとう》書で知ってからというもの、ゴーストという言葉は、わたしの心を漠惑とした疑惑で満たした。そしてGhostのGに、なんとも言えない神秘性と、畏敬の念を感じていた。いまも、あの字を見るとぞっとして、幼いころのあの言いようのない恐怖が、しばしば心によみがえってくる。

わたしが、長い間、カトリックの教義については頑是《がんぜ》ないままでいられたのは、わたしが神経過敏な子であったかららしい。それとまったく同じ理由で、まわりの人々は、わたしにお化けや妖精の話をしてはいけないことになっていた。また、わたし自身も、お化けの話を人にするのは固く禁じられていた。禁止令があったにもかかわらず、わたしはそれまでわたしにとりついていた悪霊たちよりも、もっと恐ろしい悪霊をまったく突然に知ることになった。この忌わしい体験をもたらしたのは、家の者の友人である宿泊客であった。

わたしの家に客が訪ねてくるのはまれで、訪ねてきても、たいていは早々と切り上げて帰っていった。ただし、一人だけ例外がいて、その客は毎年決まって秋になると訪ねてきて、つぎの春まで滞在した。ローマ・カトリックに改宗したその女性は背が高く、わたしの持っていたフランス製の宗教画に描かれたひょろっとした天使たちに似ていた。

そのころのわたしには、抽象的な概念をはっきりと表現するのは無理だったようだが、その娘が醸し出す薄ぼんやりした雰囲気から、「悲しみ」という概念を知った。

その女性は親戚の者ではなかったが、わたしは、まわりの人からその娘を「従姉妹《カズン》ジェーン」と呼ぶように言われていた。家の者たちは、単に「ミス・ジェーン」と呼び、ジェーンが滞在する四階の部屋は、「ミス・ジェーンの部屋」と呼ばれていた。聞くところによると、ジェーンは夏の間はどこかの修道院で暮らし、いずれ尼僧になるつもりだということだった。わたしは、なぜジェーンはすぐに尼さんにならないのか、と家の者に尋ねると、そんなことはまだ知らなくてよいと叱られた。

従姉妹のジェーンは滅多に笑顔を見せず、声を立てて笑うこともなかった。ジェーンには心に秘めた悲しみがあって、それについて知っているのは、わたしの後見人である老婦人だけだった。ジェーンは顔立ちも美しく、若くて裕福だったけれど、いつも黒の地味な服装をしていた。ジェーンはいつも悲しげな表情をしていたが、とても美しく、濃い栗色の髪は、撫でつけても、編んでみても、波打っていた。やや深くくぼんだ眼は、大きくて黒かった。記憶によれば、話す口調はリズミカルだったけれど、わたしの嫌いな金属音のような響きがした。

それでも、わたしに話しかけるとき、ジェーンの声は驚くほどやさしくなった。ジェーンはわたしに対していつも親切だったし、それ以上のこともあった。ただ、黙り込んで憂鬱そうな表情をするときは、近づきがたかった。そして、親愛の情をこめて接してくれたときも、抱擁してくれたときでも、どこか妙に謹厳なところがあった。

そんなとき、ジェーンは「いい子でいなさい、正直で、素直になりなさい、神の思し召しにかなうようつとめなさい」と言い聞かせた。でも、わたしは、こうした説教は大嫌いだった。わたしを育ててくれている親戚の老婦人は、そんな話をしたことはなかった。それに、わたしはそれがどういうことなのかよくわからなかった。わたしが知っていたのは、素直でないと非難されていたことだった。また、わたしは不憫な子どもだとも思われていたらしい。

ある朝（たしか、薄暗い冬の朝だったように思う）、またあの退屈なお説教を聞かされて、がまんできなくなったわたしは、思い切って、従姉妹ジェーンにどうして他の人に気にいられるよりも、神様の思し召しにかなうようにすることの方が大切なのか、教えて欲しいと尋ねた。そのとき、わたしはジェーンの足元の小さな椅子に座っていた。そう尋ねられたときの、ジェーンの顔に浮かんだ暗い表情は、絶対に忘れることができない。ジェーンはすぐにわたしを捕まえて、膝の上にのせ、わたしの顔をあの黒い眼で射るように見すえた。わたしはおびえきっていた。ジェーンは叫んだ。

「坊や！　坊やが神様を知らないなんて、そんなことがあっていいのかしら？」

「ぼく知らないもの」

わたしは、怖くてほとんど声にならなかったが、ささやくように答えた。

「神様は！　神様は、坊やをお創りになったのよ！　太陽も、月も、青空も、それに木や美しい草々だって。世のすべてを、神様がお創りになったのよ。それを、坊やは知らないって言うの？」

　わたしはジェーンの様子に恐れをなして、もう答えなかった。

「神様が、坊やや、わたしをお創りになったことを知らないですって？　神様が坊やのお父様や、お母様、みんなを創ったことを知らないの？　天国や地獄のことも知らないって言うの？」

　そのほかにジェーンが言ったことは、まるで憶えていないが、わたしは次の言葉だけははっきりと思い出せる。

「それなら、坊やを地獄に落とし、永遠の業火で生きたまま焼いてあげよう！……想像してごらん！　ずっと、焼かれ、焼かれ続けるの！　叫びながら、燃えて！　燃えながら、叫ぶのよ！　火炎地獄から、抜け出せはしないわ！

……ランプの灯で、指を火傷《やけど》したことがあったでしょう？　身体中が焼けるのを思い浮かべてごらんなさい。ずっと、ずっと、焼かれ続けるんだわ！　永久によ、永久に！」

　ジェーンがこう言ったそのときの表情を、恐怖と苦悩に満ちたその顔を、わたしはいまも思い出すことができる。……それから、ジェーンは突然泣き始め、わたしにキスをし、部屋から出て行った。

そのときから、わたしはジェーンを憎むようになった。ジェーンのせいで、今までにない、取り返しのつかないほどの不幸な気持ちに陥ったからだ。わたしは、ジェーンの言ったことを疑ってもみなかった。ただ、ジェーンがそんなことを口にしたことが憎かった。ジェーンの恐ろしい偽善が、とくに憎かった。いまでも、憤りを押し隠そうとした、わたしの子どもらしい口調が、鈍い痛みとともに、ジェーンの思い出と共に甦ってくる。春にジェーンが家から去ったとき、わたしはジェーンなんかはやく死んでしまえ、と願った。そうなれば、もう二度と顔を見ないですむ。

けれど、わたしは、ジェーンともう一度巡り合う運命だった。しかも、それは奇妙な出来事をともなっていた。つぎに、わたしがジェーンと会ったのは、晩夏のころか、初秋だったかは、はっきりとは覚えていない。覚えているのは、夕暮れで、まだあたたかく気持ちのよい季節だったことだけである。日はもう落ちていて、おだやかな色の夕焼け空が、まだ明るかった。その黄昏《たそがれ》どきに、わたしはなぜかたった一人で、四階のロビーにいた。……どうして、一人で、四階まで上がっていったのかわからない。玩具《おもちゃ》でも探しに行ったのだろう。ともかく、わたしは、階段を上りつめたロビーに立っていた。そのとき、従姉妹ジェーンの部屋のドアが、少し開いたような気がした。たしかにドアがゆっくりと開いたのだ。わたしが驚いたのは、その部屋はロビーに面した三つのドアの一番奥にあって、ふだんは鍵がかかっているはずだったからだ。

ほとんど同時にジェーンが、いつもの黒いドレスを身にまとって部屋から出ると、わたしの方へ向かってきた。けれども、顔を頭上や脇の方に向け、ロビーの壁の天井近くのあたりを視つめて、何かを探しているようだった。

わたしは驚いて、「ジェーン姉さん！」と叫んだが、聞こえなかったようだった。ジェーンは、頭をぐっと上に向けたまま、ゆっくりとこちらに近づいてきたので、わたしには、顎《あご》より上の部分は見えなかった。そして、横を通り過ぎて、階段に一番近い部屋に入っていった。そこは寝室で、昼間はいつもドアが開いていた。わたしのそばを通りすぎたときも、ジェーンの顔は見えなかった。

わたしが目にしたのは、ジェーンの白い喉と顎、それに束ねた美しい髪だけだった。ジェーンを追って、わたしは寝室へ駆け込み、大声で「ジェーン姉さん！　ジェーン姉さんたら！」と叫んだ。ジェーンは、そのとき大きな四柱式寝台の足元を回って、その向こうにある窓のほうに行こうとしているようだった。わたしも、寝台の向こうまで追いかけて行った。

すると、わたしがいることに初めて気がついたかのように、ジェーンは振り返った。ジェーンが微笑みかけてくれると思って、わたしは顔を上げた。……しかし、そこにはジェーンの顔はなかった。顔の代わりにあったのは、青ざめた、のっぺりしたものだけだった。わたしが驚いて目を見張っているうちに、ジェーンの姿はかき消えてしまった。ジェーンはしだいに消えて行ったのではなく、炎が吹き消されたかのように一瞬のうちに消えたのだった。わたしは暗くなった寝室にたった一人でいた。ただただ、怖かった。こんな怖い目に会ったことはなかった。あまりの恐ろしさに、叫び声をあげることもできなかった。

ほうほうの体で、階段の上がりきったところに辿り着いたが、わたしはつまずいて、下の階のロビーまで階段を転げ落ちた。怪我《けが》はしなかったようだ。階段に敷き詰められた絨《じゅう》毯《たん》は、とても厚くて柔らかいものだった。わたしが転げ落ちた物音を聞いて、家のものがすぐに助けにやってきて、優しくしてくれた。けれども、わたしは自分が見たことを口にはしなかったし、話したら罰を受けるのを知っていた。

それから、数ヵ月たち、寒い季節が訪れたころ、ある朝、本物のジェーンがもどって来て、四階のいつもの部屋に入っていった。ジェーンはわたしにまた会えたことを喜んでいるらしく、心からいとおしむように撫でてくれた。わたしはジェーンに再会して、密かにうろたえたことを恥ずかしく思った。

帰ってきたその日、ジェーンはわたしを散歩に連れ出し、お菓子や玩具、絵本などをたくさん買ってくれ、包みもぜんぶ持ってくれた。わたしは心からうれしくなくても、感謝の気持ちをジェーンに表すべきだった。でも、ジェーンと並んで歩いていても、以前なら頭を撫でてもらったときに感じた恥ずかしさでいっぱいの嬉しい気持ちはとっくに消えうせていた。しかし、その気持ちを誰にも打ち明けることはできなかった。ジェーンには絶対話せない、あの暗く辛い思い出が、わたしの心をおおっていた。もしかしたら、玩具を買ってくれ、微笑みながらわたしとおしゃべりしているこのジェーンは、実はあののっぺらぼうのジェーンが皮をかぶっている外皮そのものかもしれないと思った。

……明るく光輝いているお店の前や、人々が楽しそうに行き交う雑踏の中では、わたしは、ジェーンと一緒でも平気だった。でも、その後《あと》、日が暮れてから、外皮を脱いだ内側のジェーンが部屋から出て、顎を上に向け、天井を見つめるような素振りをしながら、わたしの部屋へ忍び寄って来るのではないか？　二人が家にたどりつく前に日は落ち、ジェーンはもう話しも、笑いもしなくなっていた。ジェーンは疲れていたのだ。

でも、黄昏がやってくる頃、ジェーンは黙り込み、いかめしい表情に変わるのだった。それは、いつもきまって同じ時刻であったことに、わたしは気づき、背筋がぞくっとしたのだった。

その晩、わたしは新しい玩具で楽しく過ごした。玩具はランプの明かりの中でとてもきれいに見えた。ジェーンはわたしが寝に行くまで一緒に遊んでくれた。つぎの朝、ジェーンは朝食に姿を見せなかった。何でも、悪性の風邪をひいてしまい、ベッドから起きてこられないという話だった。

結局、ジェーンは生きてベッドから離れることはなかった。わたしも、夢の中を除いて、ジェーンに会うことは二度となかった。ジェーンがかかった危険な伝染性の肺病のせいで、わたしはジェーンの部屋に近づくことは許されなかった。……ジェーンは世話になっていた修道院の誰かに私財をゆずり、わたしには、書籍の類を残してくれた。

あの頃、わたしが誰かに、のっぺらぼうのジェーンについて話すことができたら、あの奇妙な顛末を考慮して、誰かが、しかるべき博物学的観点からあの奇怪な現象を説明してくれただろう。ただ、説明を聞かされたとしても、わたしは信じなかったと思う。わたしには見たことしか理解できなかったし、見たことを信じていたからこそ、恐れたのだった。さらに、見たという記憶は、ジェーンの棺が運び出された後も、前にもましてわたしを不安に陥れた。ジェーンの死を知ったとき、わたしは、悲しみに暮れたというよりも、恐ろしくてたまらなかったのだ。わたしは、従姉妹ジェーンの死を望んでいた。そして、その願いは実現したのだ。しかし、いずれ、わたしは罰を受ける日がやってくる！　胎児期のジェーンの信仰よりもはるか昔の、漠然とした思いやとりとめのない恐れが、胎児期の眠りから目覚めたかのように、わたしの中で頭をもたげ始めた。なかでも、人間を憎み、邪悪な存在となる死者を恐れる気持ちが、わたしの中で強まった。

……そうした死者への恐怖心は、今も未開の人の心に存在しており、人間の性格は死によってすっかり変わったり、むき出しになったりするものだという漠然とした観念を伴っている。つまり、以前は撫でてくれたり、微笑んだり、いとおしんでくれた人でも、死者になれば、脅威ともいえる存在となり、訳のわからぬことを口走り、われわれを憎むような存在にもなることがあるのだ。

……その死の恐怖にうろたえていたわたしは、死者ジェーンからわが身を守るのは、いったいどんな力なのか、と自問した。わたしはそのとき、ジェーンが話してくれた神というものをまだ信じていなかった。その神が、わたしに何かをしてくれるのか、また何ができるのか、疑問だった。そのうえ、ジェーンはずっと嘘をついていたのではないかという懐疑によって、わたしの信仰心は、ひどくぐらついていた。ジェーンは、いくたび、お化けや悪霊が目に見えることはないと言って、わたしを安心させようとしたことか！

でも、わたしが見た顔なしお化けは、確かにジェーンの内面に潜む本性であり、ジェーンの霊かお化けであった。しかも、まったくの邪悪の霊だったのだ。確かに、ジェーンはわたしを憎んでいて、ひどく怖がらせようというたった一つの目的のために、わたしをあの淋しい部屋へと誘い込んだにちがいない。

……どうして、死ぬ前にジェーンは、それほどわたしを憎んでいたのだろう？　わたしがジェーンを憎み、彼女の死を望んでいることに、気づいていたからだろうか？　でも、どうやってそれを知ったのだろう？　ジェーンの霊が、血や肉、骨を通って、わたしの小さく哀れな霊の心を見通していたのだろうか？

……いずれにしても、ジェーンは嘘をついていたのだ。誰もが嘘をついていた。わたしの知っている人はみんな、心が温かく、明るいところでは、笑って歩いていた。しかし、みんなは夜の暗黒を非常に恐れていたので、真実を教えてくれなかったのだろう。

こうした疑問に対する答えは、得られずに終わった。そして、わたしにとっては、暗黒の信仰時代の第二期が始まった。口に出せない疑惑の混じった、恐怖の信仰である。

あの頃のわたしは、芸術的な書物を読むには幼すぎた。ジェーンの形見の価値を知ったのは、かなり後になってからだった。ジェーンが残してくれた書物の中には、スコットの『ウェイヴァリー全集』、エッジワースの作品集、美しい木目カーフで製本したマーティン訳のミルトン、ラングホーン訳のプルタルコスの作品集、ポープ訳の『イーリアス』や『オデュッセイア』もあった。古ぼけた赤表紙のマレー版のバイロンの『コルセア（海賊）』や『ララ』、それに『千夜一夜物語』の古典風の訳本や、ロックの『人間悟性論』まであった。

わたしは遺贈された書物の名を半分も覚えていないが、蔵書には一冊の宗教書もなかった。そのうれしい驚きを、今でも思い出すことがある。ジェーンはローマ・カトリックに改宗したけれども、少なくとも文学の趣向は、ローマ・カトリックの影響を受けていなかった。

ジェーンを知る人たちは、いまはみな死んで塵《ちり》となった。……わたしは、ジェーンを憎んだことで、いくたび自分自身をとがめたことだろう。しかし、今でも、心の中では、苦々しい思いで、ジェーンの霊に向かってこう叫ぶ。

「ああ、悲しいかな！　美しい世界を、あなたは壊してしまった」[1]と。

1　「ああ、悲しいかな！……」　ゲーテの『ファウスト』からの引用。

――My Guardian Angel（*The Life and Letters of Lafcadio Hearn, I. by Elizabeth Bisland*, 1906)

偶像崇拝

ああ、聖なる国より来たりし霊魂《プシュケ》の神よ！


　初期のキリスト教会は、異教徒の神々はたんなる真鍮か石にすぎない、などと教えたりはしなかった。それどころか、キリスト教会は、この神々は本物の恐るべき存在であり、それらを崇拝する者たちを破滅に導くために、神であることを装っている悪魔であると考えた。私が異教の神々について初めて漠然とした知識を得たのは、教会にまつわる伝承や聖人たちの伝記を読んでいるときであった。

　そのとき、私は、それらの異教の神々が私の聴いたお伽噺の妖精や妖怪《ゴブリン》、あるいはウォルター・スコット卿のバラッドに登場する妖精たちにいく分か似ていると想像した。妖怪やその仲間たちは、絵入りの教会史の中の悪相の聖人たちや、あるいはフランスの宗教画に描かれた痩身の天使たちよりも、はるかに興味深かった。この痩せた天使たちは、私にカズン・ジェーン[1]のことを思い出させるので、好きになれなかった。

　その上、カズン・ジェーンの神様の仲間たちを何だか怪しいと思っていたので、この神様の敵対者――悪魔や妖怪や妖精、魔女や異端の神々――には、当然共感を覚えざるを得なかった。悪魔は彼の仲間たちの中でも強力だと思っていたので、私はしばしば助けを乞うたり、親しくなろうとしたりした。悪魔に祈ったりもしていたが、最初のうちは無愛想に対応されるのを非常に恐れていたので、とても謙虚にしていた。しかし、私がへり下ったところで相手にされないことが分るようになった頃には、非難がましい言葉で、悪魔に祈ったりしていた。

　しかし、悪魔たちの冷淡さにもかかわらず、カズン・ジェーンの神の敵対者に対する同情の念は、たえず強化されていった。つまり、教会史では「悪」だと決めつけた精霊たちや異教の神々に対する私の関心は、ますます増大していったのである。そして、ついにある日、私は、今まで気づかなかった書斎の片隅にあった、フォリオ版の豪華な美術書の中に、ギリシア神話に登場する神々や半神、強者や英雄、ニンフや半人半羊《フォーン》の神や海の精《ネレウス》、愛嬌のある半人半獣などの怪物たちを発見した。

　その美術書を見つけた日、私の心はどんなに躍ったことか。私は息がつけないほど、あかずその美術書を眺めた。見れば見るほど、愛らしい神々や怪物たちの顔や姿が、言いようもないほどくっきりと描かれてきた。次から次へと立ち現われるそれらの姿、形に、私は目まいを覚え、魅了された。このあらたな悦びは、一つの不思議でもあり、恐怖でもあった。絵のある頁から、何かがかすかに動き出すように思われた。目に見えぬ何かが、私を恐れさせた。

私は、異教の彫像制作を伝授したという地獄の魔術に関する話を思い出していた。しかし、この迷信的な恐怖心は、やがて消え、一つの確信に、いやむしろ一つの直観に――うまく説明できかねるが、それらの神々は、美しいゆえに、誤り伝えられてきたのだという直観に――変わっていった。

……(暗中模索を重ねているうちに、私は一つの真理、つまり、精神的にも、倫理道徳的にも、あるいは肉体的な意味においても、最高の美というものは、多数者によって憎まれ、少数者によってのみ愛好されるのだという真理に達した)……こうした事態は、悪魔的と呼ばれるのだ。私は、そういう意味で、悪魔を崇拝している。私は悪魔的なものに敬意を払わない者すべてを、憎もうと心に決めたのだ。おお、この不滅なるものの美を、宗教画の中の聖人たち、大司教たち、予言者たちの顔つきの醜悪さと比べてもみよ。実に天国と地獄ほどの相違があるではないか。

そのとき、私には中世の信仰は、醜悪さと憎悪の宗教に見えた。私の気弱で病気がちだった幼年期に教え込まれたのも、このような信仰であった。知識の普及が著しい今日でも、「異教徒」とか「異端」という言葉は――無知ゆえに軽蔑の意味で用いられていたとしても――私の心の内に光と美、自由と喜びの感覚を呼び覚ましてくれる。

私はかなりの苦労をしたが、ようやく子ども時代のばらばらになった記憶をたどることができた。その記憶をたどろうとするとき、後年のはるかに作為的になっている「自分」が、昔の「自分」に代って語ろうとしているのが、実によくわかる。そして、そのことが、明らかに私の書くものに不調和を生じさせているのだ。昔の「自分」の体験に照らしてさらに何事かを語ってみようと思うが、その前に話を少し、横道に入らせていただきたい。

美の理想を初めて認めるという行為は、認識ということではなくて、再認識するということであろう。子どもが初めて崇高なる美のヴィジョンを得たとき、美学における数学的、あるいは幾何学的理論を用いたとしても、子どもの受けた微妙な感動を説明することはできない。子どもが初めて目にしたものが、なぜ地上にあるほかのものより美しく見えるのかは、子ども自身にも説明がつかない。子どもは、目にしたヴィジョンが自分自身の生命の神秘に触れた、その不意の力を感じとるだけである。しかもこの感覚は、ぼんやりとはしているが深い記憶であり、血の中に潜む記憶なのである。

多くの人々は、この崇高なる美の感覚を覚えてはいないし、それゆえ、そうしたヴィジョンを生涯見ることもない。崇高な美というものを知覚できない無数の人々が存在しているのである。それはちょうど、洞窟に住む青白い目のない魚が、真暗闇の中を何世代にわたって泳いだ結果、光を見る喜びを感じられなくなってしまったのと似ている。おそらくこのような人々を輩出した民族は、より崇高なるものを享受した経験もなく、不朽の芸術や思想のもつ、より至福に満ちた昔日の世界を見たこともないのであろう。あるいは、そうした人々の間では、より高度なる美の知識などというものは、長い間に退屈で野蛮な遺伝の積み重ねによって消失してしまったり、影の薄いものになってしまったのであろう。

しかし、一瞬のヴィジョンの内に古の美の天啓を受けとめる人、あるいは、その後にやって来る神々しいばかりの感動や、喜びと哀しみのいわく言いがたい混淆を知っている人びとは、たしかに崇高な美の記憶を有しているのである！

そうした人々は、どこかの国のある時代に、つまり、誇るべき人間性の黄金時代に、美と共に生きていたにちがいない。それが三千年前のことか、四千年前のことか、そんなことは問題ではない。今、彼を感動に誘っているものは、昔日の影、忘れられた法悦の幻影《ファンタム》である。力としての美の意味とか、人生と愛に対する価値について、遺伝的な感覚を持たないとしたら、その人間の霊的な力は、たとえかすかではあれ、神々の実在を認めることは、決してないであろう。

この「私」という現在の一身に宿る霊的なものは、失われた美の世界に属していたにちがいない。その霊的なものは、若さと優美さと力の最善なるものとが、おおらかに交わっていたにちがいない。またそれは、栄光のレースにおける長く軽やかな足どりや試合での勝者の誇りのように、あるいはオデュッセイも目にしたにちがいないデロスの祭壇の棕櫚の若木のように、はつらつとした乙女たちの賞讃などを勝ち得たにちがいない。……こうしたすべてのことを私が信じられたのは、子どもの頃とはいえ、古代の神々の神々しいばかりの人間性を感じとることができたからである。……

しかし、このあたらしい私の発見の喜びも、やがて私の悲しみの種子《たね》となった。私自身も、私のわずかな所持品も、ともに宗教上の監督下に置かれたからである。それからもちろん、私の読書も厳しい検閲を受けることになった。ある日のこと、あの美しい書籍類はすべて姿を消してしまった。私はその数冊の本がどうなったのかを聞くことさえ、恐ろしかった。何週間も経ってから、それらの書物は手元に戻ってはきたが、その喜びもつかの間のことであった。すべての本には情け容赦もなく修正が加えられていたのだ。

私の検閲官たちは、神々の一糸纏わぬ姿に怒り、そのふしだらな振舞いに訂正の手を加えようとしたのだ。多くの神々の姿や木の精《ドリュアド》たちや水の精《ナイアデス》たち、美の三女神《グレイス》たちと音楽の九女神《ミューズ》たちは、その優美で魅惑的な容姿ゆえに小刀で削り取られていた。

私は、今もまざまざと両の乳房が切り取られた、美しい女神の坐像を思い出すことができる。たしかに「茂みの中にいるニンフたちの乳房」は、まぶしすぎるほど美しい。木の精たち、水の精たち、美の女神たち、そして音楽の女神たちの胸元は、一人残らずえぐり取られていた。そしてたいていの場合、女神たちの下半身にはパンツが穿《は》かされた。小さな愛の女神たちも、曲線の美しさ、とりわけ長いふっくらした股の脚線美を覆い隠すようにデザインされた、大きな袋のような水浴び用のパンツを穿かされたのだ。

しかしながら、私は、このような乱暴なやり方にもいくぶんか教育的な意味があることもわかっていた。この出来事は、私にどのようにしたらそれらの女神たちを元どおりに修復できるかという課題を与えてくれた。私は、削除されたり、隠蔽されたりした箇所を、鉛筆でもと通りに再現しようと一生懸命にやってみた。しかし、うまくはいかなかった。

絵の検閲官たちは、絵を切り取ったり、削ったりして、驚くほど徹底的に修正していた。私はこの改竄のやり口を丹念に調べてみることができたので、いかにギリシアの芸術家たちは、人間の肉体を理想化しているのかを理解できるようになった。後年になってから、私が近代の裸体画に接してもほとんど感心できないのは、おそらくこのためであろう。一見して、その近代の裸体画がどんなに美しく見えたとしても、私の昔の検閲官たちが私に憎悪の宣戦布告をしてきた、まさに肢体の曲線の部分に、何かしら表現の陳腐さというものが、露呈してくるのである。

彫刻であれ、絵画であれ、近代の裸体を扱った芸術作品は、今日の生きたモデルの肉体を描こうとしているのであるから、それ自体は生身の人間のもつ不完全さからまぬがれることはできないであろう。偉大なる時代の古典的作品のみが、一民族の魂の至高なる美の理想を反映した、超個人的な表現となっているのである。私のこの意見に賛同しない人もたくさんいることを知っているが、私たちは今なお崇高な美に関するかなりの部分で、野蛮人にとどまっているのではなかろうか。あの善良にして偉大なるラスキンにしても、ことギリシア芸術に話が及ぶと、教養のない人間のように語った。いわく、「メディチ家のヴィーナスなどは、取るに足らぬおもしろみのない代物だ」と。

私はキリスト教以前の神々の存在を知り、愛することを覚えてからというもの、世界はふたたび私の周りで輝きはじめた。世界に垂れ籠めていた陰鬱な雲は、次第に晴れつつあった。恐怖は去ったとはいえなかったが、恐れ憎んだものを信じないでよいという根拠だけを、私は欲していたのだ。

青空の下、緑したたる草原で陽光を浴びていると、以前には知らなかった喜びが、心から湧き上ってきたのである。私の心の中には、新たな思いや考え、そして名状し難いぼんやりとした渇望が、浮び上り、うごめき始めていた。

私は美を探し求め、いたるところに美を見つけた。私は、通り過ぎてゆく人々の顔の表情、その物腰と動きの中にも、また植物や木々のたたずまいや、たなびく白い雲や遥か彼方にかすかに青く見える山の端にも、美を見つけることができた。

時として、この世に生をうけているという単純な喜びが、大きく深い法悦となって胸に迫って来ることもあった。そのことは、私を驚愕させた。しかし、また時として、今までに味わったことのない不思議な悲しみが、漠として名状し難い心の痛みが、襲って来ることもあった。

私は、私の再生《ルネッサンス》の時代に入っていたのである。

1　カズン・ジェーン「私の守護天使」参照。
——Idolatry (*The Life and Letters of Lafcadio Hearn, I. by Elizabeth Bisland*, 1906)

ゴシックの恐怖

一

『公教要理』[1]でいう「分別のつく年齢」になるかなり前から、いやいやではあったが、よく教会につれていかれた。その教会はかなり古く、内部の様子は、四十年経った今でもはっきりと思い浮かべることができる。当時、その教会は、私にとって悪夢のように思えた。ゴシック建築の持つ形が特別の恐怖を呼び起こすのだということを、その教会で初めて知ったのだった。恐怖《ホラー》という言葉を、ここでは昔風な意味で使うことにする。つまり、化けものに対して感じる恐怖というような意味あいである。

そんな思いを味わった最初の日、私は自分の子どもっぽい空想を手がかりに、その恐怖がどこからやってくるのか、考えてみた。私が恐怖心を抱いたのは、古びて尖った教会の窓を見た瞬間だった。その輪郭が、眠りの中で、私を苦しめるお化けの形に見えたのだ。と同時に、悪鬼《ゴブリン》とゴシック教会は恐ろしいほど似ているものだと思った。

そのうちに、丈の高い出入り口やアーチ状の側廊、天井の骨組みや穹稜《きゅうりょう》にも、もっと異質の荒々しい恐怖が潜んでいることがわかった。回廊の上の影の中に高くそびえ立つパイプ・オルガンですら、私には何か恐ろしいものに見えた。

もしも、そのときだしぬけに、人から「何をこわがっているのだ」と問いつめられたとしたら、「あの尖ったところ」と小声で答えていただろう。そうとしか説明のしようがなかったのだ。とにかく、その「尖ったところ」が恐いということだけは、確かだった。

もちろん、その教会で感じたわけのわからないものが本当は何なのかは、私がお化けの存在を信じている間は、明らかにはならなかった。しかし、迷信じみた話をこわがるような年齢をかなり過ぎても、何度かゴシック教会で同じような恐怖を味わい、そのたびにびっくりするほど子どもの頃と似た感情が甦ったので、あの感情が子どもっぽい空想癖のせいではないことがわかった。好奇心にかられ、その恐怖について、何か理屈の通った説明を見つけようとしてみた。たくさんの本を読み、いろいろと人に尋ねてはみたものの、謎は深まるばかりだった。

建築に関する本には、拍子抜けさせられた。そんな本に書かれていることよりも、小説の中のゴシック美術の恐怖について述べている箇所の方が、印象が深かった。とくに、ある作家の、ゴシック教会の内部は夜見ると、何かの怪物の頭蓋骨の中にいるようだったという率直な感想や、聖堂の窓を眼にたとえ、扉を「人をむさぼり食う」巨大な口にたとえている有名な比喩には、私は感銘を受けた。

もちろん、こういう感想や比喩は、何の説明の材料にもならないし、漠然としたほのめかしの域を出ないこともたしかだ。だが、そういう想像や比喩には、感情を揺さぶる力があったので、何かしら核心に触れているに違いないと思った。

たしかに、ゴシック聖堂の建築には、人間の骨格と奇妙に似通った点がある。それを目にした人が一般的に思い浮かべる印象は、生きものの印象であろう。だが、生きもののような印象や感覚とはいっても、私にはうまく定義できないのだが、何らかの形や器官を持った生命ではなく、もっと潜在的で悪魔的な生命という印象であった。そして、私がそのような兆候を感じとったのが、ほかならぬゴシック建築の「尖った」部分だったのだ。

そういった恐怖の印象を高さや暗さや大きさのせいにするような説明には、説得力がないように思えた。なぜなら、ゴシック聖堂よりも高くて大きくて黒っぽい建物であっても、たとえば、エジプトの建築のように建築様式が異なる建物からは、同じような恐怖の印象を受けたことはなかったからだ。この恐怖はゴシック建築に特有な何かによるもので、その何かがこのアーチの先端にまとわりついているものに違いないと思った。

ある信仰心の篤《あつ》い友人が言った。

「そうさ、ゴシック建築ってすごいものなんだ。キリスト教の信仰が視覚的に表現されているからね。ほかのどんな宗教建築も、霊的なものへの憧憬など象徴してやしない。ゴシック建築だけなんだ。建築のあらゆる部分が、天に向かって上昇していき、飛躍するんだ。あらゆる究極の細部《ディテール》が炎のように高まりながら、天を貫いていくんだ……」

「君の言うことは、かなり真理をついているかもしれないが」

私は口をはさんだ。

「それと僕を悩ませている謎とは、別問題なんだ。霊的なものへの憧憬を象徴しているものが、どうして恐怖心を呼び起こすのかな。キリスト教的な法悦を表現したものが、どうして不安をかきたてるんだろうね」

ほかにもいろいろ仮説を立ててみたが、うまく説明できるものはなかった。そこで、私はその恐怖の秘密は、とにかくアーチ形の尖った部分にあるのだという、単純かつあらっぽい確信にもどった。しかし、長い間、その秘密を解き明かすことはできなかった。

ところが、あるものすごく暑い早朝のことであった。まったく何の前触れもなく、その謎が明らかになったのだ。それは、巨大な椰子《やし》の木の一群を見ていたときの事だった。とそのとき、今までなぜそのことに思いいたらなかったのか、自分の鈍感ぶりが不思議でたまらなかった。

二

さまざまな種類の椰子の木の持つ特徴については、絵や写真によって知られている。しかし、アメリカの熱帯に生える巨大なヤシの木については、現在の絵や写真の技術では適切に表現できていない。直接目にして、初めてその全容がつかめるのだ。二百フィート（約六十メートル）にもおよぶこの椰子の木を描いたり、写真に収めたりすることは、どだい不可能である。

熱帯林の自然の中にそびえる、その一群を初めて目にしたときは、非常に驚いたものだ。驚きで言葉を失うほどであった。温帯には、その巨木の一群のもつ神秘的な荘厳さに匹敵するものは、ほかには見当らない。カリフォルニアの丘の斜面に生える背の高い植物でも、それにはかなわない。石のような灰色をした幹は、それぞれが完璧な柱である。ただし、その柱は人間が造ったものには見られない、驚くべき優美さを備えている。

その巨大な柱が天にそびえていくのを目で追うには、頭をずっと後ろにそらさなければならない。緑色の微光の底を見上げていくと、屋根のようになった枝や蔓《つる》の幾重もの絡まりを突き抜けて、くらくらするような柱の頂に達する。それはあたかも、エメラルド色の羽毛のパラソルが、紺碧《こんぺき》の電流が炸裂する空に広がっているかのようである。

さて、こうした光景が呼び起こす感動を何と呼んだらいいのだろう。その感動は強烈すぎて、「不思議な」などという形容はそぐわないし、あまりにも異様なので「歓びに満ちた」などという陳腐な言葉もふさわしくない。その最初の感動の衝撃が駆け抜けた後ではじめて、それがどんなに複雑なものかがわかってくる。その感動のもとになっているいくつかの要素が、さまざまな異なるイメージを呼び寄せるからだ。すると、個人の経験にまつわるさまざまな記憶も、甦ってくるに違いない。

だが、もっと漠然としたさまざまな記憶も、その感動に付随している。おそらく、それは有史以前の曖昧模糊《あいまいもこ》とした感覚さえも含んだ、有機的な記憶が積み重なったものなのである。なぜなら、その感動を呼び起こしたあの熱帯の椰子の木は、人類の歴史よりも古いのだから。

最初に見分けることができるのは、審美的な要素である。その大きさからいって、恐ろしいほどの壮大な美の感覚といえるかもしれない。たしかに、物静かで、途方もなく大きな、その奇妙な生命体は、虫のように地上の暗がりを蠢《うごめ》く人間を尻目に、巨人族《タイタン》と光をめぐる争いを繰り広げながら、とてつもない野心を秘めて太陽に向かって飛翔している。それは、まるですばらしい詩が刻むリズムのように、一度覚えると二度と忘れられなくなってしまうような、ぞくぞくするものなのだ。

しかし、その感動が絶頂に達した瞬間ですら、奇妙な不安の影が差し込んでくるのをいかんともしがたい。その怪物のような、青ざめてむき出しの、なめらかに伸びた椰子の木の柱が、蛇のような生命を連想させるのだ。そのそびえ立つ柱の描く線を一目見るなり、密やかな動きとうねりを感じて、言葉にならない恐怖に襲われてしまうのだ。

だが、理性がそんな恐怖の感覚を振り払おうとする。たしかに、そこには動きがある。巨大な生命体を暗示している。しかし、その生命体はただ太陽を求めながら、間欠泉が噴き出すかのように、巨人族との戦いの日に向けて突進しているのだ——。

三

私自身の経験からいうと、歓喜のうねりの中に混じっているある種の感情——それは力や超越、勝利といった観念と結びついている——は、かすかに宗教的な畏怖の感覚を伴っていた。おそらく、私たちの今日の美的な感覚には、過去から受け継いださまざまな宗教的な感情が混じっているので、美しいものを認識すると同時に、宗教的な畏敬の感情も、一緒についてきてしまうのだ。

ともかくも、椰子の一群に目をこらしている間に、私にはそんな思いがわき起ってきた。すると、その太い灰色の幹は、突然、巨大な側廊の柱へと変貌したのだ。そして、夢のような高みから、昔味わったゴシックの恐怖の戦慄が、突如として私の上に降りかかってきた。

その戦慄が消えるか消えないかのうちに、これはきっと、暗がりにそびえる椰子の一群の巨大な幹を見たために、かつての聖堂の記憶が甦ったのだと思った。しかし、その高さも、薄暗さも、昔の記憶以上の何かをもたらすものではなかった。その椰子の木と同じくらいの高さを持つ柱であっても、古典的ななげし《エンタブラチュア》を支えていたりすると、ゴシックの恐怖のような不安を引き起こすことはなかったからだ。この点に確信がもてたのは、何の苦もなく即座に、そういう柱を持つ建築物のイメージを思い浮かべられたからである。

しかし、やがて頭の中のイメージはゆがみ始めた。台輪《だいわ》の部分が、柱の間の空間へと肘を上に向けて張り出し、弧を描いて、ひと連なりの巨大なアーチの中へと伸びていくさまが見えた。そしてまたもや、あの陰鬱な戦慄が降りかかってきたのだ。

あの恐怖の謎の答えがひらめいたのも、それと同時だった。ゴシックの恐怖とは、まさに怪物のような動きがもたらす恐怖だったのだ。そして同時に、アーチの尖った部分が恐怖の源泉だと思っていたのは、実は、アーチ状の曲線が交差して作る異様な角度が、怪物のような動きを暗示していたからだ、ということもわかった。

目の肥えた人が見れば、ゴシックのアーチの曲線は、植物が生長する際に描く曲線とよく似ている。それは、おそらく椰子の枝が描く曲線に代表されるものである。しかし、ゴシック建築の形態は、植物の比喩をもってしても語りつくせぬ何かを暗示している。

二本の椰子の頂が出会うさまは、まさにゴシックアーチそのものといえる。しかし二本の椰子が形作るアーチは短すぎて、それがもたらす印象など、たかがしれている。本当のゴシックアーチのもつ不思議な印象を、自然の事物が模倣しようとするならば、二本の椰子の頂が触れあう部分の枝は、曲線の長さと弾力性の両面で、地上に存在するほかの植物をはるかにしのいでいなければならない。

ゴシックアーチのもつすさまじい印象は、まさしくそれが力強いエネルギーを暗示していることからきている。短く伸びた二本の椰子が交差して描くアーチは、生長しようとする力をかすかに暗示している程度だったが、ゴシック建築の高い中世的なアーチの線となると、あたかも自然をはるかにしのぐ強力なパワーを表しているかのようであった。ゴシック建築がもたらす恐怖心は、単に生長する生命体を予感させるからだけではなく、自然を超えた、とてつもないエネルギーを連想させるからなのだ。

もちろん、子どもは、ゴシックの不思議な形に圧倒されていただけだし、受け取った恐怖の印象を分析するだけの能力はまだない。なぜだかわけもわからずに、ただ恐怖におののいていたわけだ。その尖った部分や曲線が恐ろしいのは、植物の生長の仕方を桁外れに誇張しているからだということも、子どもには見抜けなかった。子どもにとっては、その形が生きものみたいだから、ただただ恐ろしいのである。かといって、子どもはその恐ろしさをどう表現したらいいかはわからない。なぜだか疑うこともなく、空に向かって尖っていたり、天を貫かんばかりのものを目にしたりすると、子どもはこの無言の力を奇怪なものだと感じるのである。

驚き、おののいている子どもの想像力の中に、その建築物は夢魔のように広がっていき、子どもをもっと怖がらせようと、さらに上へ上へと伸びていく。それは人間の手が築いたものであっても、もはや死んだ石の塊などではなくなっているのだ。それにはみずから思考し、人を脅かすような何ものかが吹き込まれている。そして、影のある悪意をもった、さまざまな種類の物の怪の集まり、あるいは怪物的な物神《フエティッシュ》と化しているのである。

——Gothic Horror (*Shadowings*, 1900)

1　『公教要理』　カトリックの教義を子ども向けに解説した問答書。

星たち

私はほんの数枚の薄い衣服を脱ぎ捨て、枕にしようと丸め込む。それから、裸のまま、干草の中に忍び込む。ああ、何という干草の寝床の気持ちよさ！——長い幾夜かを過ごした後の初めての寝床！　休息にひたる心地よさ！　干草の香わしいにおい！　見上げれば、夜空には、きらきらと輝く星たちが見える。外には霜が降りている。

下の方では、時折、馬たちが重々しくからだを揺さぶり、足踏みをしている。彼らが息を吐く音が聞こえ、その息が蒸気となって私のところまで立ち昇ってくる。馬たちの巨体から発する暖みは、建物を包み、干草を貫いて、私の体の血を甦らせる。彼らの生命の力が、私の体に火を点す。

馬たちは満足そうに呼吸をしている！　彼らは、私が干草の中でぬくぬくと巣作りをしていたのを知っているにちがいない。でも、馬たちは、私のことなど気にしていない。私にはそれが有難い。馬たちの吐息の熱気も、彼らのからだが発する温もりも、そして干草の暖みも、すべて有難く思う。彼らがくつろぎながら動き回っていると、闇夜の中でも、巨人で度量のある物言わぬ仲間がいるということが、伝わってくる。私はどれほど馬たちに感謝していることか、またどんなにか彼らが好きか、馬たちに告げたいくらいだ。静寂を通して、ひとつの大いなる魂のように、彼らが押し拡げてくれる活力と生命《いのち》の感触の中で、私はそれをどんなに嬉しく感じているかを、彼らに伝えたいと思う。

馬たちには物事が理解できない方がよいのだ。彼らは、十分な食料と住まいが与えられているからだ。彼らは美しく、毛並みもつやつやと保たれている。彼らはこの世で立派に役に立っているのだ。ところで、私は一体何の役に立つというのだろうか？

夜空に皓々と輝く星たちは、巨大な太陽たちなのだ。星たちは、思いも及ばぬ数多くの外の世界に光を与えているにちがいない。その外の世界には、町も、馬に似た動物も、馬小屋も、干草も、干草の中に隠れているネズミのような小さな生きものも、存在しているにちがいない。私は、一億個の太陽があることを知っている。馬たちは、そんな事は知りはしない。それにもかかわらず、馬は値打ちがあり、一頭一五〇〇ドルもするという。馬たちは高価な動物であるが、私はいかほどの者であろうか？　明日になれば、馬たちに餌《えさ》が与えられ、私も、少しそれを失敬させていただき、おこぼれにあずかれるかもしれない。私は数億個の太陽があることを知っているが、自分の口さえ糊《のり》することができないのである。

——Stars（*The Life and Letters of Lafcadio Hearn, I.* by Elizabeth Bisland, 1906)

幽　霊

一

思うに、生まれ故郷を離れて旅したことのない人は、幽霊《ゴースト》というものを知らずに一生を過ごすのではないだろうか。しかし、漂泊の旅人は幽霊のことをよく知っているようだ。漂泊の旅人というのは、文明人のことである。何かの目的や楽しみのために旅をするのではなく、ただひたすら己れの存在につき動かされて旅に出る人のことである。

内に潜んだ生まれつきの性《しょう》が、たまたま自分の属してしまった社会の安逸な情況に溶け込めない。そのような人は教養も知性もありながら、わけもなく奇妙な衝動の虜《とりこ》になっているにちがいない。その衝動が抗《あらが》いきれないほど圧倒的で、しかも世俗的な欲望をもことごとく蹴散《けち》らしてしまうことに、本人自身も戸惑っているようだ。

……そのような衝動は、おそらく祖先の性癖に由来するのではないだろうか――つまり、遺伝的な特質と説明すれば、合点がゆくのではなかろうか。それとも、そうではないのであろうか。漂泊の衝動の虜になった人はただ、初めから自分の中にあった渇望の幼虫が育って、成虫になったのだと信じるしかないのだ。限りある生の連鎖の中で、長いあいだ内に眠っていた渇望が、時満ちて溢れだしたのだと……。

確かに、漂泊の衝動は人によって異なる。人は感じ方から境遇にいたるまで千差万別であり、ある人にはなんら抵抗が感じられないものが、別の人にとっては、これ以上ありえないほどの抵抗を感じさせたりする。そのように、人が漂泊の旅に至る道には、ひとつとしてまったく同じものはない。衝動がどこから生まれ、どこへ続くのかが人によって違うのは、人の性格がさまざまであるのと同じことなのだ。

時間という意識が生まれて以来、同じ声を持つ人はいないし、同じ感性を持つ人もいない。つまり、潜在的な力を持つ目に見えない分子が、まったく同じように組み合わさって生まれた存在などひとつもないのである。だから、そのような存在である人間の心理を詮索しようとしても空しく、そうしたところで、はたから観察した狭い範囲で推し量るのがせいぜいのところである。

漂泊の衝動や感覚といっても、ある人間にだけ固有のものはあまり重要でないし、意味もなかろう。しかし、安住を知らぬ漂泊者があまねく経験するものに共通する何かがあるとすれば、話は別である。そうした共通の経験とは、最後に選びとった究極の答えとなる。——理由なき別離《わかれ》、自暴自棄、突然の孤立、そして、愛着あるすべてのものからの不意の断絶。ここから、漂泊の旅人の履歴が始まるのである。……旅人は感じている、奇妙な沈黙が自分の人生に深く、静かに広がっていることを。そして、その沈黙の中に幽霊《ゴースト》がいることを。

二

……ああ、最初に感じる何とも言われぬ胸の高鳴り。初めて訪れた街は、なんと輝かしく美しく見えることか。見知らぬ通りがすべて、思いもよらぬ希望へと続いているような気がしてくる。影さえも美しく、見なれぬ建物が、金色の光を浴びてほほ笑みかけ、素晴らしい先触れのように思えてくる。

土地の人々との温かな出会い。異邦人でいるかぎり、人は良い面だけをこちらに向けてくれる……。それでもなお、すべては心地よく、ほのかな輝きに満ちている——街や人への思いは、淡い色合いのぼやけた写真のように、柔らかでやさしい。

ところがしばらくすると、まわりのすべてのものがしだいに、細かなところまではっきりと見えてくる。幻影を貫き、さらには幻影をかき消して、輪郭は日ごとに堅く尖《とが》っていく。この憂鬱《ゆううつ》な日々が続くあいだに、足は舗道のでこぼこした感触を覚え、建物の欠けた壁面や、人々の顔に刻まれた苦悩の皺《しわ》が、まぶたに焼きつく。そうなってしまうと、耐えがたいほどの単調さに苛《さいな》まれ、変化のなさにいたたまれなくなる。

毎日が、毎時間が、無情にも同じ繰り返しで過ぎていくことが、不安でたまらなくなる。

一人一人の中に生き続ける遠い過去からの経験を通して、自然の声が――海と山と空の咆哮が――しきりにわたしを駆《か》り立て、あの旅への衝動が頭をもたげ、荒々しい声で叫ぶ。その街で心からの友ができるかもしれないが、友情さえも、この単調さの苦痛をなだめられなくなる日が、ついに訪れる。生きていくためには、その先がどうであれ、決心しなくてはなるまい。足元に付いたこの土地の埃を払わなくてはなるまいと……。

とはいえ、出立の時は、身を切られるほど辛い。汽車や汽船が、街との無数の絆を断ち切って離れ去るとき、かつて感じたあの心象が、一瞬、ひりひりと胸をよぎるだろう。あの時の胸の高鳴りをあざ笑うのではなく、ここにいて欲しい、とそっと優しく懇願するかのように。ちょうど、誤解から仲違いをしていた友と和解したときに知る切なさと優しさが、心に満ちてくるだろう……。しかし、二度と再びその街並みを見ることはない――夢の中を除いては。

まどろんでいる時にだけ、街は再び目の前に現れる。遠い遠い昔日の淡い幻影に浸って、手を差し延べてくれる友が住む懐かしい街として――。音もなく、幻の舗道をいく度となく歩き、おそらく思いに浸りながらたたいた扉を、死者が開けてくれる。

……しかし、年月が過ぎ去るにつれて、すべてが遠く霞んでいく。そして、眠っていてもわかるようになるだろう。――そこは幽霊の街、通りはどこにもつながっていないのだと……。そしてついに、わずかに残った記憶さえも、ほかの街のぼんやりした思い出と混ざり合い、薄もやに霞《かす》む建物のように、終わりのない迷路となる。その中では、何もかもが朦朧《もうろう》としている。いつかどこかで見たような気がしたとしても……。

一方、まったく目的のない放浪の途中で、何かに取り憑《つ》かれているのではないかという疑念が、ゆっくりと頭をもたげてくる。ある漠然とした存在が、繰り返し目に浮かぶようになるのだ。それは薄れていくどころか、しだいにはっきりと感じられるようになってくる。目に浮かぶたびに鮮明さを増しながら。……そして、取り憑かれているという思いは、徐々《じょじょ》に確かなものになってゆく。

三

そう、取り憑かれているのだ。ロンドンの陰鬱なセピアの冬にあっても、赤道直下のコバルトの輝きの中にあっても——雪の道をたどっていたとしても、熱帯の黒く熱い砂の上を歩いていたとしても——あるいは、北国の松の暗い木陰で休んでいようと、ひょろりとした長い椰子《やし》の葉陰で一息ついていようと。いつ、どこにいても、やさしくぼんやりした存在は、わたしのそばを離れない。この幽霊は恐ろしくはない。やさしい顔、思いやりに満ちた声は、蜜蜂の羽音のようにかすかでありながらも、なぜか懐かしく、耳元に届いてくる。

しかし、どこかもどかしい。こうして、絶えずそばにまとわりつかれていると、突然、はっと呼び覚まされるように、ある感覚が心に蘇《よみがえ》る。それも、自分のものではないような……。それは、夢想家が遺伝的な記憶と呼んだものだろうか。前世の記憶なのだろうか……。虚しく自分に問いかける、「誰の声だ。誰の顔だ」と。その顔つきは若くもないし、老いてもいない。朦朧とした謎に包まれ、透明で色つやも失《う》せている。

――おそらく、ひげをたくわえているのかどうかも、分からないであろう。しかし、その表情は穏やかで、ゆったりとほほ笑んでいる。夢で出会った見知らぬ友人のほほ笑みのように、わたしの愚かなふるまいも、夢うつつの愚行さえも、どこまでも許してくれる……。

永遠にかき消そうとしないかぎり、その存在はこちらの意志にあえて逆らいはしない。気まぐれを快く受け入れ、移り気にも、天使のように辛抱強くつきあってくれる。けっしけっして批判がましいことは言わず、いやな顔ひとつせず、うんざりした様子もみせない。だかららといって、無視することはできない。なぜなら、それは奇妙な力を持っていて、わたしの心をかき乱し、震えおののかせるからだ。古ぼけた甘い悔恨のように、とうに葬ったはずなのに、いつまでもわたしにうなずいて、けっして消え去ることはない……。

この感覚はわたしにあまりにたびたび起こるので、謎をつきとめたいという気持ちは、しだいに苦痛に変わってゆく。しまいには、懇願している自分の姿に気づく。しかし、問いかけてみても、その存在はけっして答えてはくれない。ただほほ笑みかけ、わたしの問いかけとは関係のない言葉を返すのみである……。しかも、その言葉は不可解で、忘れ去られた記憶の片隅に不思議な攪乱《かくらん》を起こす……。ちょうど、荒れ果てた沼地に吹きわたる風が、草むらをさわさわとささやかせても、何も意味をなさないように。それでも、昼も夜も繰り返し、わたしに問いつづける。何年も、何年も……。

——「おまえは誰だ。何者だ。なぜわたしにつきまとうのか？　おまえの言うことはみな、いつか聞いたことがあるような気がする。だが、それはどこだったのか、いつだったのか……。おまえを何と呼べばいいのかもわからない。わたしが知りうる限りの何ものでもないからだ。たしかに、おまえは生けるものではない。しかし、わたしは亡くなった人々の眠る場所は知っているが、おまえが眠るところは知らないのだ！　おまえは夢ではない。夢であるならば、歪《ひず》んだり、移《うつ》ろったりするが、おまえはいつも変わることはない。おまえは幻覚ではない。わたしの感覚は、鮮明ではっきりしている……。ただ一つわかるのは、おまえが過去のものだということだ。おまえは記憶の世界のものにちがいない。しかし、それは遠い古《いにしえ》の記憶なのか……」

ある日、あるいはある晩、思いもよらぬ時についにわかるだろう。目に見えない指にそっと触れられたかのように、柔らかなぞくっとする衝撃とともに、わかる時がくる。――その顔は誰の顔でもなく、たくさんの懐かしい顔が重なりあった顔だということが。――思い出によって重ね合わされ、愛着によって混ぜ合わされて、ひとつの幽霊のような存在になったのだということが。

それは、限りなくいとおしく、まぼろしのように美しい追憶の幻像。その声は誰の声でもない。たくさんの声が溶け合って、この世のものではないひとつの声、ひとつの音色になったのだ。遥《はる》か時の彼方から聞こえてくる、かぼそいがこの上なく甘い音色に……。

四

やさしき追憶の幻像よ！　名もなきあえかなる存在《もの》よ！　失われし愛《いと》しきものすべての面影をまとって、このわたしの胸を震わせる。――消え去った懐かしきものの幽霊よ……わたしが来るのを待ちわびる切なげな目――忘却に抗《あらが》おうと訴えるかすかな声――埋もれた手で触れられたしびれるような感触……。

わたしが死ねば、おまえも永遠に葬り去られるのか。わたしの落とす影のように、わたしが消えれば、おまえも消えてしまうのか。おまえは魂の影なのか……。

わたしにはそうは思われない。なぜなら、こんな夢想が胸に去来するからだ。――人間の生命に宿る何かが、星間をすり抜ける太陽の光線のように、無限の謎の世界に浸透していく力を持っていたとしたら……。記憶にもない遥かな時の流れをかいくぐって、甘く確かな波動を伝える力を持っていたなら……。輝かしい未来にも、おまえに似た存在が住んでいるのではないか。

……そして、この魅力的で精妙な存在を作ってくれるものが、目的など知るよしもない幻影の交響曲に、さらにいく重にも旋律を重ねることができるなら、そこにもまた、もうひとつの幻像を見るのではなかろうか。——それは、たくさんの生命の輝きに姿《かたち》を与え、美しかったであろうすべてのものを、目に見える記憶にとどめるのであろうか。

——Ghost (*Karma*, 1918)

永遠の憑きもの

　このたびの東京の色刷り版画――錦絵――は、これまでになく興味深いものであった。初期のころの鮮やかな色彩が、ほとんどそれに近いかたちで再現されている。また線画についても、すばらしい進歩が見られた。たしかに、今回の逸品を上回る美しい作品を望むのは、無理なことであろう。

　わたしが最近購入した錦絵は、一連の怪奇ものである。西洋ではまだ発見されていないものも含めて、極東の国で知られている幽霊のすべてが集められたものであった。極めて不快なものもあったが、なかには心から惹かれるものもいくつかあった。例えば、手元にある「周延《ちかのぶ》」の作などは、じつにおもしろい。ちょうど発売されたばかりであるが、三銭という驚くべき安値で売られている。

　何が描かれているか、わかるであろうか。そう、娘である。でも、どういう娘であろうか。少し想像してみてほしい。……うつむき加減で、はにかむしぐさが愛らしく、羽を休める蝶のように、軽やかで優美で上品、そういう麗しい女性であろうか。……否、それは西洋人が考えるような極東の国の美神《サイキ》ではない。――精霊なのである。

上の方の枝から舞い落ちてくる桜の花びらが、その乙女のからだをすり抜けていく様子をじっくりとご覧になっていただきたい。また、乙女が身にまとった衣のひだは、裾の方が青い霞のなかに溶け込んでいるのがわかるであろう。なんと優雅ではかない趣《おもむき》を、姿態全体に漂わせていることであろうか。そこから、だれもが春の風情を感じることであろう。こういう妖艶な美の色彩こそ、日本の春のあけぼのの色なのである。でも、その乙女は季節を擬人化しているのではない。というより、夢、つまりまどろむ極東の若者に憑《つ》き纏《まと》う夢を表わしているのだ。

しかし、芸術家がその夢を乙女に見立てたわけではない。……もうおわかりであろう。そう、それは木の精なのだ。桜の木の精なのである。薄明のわずかな時間にだけ、木の回りにそっと現れてくる。木の精を一度見た者は、だれもが愛さずにはいられなくなる。

しかし、その木の精に近づこうとすると、まるで蒸気が木の中に吸いこまれていくかのように、幹のなかへ消えてしまう。ある男を愛し、息子までもうけた一人の木の精の話が伝わっているが、そうした振る舞いは、心優しい精霊たちの中でも、かなり逸脱した行為といえる。

どうして、そんな存在しえない精霊を描くのか、と考えるであろうか。そう疑問に思われるのは、あなた自身が若者に憑き纏う幻想――春の夢に心惹かれない証拠といえよう。わたしは、こういうありえないことこそ、わたしたちが日頃口にする現実やあたりまえの事柄よりも、ずっと真実に近いものだと思っている。ありえないことというのは、真実をそのまま表現しているわけではないかもしれない。しかし、真実とはそういうものではなかろうか。おそらく普通にいう真実とは、永遠の真理が何かによって覆い隠されているものを指しているのだ。今のわたしにとって、日本人の幻想は真実である。少なくとも、人間の愛がそうであるように、これもひとつの真実なのである。

その錦絵の中の乙女は幽霊であると見なしたとしても、それもまた真実なのである。幽霊の類《たぐ》いを信じないようにしている人はみな、自分の心に嘘をついているのである。みんな、幽霊に取り憑かれているのだ。この錦絵を見ていると、わたしたちだれもが心当たりのある、幽霊のことを思い出す。もっとも、ほとんどの人（詩人を除いて）は、そのことを認めたがらない。

もしかしたら――実際にそういう経験をした人もいるので――あなたも、子どものころからすでに、夜、夢の中で、この憑きもの《ヽヽヽ》に会ったことがあるのかもしれない。そのとき、美しい姿の乙女が寝ている自分の上で身をかがめているなんて、もちろん気づきもしなかったであろう。気づいたとしても、天使だとか、あるいは亡き姉の霊だとか思ったかもしれない。ところが、少年から青年へと成熟し始めるころになると、目の覚めているときに、精霊の存在に初めて気づくようになるのである。

はじめて精霊が現れたときは、天にも昇る衝撃であり、息もつけないくらい嬉しいものである。しかしその驚嘆と喜びも、じきに言うに言われぬ悲しみにとって代わられる。それまで味わったことのないような悲しみに。それでも、乙女のまなざしには、慈愛が、唇にはこの上もなく美しい微笑みが、たたえられている。その乙女の正体が分かるまで、どうしてそういう感情が沸《わ》いたのか、思いも及ばない。とはいっても、それが精霊だと知ることさえ容易なことではない。

精霊は、ほんの一瞬しか姿を見せない。しかしその輝かしい瞬間に、あなたの体の中のすべての潮《うしお》が、言葉にならないような激しさで、相手に向って押し寄せていくのである。すると、突然、精霊は姿を消してしまう。そして、あなたは太陽が陰り、世界が灰色に変わってしまったことを知る。それからのあなたは、そのときのあらゆるものに心を奪われ続けるのである。どんな人も、どんなものも、どんな場所も、あれほど身近にあれほど親しく思えることは、もう決してないであろう。

しかし、精霊はたびたび戻ってくる。一度出会ってしまうと、訪ねてくるのをやめない。そしてこの憑きものは、あなたを譬《たと》えようもなく甘美で、わけもなく悲しい気持ちにさせるのである。そして、この世でも同じような女性に会いたくなり、いてもたってもいられぬ気持ちに駆り立てられるかもしれない。しかし、あなたがどんなに長い時間を費やし、どんなに遠くまで探し求めてみたところで、そんな女性が見つかることはないであろう。やがて、あなたは精霊がやってくるのを恐れるようになるかもしれない。精霊の訪れには痛みを――言いがたい不思議な痛みを伴うからである。しかし、どんな大地も、海の広大さも、精霊とあなたを分かつことはできない。鉄の壁も、精霊を締め出すことはできない。精霊の動きは、エーテル[1]の振動のように音も立てず、とらえどころがないからである。

精霊の美しさは、人の心と同じく、太古より引き継がれてきたものである。それでも精霊の美しさにはいっそう磨きがかかり、永遠に若さを保ち続けているのである。秋霜の降りた草場がしおれるように、人間もまた時の流れとともに衰えてゆく。しかし、精霊にとって、時は永遠の若さに輝きを与え、花を咲かせるものにすぎない。男はみな、精霊を愛している。これからも愛し続けていくにちがいない。しかしだれ一人として、彼女の衣の裾にさえ、口づけすることはないであろう。

だれもが、精霊に憧れているのだ。しかし、地上の男は、みんないろいろな方法で騙《だま》されている。ほとんどの場合、精霊は自分の慕った男を地上の娘と引き合わせ、不思議にもその娘の肉体と一体となり、その魅力を発揮し始めるのである。神々しい瞳、着物を透き通してかいま見える輝く四肢。しかし、やがてその光輝く憑きものも、人間の肉体から離れ、あっけにとられた男をあざ笑うようにして、立ち去ってゆく。

多くの人が試みてきたことではあるが、だれも精霊を描くことはできない。とても一幅の絵にはならないのだ。というのも、その女性の美しさは絶え間なく移り変わり、限りなく多面的であり、光の流れのように永久に輝きながら、息づいているからである。

実際、何千年もむかし、ある腕利きの彫刻家が、精霊の唯一の面影を石に彫ることができたという話が伝わっている。しかし、このためにたくさんの人々が、この上ない悲しみを味わうことになった。それを哀れんだ神は、いかなる人間にも、このような奇跡に値することを達成できる力を授けたりはすまい、と心に決めた。今日、わたしたちにできるのは、精霊を崇拝することだけである。精霊の絵を描くことは、不可能なのだ。

それでは、この精霊の乙女は、いったいだれなのであろうか。いったいいかなる存在なのであろうか。……いや、実はこのことこそ、わたしがあなたがたにお尋ねしたかったことなのである。そう、その乙女には、名前がついていない。しかし、わたしはその乙女をあえて、木の精と呼ぼう。

日本人は、たんにその木を切り倒してしまえば——そこまで残酷であるならば、の話であるが——木の精をお祓いすることができるという。しかし、わたしが話している木の精とは、たとえその木を切り倒したとしても、追い払うことなどできない存在なのだ。というのも、その木は、無限かつ不滅の何十億もの枝を茂らせる生命の樹であり、まさに闇と死の世界に根をはり、その木の頂《いただき》は神より高いという、宇宙の樹《イグドラシル》だからである。

言い寄ってみようとすれば、それは木霊。抱き締めようとすれば、それは影。それでも、精霊の微笑みは、死とその来世をも越え、流転する無数の生命につらなって、あなたの心に憑き纏《まと》うことであろう。そして、あなたはその笑みに決して笑顔をもって応えることはないであろう。なぜなら、その微笑みは、理解しがたい痛みを、あなたの心に呼び起こすからである。

さらに、あなたが精霊に打ち克つことも、断じてないであろう。なぜなら、精霊は遠い昔に消えた太陽の、まぼろしの光だからである。なぜなら、精霊は、塵と化した何千何億もの心臓の鼓動でできているからである。なぜなら、精霊の魅力は、あなた自身の忘れ去られた無数の過去の輪廻の中で、絶えることなく繰り返された、青春の夢と希望でできているからである。

1　エーテル　電気・磁気・光などを伝える媒質と考えられた仮想的な物質。

——The Eternal Haunter (*Exotics and Retrospectives*, 1898)

露のひとしずく

私の書斎の窓の竹格子に、ひとしずくの露の玉が、震えながら掛かっている。その小さな球面には、朝の彩り――空や野原や遠くの木立の彩り――が映し出されている。逆さまに映し出されたこれらの風景が、その一滴の露の中にくっきりと見えている。戸口の前で子どもたちが遊んでいる小さな家の映像が、やけに小さくなって、逆さまに映っている。

一滴の露の中には、目に見える以上の世界が映し出されている。計り知れない神秘を宿した目に見えない世界が、そこには再現されているのだ。この一滴の露の内にも外にも、絶えざる動きがある。水の分子には、計り知ることのできない運動が存在している。また、その微かな戦慄は、大気と陽の光に応えて、多彩な光を放っている。

仏教では、そうした一滴の露の中に、魂と呼ぶ一つの小宇宙の象徴を見いだしている。……人間とは、目に見えない究極の分子が仮そめに集まって、この世に露のひとしずくとなって顕われたものである。人間とは、空や大地や生命を映し出し、永遠の神秘的な戦慄で満たされながら、自身を取り囲む霊的な力のかすかな動きにも、何とか応えようとしている存在にすぎない。

やがてはこの小さな光の玉も、妖精のような色つやと逆しまの光景とともに消え失せてしまうであろう。まさしくそのように、つかの間のうちに、あたかも私も朽ち果てて、姿を消さなければならないのである。霧が消え失せるのと人間が消え去るのと、いったいどこが違うのであろうか。そこには、ただ言葉の違いがあるのみだ。……それにしても、この露のひとしずくは、一体どうなるのであろうか。

灼熱の太陽の下で、露の分子はばらばらに分離して上昇し、やがて飛び散ってしまう。その飛び散ったものは、雲から大地へと届けられ、川から海へと向かってゆく。それからまた、あらたに落ちて分散するために、陸地と川の流れと海から、露の分子は再度吸い上げられる。それらはひそかに乳色の霧と化し、霜やあられや雪となって、白い姿を露わにする。

それから、それらはふたたび天地自然の形と色彩を映しだし、まだ誕生しないものたちの心臓の深紅の鼓動に合わせて、その命の脈拍を打ち始めるのである。なぜなら、ひとしずくの露は、たくさんの露――雨や樹液、あるいは血や汁や涙のしたたりでもある露――を生み出すために、無数の同類の分子ともう一度結びつかなくてはならないからだ。

その営みは、どれくらい繰り返されるのであろうか。私たちの太陽が燃え始めるよりも何十億年もの昔、恐らくこれらの分子は、太古の宇宙に存在して、別世界の空と大地の色を映し出しながら、ほかの露のしずくの中で蠢《うごめ》いていたのであろう。

今、私たちのいるこの宇宙が消滅した後でも、これらの分子たちは自らを生み出した不思議な力に促されて、ふたたび露の玉となって、あらたに誕生し、惑星の朝の美しい光景を映し出すことであろう。

私たちが「自己」と名付けている合成物の分子も、これらと何ら変わるところはない。天空の星々が生まれる以前に、わたしたちの分子はすでに存在し、おののきながら躍動し、森羅万象の姿を映し出していたのだ。

今、夜空に仰ぎ見ている星々が、ことごとく燃え尽きる暁が来たとしても、これらの分子は必ずや人間の「心」の玉の形成に関わっていることであろう。そして、ふたたびそれらは、思想や情緒や記憶の中で——進化する世界で生きてゆく人間たちの生の喜びと苦しみの中で——おののき震えていることであろう……。

私たちの「個性」や「特性」は、どうなっていくのであろうか。言いかえれば、私たちの「観念」や「感情」や「記憶」は、どうなるのであろうか。私たち一人一人の「希望」や「恐怖」、「愛」や「憎しみ」も、どうなるのであろうか。

無数の露の一滴一滴にも、分子の振動と反射の仕方において、ごくわずかな差異があるに違いない。「生と死の海」から吸い上げられた、霊気漂う無数の露の一滴一滴にも、同じように極小の差異が認められるであろう。

私たちの「個性」といえども、永遠の秩序の下では、露が震えるときに生ずる、微分子の特異な動きと同じような意味合いしかもっていない。恐らく、いかなる露のひとしずくといえども、まったく同じ震え方と同じ形を映しているものはあり得ない。それにしても、露は結んでは消え、消えては結び、かつ絶えずうち震えながら、その形を映し出して止まない……。死が「無」に帰することであるという考え方は、錯覚もはなはだしいのだ。世の中に「無」は存在しない。なぜなら、「無」に帰するいかなる「自我」も存在しないからである。過去において、私たちが何者であったとしても、私たちは現に存在していたのである。また現在、私たちは何者であれ、私たちは現にこうして存在しているのである。だから、未来において、私たちは何者であろうとも、私たちは確かに存在しているに違いないのだ。

そうであるなら、「人格」とは何であろうか。「個性」とは何であろうか。そんなものは夢のまた夢、一つの幻影に過ぎない。存在するのは、ただ無窮の生命だけである。存在すると思われるのは、ただ生命の戦慄に過ぎない。

太陽も月も星も、大地も空も海も、その生命の戦慄の影に過ぎず、さらには「心」も「人間」も、「空間」も「時間」も、すべてその影なのである。

そうしたあらゆる影たちがやって来ては、去ってゆく。その影を造るもののみが、永遠に産み出すものなのである。

――A Drop of Dew（*Kottō*, 1902）

草雲雀

一寸の虫にも五分の魂
――日本の諺

その籠は、高さがちょうど二寸、幅一寸五分。軸によって回転する小さな木戸は、私の小指がようやく入るほどだ。それでも、籠の主には十分に広いようで、その虫はその中を飛んだり跳ねたり、歩きまわったりしている。籠の主はとても小さいので、茶色の薄布の張ってある脇からよほど注意して覗きこまないかぎり、その姿は見えない。だから、私はいつも、籠を十分に明るいところで何度か回してみて、やっと虫の居所を見つける。籠の天井の隅にさかさになって、とまっていたりする。

それは、ふつうの蚊ほどの大きさの蟋蟀《こおろぎ》と思っていただければよいだろう。体よりもずっと長い二本の触角は、明かりにかざしてみなくてはわからないほど細い。「草雲雀《くさひばり》」というのが、日本の呼び名である。市場で買い求めると、十二銭する。つまり、自分の体重と同じだけの金《きん》よりもまだ高価なのである。こんな蚊のようなものが、十二銭とは……。

昼のあいだは寝ているか、じっと考えごとにふけっている。そうでなければ、茄子《なす》か胡瓜《きゅうり》の切れ端にしがみついている。野菜は毎朝、籠の中に差しいれてやる。いつも忘れないように籠の中を掃除して餌をやるのは、なかなか面倒な仕事である。皆さんは、こんなちっぽけな生きもののために骨を折るなど、ばかげたことだと思われるであろう。

ところが、日暮れ時になると、きまってこの虫の小さな魂が目を覚ます。すると、部屋中が何とも言えぬ、甘く繊細な音楽で満たされる。銀の鈴を鳴らしたように、それは細やかにチリチリとさざめくのだ。宵闇が濃くなっていくにつれ、鳴き声はいよいよ甘さを帯びてゆく。あるときは大きく高まって、家中を妖精の奏でるような響きで震わせ、あるときは糸のようにか細い声で微かに鳴している。しかし、高くとも低くとも、その鳴き声は、この世のものとも思われない音色を帯びている。……一晩中、この小さな生きものは、歌いつづける。そして、寺の鐘が夜明けを告げるころ、ようやく鳴きやむのである。

さて、このささやかな虫の奏でる歌は、恋の歌である。まだ出会ったこともない、誰とも知れぬ相手を恋い慕う、あてのない恋の歌なのである。籠を住処《すみか》の境遇では、ついに恋人に会える機会もないだろう。その先祖をいく世代かさかのぼってみたところで、夜の草むらも、恋の歌の意味も知りようはずがない。この虫の一族は、どこかの虫屋の店先にある、土瓶の中の卵からかえされ、それ以来、籠の中だけで暮らしてきたのである。

それでも、いく千年も昔からその恋の歌を、あたかも一節一節の意味をすっかりわかっているかのごとく、歌いつづけてきたのである。むろん、習い覚えたわけではない。それは生得《しょうとく》の記憶の歌と言ったらよかろう。その魂が丘の露に濡れた草かげから、夜ごと声をかぎりに歌うとき、それは何億もの同族たちのはるかおぼろげな記憶の歌なのである。

そして、虫は同族たちに恋をもたらし、死をもたらした。しかし、この虫は死のことなどすっかり忘れてしまい、恋ばかりを覚えている。そうして、彼は今こうして歌っているのだ、けっして来ぬ花嫁を待ちながら。

この虫は、知らず知らずのうちに過去に想いを馳せているのだ。過去の塵に向かって切なく鳴いているのだ。静寂と神とに呼びかけ、時間を呼び戻そうとしている……。そしてまた、人間の恋人たちも、そうとは知らずに過去に呼びかけ、その幻影を理想と呼んでいる。理想とは、種族の体験の淡い影にすぎない。つまりは、遺伝的記憶の幻影なのだ。いま生きているこの世は、理想とはあまりにほど遠い……。

おそらく、このちっぽけな生きものにも、理想があるのだろう。あるいは、少なくとも理想の萌芽ぐらいは、あるのだろう。しかし、この小さな望みを抱いた生きものは、その嘆きの歌を空しく歌っているに違いない。

とはいえ、それは私の罪ではない。この小さな虫をつがわせたなら、歌うのをやめ、すぐに死んでしまうだろうと、忠告されていたのである。けれども、来る夜も来る夜も、報われぬ哀願の声が甘くせつなげに響くので、私はなんだか咎められているような気分になり、ついには心苦しさに耐えられなくなってしまった。

そこで、雌の草雲雀を買ってきてやろうと、私は考えた。ところが、もう時期が遅すぎた。草雲雀など、すでにどこにも売られていなかった。虫屋は笑って言った。「お彼岸ころにはみんな死んでしまったはずですよ」（そのとき、すでに十月の二日だった）。

けれども、この虫屋は知らないのだ。私の書斎には新式のストーブが置いてあり、部屋の温度がいつも二十四度に保たれている。だから、私の家の草雲雀は十一月の末になっても、まだ鳴いている。できれば、大寒あたりまで生かしてやりたいと思った。

しかし、同じころに生まれたものは、おそらくみんな死んでしまったにちがいない。もうどんな手をつくしても雌は見つかるまい。庭に放してやれば、自分で相手を探すこともできようが、この寒さでは一晩ともつまい。たとえ、昼間のうちは、庭で出会う蟻だの、百足《むかで》だの、地蜘蛛だのといった恐ろしい天敵から逃れられたとしても。

昨夜、十一月二十九日の晩のこと、机に向かっていると、妙な胸騒ぎがした。部屋の中がなんだか空虚なのである。そこでふと気がついた。いつも鳴いているはずの草雲雀が、鳴いていない。静まりかえった籠の中を覗いてみると、すっかり干からびて灰色の石のようになった茄子のかたわらで、草雲雀は死んでいた。三、四日はなにも食べていなかったようだ。しかし、つい昨日まで、あんなに美しい声で鳴いていたではないか。だから、私は愚かにも、いつもどおりお腹《なか》がいっぱいなのだと思い込んでいたのである。

書生のアキが虫好きで、いつも餌をやっていた。ところが、アキは一週間ほど暇をもらって故郷へ帰ってしまっていた。そのあいだ、草雲雀の世話をするのは、女中のハナの仕事になっていた。あれは細かいことに気のつく女ではない。

虫のことを忘れていたわけではありません、茄子がなかったのです、とハナは言いわけを言った。ならば代わりに、玉葱《たまねぎ》でも胡瓜《きゅうり》でもやればいいものを、そんなことさえ思いつかなかったのであろうか。……私はハナを叱った。ハナはすまなそうに詫びたけれど、あの妖精の音楽は、もう聞こえなくなってしまった。あとの静けさが、私の心を締めつけた。ストーブは燃えているのに、部屋はうす寒い。

馬鹿ばかしい！……麦粒の半分ほどしかない虫のために、気のいい娘を泣かせてしまうとは！　けれども、あんなちっぽけな生きものがいなくなってしまったことが、まさかと思うほど私を苦しめる……。あの生きものの切なる願いについてたえず空想をめぐらせているうち、いつしか私の中に愛着が生まれていたのであろう。こうして草雲雀がいなくなってみると、初めてあの生きものとの絆に気づいたのだろう。

その晩のひっそりとした静寂の中で、私はあの繊細な鳴き声の妙味を、ことさら身に染みていとおしく感じた。ほんのはかない虫の命が、神の御心《みこころ》にすがるように、私の気まぐれと身勝手な楽しみを頼って生きていたのである。そしてまた、小さな籠の中の小さな魂と私の中の魂とが、実在世界の大海の深みの中で、まったくの一体であると告げているように思われた。

……あの小さな生きものが、昼となく夜となく、渇き、飢えていたというのに、私はといえば、あの虫の守護神であったはずなのに、いたずらに夢を織っては、空想に耽っていたのである！……それにしても、なんとけなげなことであろう。むごいことに、あの虫は自分の足を食いながらも最期まで歌いつづけて死んだのだ！　神よ、私たちを、とりわけハナを許したまえ。

しかし、結局のところ、飢えておのれの足を食い尽くしたとはいえ、それは歌うという天分を授かったものにとって、最悪の不幸とは言いきれまい。世の中には、歌うためなら自分の心臓を食らう人間の蟋蟀《こうろぎ》もいるのだから。

——Kusa-Hibari（*Kottō*, 1902）

夢を喰うもの

短夜や貘の夢食う暇もなし

（悲しいかな、なんと私たちの一夜は、短いことか。貘が私たちの夢を食べる時間さえないとは！）

その生き物の名は「貘《ばく》」といい、「シロキナカツ神」とも呼ばれている。貘の特別の役割は、「夢」を食うことである。ものの書物によれば、貘のことはいろいろと書かれている。私の所有している古い本には、雄の貘は、胴体は馬で、顔は獅子、鼻の形は象で牙がある。前髪は犀《さい》の毛で、尻尾は牛の尾、足は虎のようだと書かれている。雌の貘は雄とはだいぶ違うようだが、その違いははっきりと記されていない。

その昔、漢学がさかんだった頃は、日本の家には貘の絵を掛けておく風習があった。貘の絵は、生きた貘と同じように霊験《れいけん》あらたかなご利益があると信じられていたのである。

私の持っているこの古めかしい書物の中には、この風習にまつわる伝説が収められている。

その『松声録』によると、皇帝が東方の海岸へ狩りに出かけられた折、体は獣で、人語を解する貘に出会ったという。皇帝がいわれるには、「天下が泰平だというのに、何故に我らは、未だ妖怪の類いを目にするのであろうか。悪霊たちを撲滅させるために貘が必要とあらば、貘の絵を皆の家の壁に掛けておくがよかろう。そうすれば、悪霊が現れても、人に害をなすことはあるまい」。

そう述べた後に、『松声録』は悪霊たちの名前を次々と挙げ、その出現するときの状況を次のように記している。


にわとりが柔らかな卵を生むとき、現れる悪霊の名は「タイフウ」

蛇が互いに絡み合うとき、現れる悪霊の名は「ジンヅウ」

犬が耳をうしろにそばだてるとき、現れる悪霊の名は「タイヨウ」

狐が人間の声で話すとき、現れる悪霊の名は「グワイシュー」

衣服に血がついているとき、現れる悪霊の名は「ユウキ」

米櫃《こめびつ》が人間の声で話しだすとき、現れる悪霊の名は「カンジョウ」

夜見た夢が悪夢であるとき、現れる悪霊の名は「リンゲツ」

さらにこの書物には、こうも述べられている。

「悪霊の魔の手が及びそうになったときは、いつでも貘の名を唱えるがよかろう。そうすれば、悪霊はたちまちのうちに地底一メートルの所に身を隠してしまうであろう」

しかし、私はこの悪霊について語る資格を欠いている。この主題は中国の鬼神論という、いまだ知られざる分野の話であるし、日本の貘とは、実際のところ、ほとんど関係のないものである。通例、日本の貘は「夢を喰うもの」として知られているに過ぎない。

この生き物に対する崇敬の念の著しい一例としては、君主たちの用いる漆塗りの枕には、「貘」という漢字が金《きん》で施されているという。枕に書かれた文字の霊験によって、その上に頭を置いて寝る者は、悪夢から身を守ることができると考えられていた。

今日では、そのような枕を探し出すのはかなり難しいし、「貘」（ときには「白沢《はくたく》」とも呼ばれている）の絵でさえ、かなり珍しいものとなっている。しかし「貘、喰らえ、貘、喰らえ！」と貘に願をかける古来からの祈りの言葉は、今日でも残っている。

夜、悪夢や不吉な夢から目が覚めたとき、この祈りの言葉を三回唱えると、貘がその忌《い》まわしい夢を食べてくれ、凶を吉に、恐怖を喜びに転じてくれるというのである。

＊

最近、私が貘を見たのは、土用の日の大変蒸し暑い晩のことであった。ちょうどそのとき、私は胸苦しくなって目を覚ましたばかりであった。時刻は丑の刻（午前二時頃）であった。すると、貘が窓から入ってきて、私にこう尋ねたのだ。

「何か食べるものはあるかね」

私は喜んで答えた。

「ありますとも。貘さん、私の夢を聞いてくれますか」


「私は、明かりが点っている大きな白壁の部屋に立っていました。でも、その部屋の敷物の敷いてない床の上には、私の影が映っていないのです。しかも、傍らの鉄のベッドの上には、私自身の死体が横たわっていたのです。どうして私は死んだのか、覚えていないのです。ご婦人方が――六、七人もいたでしょうか――ベッドの近くに座っていましたが、その中には見知った人は誰もいませんでした。その女性たちが若いのか、年寄りなのか、見当もつきませんでしたが、全員が黒の喪服を着ていました。

　みんな、私のお通夜に来た人たちだなと思いました。誰も身じろぎひとつせず、一言も口をきいたりしませんでした。あたりにも、物音一つしませんでした。それで、私はだいぶ遅い時刻だなと気づきました。

そのときでした。私はその部屋の空気の中に、えも言われぬものが――気持ちの上に重くのしかかってくるような重苦しさが、つまり、目には見えない人を麻痺させる力が――徐々に広がってゆくのを感じたのです。それから、通夜の客たちが、伏し目がちにたがいを盗み見し始めました。みんなは怖がっていました。

すると、そのうちの一人がすうっと音もなく立ち上がると、部屋を出ていきました。それから、また一人、二人と去っていきました。結局、みんな一人ずつ、影のようにふわふわした感じで部屋を出ていってしまいました。ついに部屋には、私と私の死体だけになりました。

明かりは、相変わらず皓々《こうこう》と点っています。でも、あたりに漂っている恐怖感は、だんだんと募ってきました。私のお通夜に来た人たちは、その気配に気づくと次々と部屋から出て行ってしまいました。私も逃げ出す余裕はあると感じて、もう少し部屋にいても大丈夫だろうと思っていました。

私は好奇心がとても強いものですから、そこにとどまることにしたのです。自分の死体をこの目でたしかめてみたいと思ったのです。自分の死体の所へ行き、よくよく眺めてみましたが、不思議なことに死体が驚くほど長く見えたのです。

そうこうしているうちに、死体の片方の瞼がかすかに動いたように思われました。でも、瞼が動いたように見えたのは、ランプの焰が揺れていたせいかも知れません。私はゆっくりと注意深く身を屈めて、自分の死体をのぞき込みました。ひょっとしたら、死体の両目がぱっちりと開くのではないかと思ったからです。

私は身をかがめて『これが、私だな』と独り言をいいました。しかし、その死体はだんだん妙な形になってゆくようでした……。死体の顔が長くなったように思えました。私はもっと自分の死体に顔を近づけて、ふたたび独り言をいいました。

『これは、私じゃない』。しかし、ほかの人間でもなさそうだ。すると、私は言いようもなく恐ろしくなってきたのです。死体の両目が見開いたりするんじゃなかろうか、と思ったりしたもんですから……。

実際のところ、両目が開いたんです。本当にぱっちりと開いたんですよ。すると、そいつが私をめがけてベッドから飛びかかってきたんです。私を押さえ付けたまま、唸り声を上げ、嚙み付き、私の体をかきむしったのです。私はすっかり恐ろしくなってしまい、その身の毛もよだつような恐怖と闘いました。

いやあ、その眼、その唸り声、その感触の気味悪さときたら……。あまりのおぞましさに、私は気も動転せんばかりでした。どういうわけだか分かりませんでしたが、ふと気がついてみると、私は手に斧《おの》を握りしめているではありませんか。それから、私はその斧でその唸り声を上げているそいつに打ちかかったのです。叩きつぶし、こっぱみじんにしてやりました。

ついにそいつは私の目の前で、恐ろしげで無惨な血だらけの塊となって横たわっていました。それこそが、見るも無惨な私の亡骸だったのです」

「貘、喰らえ、貘、喰らえ。貘さん、その夢を喰い尽くしてくれ」

「いや、いや。私は幸運の夢は食べませんよ」と貘は答えた。

「それはとっても幸運な夢なのです……。斧。そう『妙法』の斧でもって、『自我』という怪物を退治する。……それはすばらしい夢ではありませんか。友よ、私は仏陀の教えを信ずる者です」

貘は私にそう言い終えると、我が家の窓から出ていきました。貘の後を、私は見送った。貘は、月の光を浴びたいくつもの屋根の上を渡ってゆきました。それは、あたかも音も立てずに、ある屋根から別の屋根へと飛び移ってゆく大きな猫のようでした……。

——The Eater of Dreams (*Kottō*, 1902)

玉の物語

私は大変な猫好きである。私が洋の東西を問わず、さまざまな時期に、さまざまな気候風土の下で飼っていた猫たちのことを書いたとしたなら、おそらく大部の書物になることだろう。しかし、これは猫の本ではないので、私はただ病理学的な関心から、飼い猫の玉《たま》のことを書いてみたい。

雌猫の玉は、私の椅子の傍らで眠りながら、私の心を揺さぶるような独特の鳴き声を立てている。その鳴き声は、玉が仔猫に呼びかけるときの声で、震えるようなやさしい愛撫の鳴き声である。私のそばで寝そべっている玉の様子は、今何かを瞬時にとらえたかのような仕草をしている。前足が何かを捕まえようとして真直ぐに延び、真珠の光沢をした指の爪が戯れに動いている。

私たち家族がこの猫を「玉」と呼んだのは、何も彼女が真珠の玉のように美しかったからではない。確かに玉はきれいな猫だったが、玉というのはよく雌の飼い猫に付けられる名前だったからである。玉がわが家に初めて嬉しい贈り物として連れて来られたときは、とても小さい三毛の仔猫であった。三毛猫は、日本では珍しいものとされている。[1]三毛猫は日本のある地方に行くと幸運を呼ぶ生きものといわれており、ネズミを取るだけではなく、魔除けにもなると信じられている。

玉は今年二歳になる。玉の血の中には、外国種の血も混じっているようだ。玉はふつうの日本猫よりも気品があり、体つきも細めである。玉はとても長い尻尾を持っているが、日本人の見方からすると、それが玉の唯一の欠点らしい。おそらく玉の祖先は、徳川時代にオランダかスペインの船にでも乗って、日本に連れて来られたのであろう。しかし、彼女の祖先がどこから来たにせよ、玉は習慣からいってもまったく日本の猫になっている。例えば、玉は米のご飯を食べているのだ。

玉が仔猫を生んだとき、彼女は実にすばらしい母親ぶりを発揮した。玉は仔猫たちにありったけの精力と知恵を使い果たしてしまい、ついには育児疲れのため痛々しいほど痩せ衰えてしまった。玉は子どもたちに様々なことを教えた。身ぎれいにしたり、遊んだり、飛んだり、組み合ったり、狩りをすることも教えた。

始めのうちは、自分の長い尻尾にじゃれつかせていたが、やがて仔猫たちのために別のおもちゃを見つけてきた。玉はネズミやカエル、トカゲやコウモリも、仔猫たちのために運んできた。ある日は、小さな八つ目うなぎを運んできたが、これなどは、玉が近所の田んぼで骨を折って捕まえたものに違いない。

　夕暮れになると、玉が台所の屋根をつたって餌を探しに出かけられるように、私は書斎へ通じる階段の上の小窓を開けておいた。すると、ある晩、玉はその小窓から仔猫たちの遊び道具にと大きなわらじを運び込んだ。玉はそのわらじをどこかの草地で見つけてきたのである。玉は、三メートル以上もある板塀を乗り越え、家の壁をつたって台所の屋根まで登り、小窓の格子をくぐり抜け、家の階段まで運び込んだに違いない。

　玉と仔猫たちは、そのわらじで朝まで騒いで遊んでいた。わらじは泥まみれだったので、階段は泥だらけになってしまった。玉ほど初産《ういざん》で、これほど幸せだった猫はいなかった。

　だが、二度目のお産のときは、玉は運が悪かった。その頃、玉は人里離れた遠くの町にいる猫仲間の所まで、しじゅう出かけて行くようになっていた。ところが、その町へ行く途中で、玉は暴漢の手にかかって大けがを負ってしまった。玉は私たちの所へ正気を失い、よろよろになった状態で戻ってきた。

　二度目のお産は、死産であった。母親の玉も死ぬのではなかろうかと思ったが、思ったよりも早く回復した。しかし、玉は明らかに子どもを失ったことに心を痛めている様子であった。

　動物の記憶というものは、他のものとの関係によって生ずる具体的経験の記憶ということになると、実に薄弱でぼんやりとしている。しかし、動物の遺伝的な記憶――つまり、幾百万の生命によって蓄積されてきた経験の記憶――ということになると、驚くほど鮮明で、寸分の狂いもない。

例えば、親猫が溺れた仔猫の呼吸を回復させる驚嘆すべき業《わざ》を思い出してみるとよかろう。あるいは、生まれて初めて、見たこともないような危険極まりない天敵、毒蛇に出くわしたときの、猫の本能的な対決の仕方を思い出してみるのもよかろう。あるいはまた、猫の持っている、小動物の習性やさまざまな薬草に関する知識、餌探しやけんかに対する作戦の立て方などを考えてみるとよいだろう。猫の知識たるや、実に膨大なものがある。しかも、猫はその知識を完璧なほど身につけているのである。

しかし、猫の知識はあくまで遺伝的な知識であって、現在の具体的な苦しみということになると、その記憶力は気の毒なくらい薄弱なのである。

玉は自分の子どもたちが亡くなったことを憶えていない。玉は自分には子どもがいたはずだとは思っている。仔猫たちが庭に埋められてからだいぶ経った後でも、玉は子どもたちを鳴きながら探しまわっていた。玉は友だちの猫たちにもさかんに愚痴をこぼしていた。玉は私に押し入れや戸棚などを何度も何度も開けさせたが、ようやく自分の子どもは、もはやこの家にはいないことが分かったようであった。もう子どもたちを探しても無駄である、と玉は悟ったのだ。

その代わりに、玉は夢の中で仔猫たちと戯れ、喉をごろごろと鳴らしている。玉は子どもたちのために小さな幻影のようなものを捕まえようとしているのだ。ひょっとしたら、あの記憶の中のおぼろげな小窓から、あの幻のわらじを子どもたちのために運んでいるのかもしれない……。

――Pathological（*Kottō*, 1902）

1　ここは八雲の思い違いであろう。三毛猫は雌猫がふつうであるが、雄の三毛猫であるとしたら、かなり珍しいといえるであろう。

餓鬼

「ナガセナ師よ、この世に夜叉《やしゃ》など存在するのかね」
「いますとも、大王さま」
「夜叉は、そのままの状態から脱皮することがあるのかね」
「ありますとも」
「では、なぜ、夜叉の抜け殻を見たものがいないのだ」
「大王さま、抜け殻はあるのです……邪悪な夜叉の抜け殻は、うじ虫、甲虫、蟻、あるときは蛇、さそり、百足《むかで》などの姿に変化《へんげ》して現われてくるのです」
――ミリンダ王の問い

一

人生には、以前はおぼろげにしか分かっていなかった真理とか、多くの推論の過程を経て、最初はただ漠然と抱いていた信仰などが、にわかに生き生きとした感動的な確信に変わる瞬間があるものである。先日、駿河海岸で、私もその瞬間を体験した。

海岸の波打ちぎわにある松林で、私は休んでいた。すると、なにか命が暖まるような明るくのどかな時間の中で、風と光とが恍惚としてうち震え、奇妙にも古くからの私の信仰が甦ってきたのである。それは「万物は一つなり」という信仰である。

私は、風のざわめきと波のうねり、ゆらめく影ときらめく太陽、さらには緑なす大地の深い静寂と一体であると感じた。今までにない不思議な思いで、私はそもそもこの世に始まりなどなかったし、終わりもないはずだ、と確信したのである。

とはいえ、そのときの私のひらめきは、別に新しいものではなかった。ただ、その経験の新奇さは、その考えがひらめいたときの奇妙な迫力にあった。飛びまわる蜻蛉《とんぼ》や細長い灰色の浜蟋蟀《はまこおろぎ》、頭上で鳴きしだく蟬や松の根元でごそごそ動く小さな紅色の蟹が、みな私の兄弟であり、姉妹であると、私は感じたのである。

今までになかったことだが、私の魂といわれる神秘的なものが、過去に存在したさまざまな形をした生きものの中に存在しており、何百万年後、無数の生物に姿を変えながら、太陽を眺め続けるに違いない、とおぼろげながら悟ったような気がしたのである。細長い灰色の浜蟋蟀の悠長な思案や、すいすい飛びかう蜻蛉の思いや、気持よさそうに鳴きしだく蟬の心もちや、さらには松の根元から爪をもたげた、小さないたずらずきの蟹の心に、わが身を置きかえてみようと思ったのだ。

しかし、このような考えをめぐらすことが、来世における私の精神や肉体のありように何らかの影響を及ぼしはしないかと、私は訝《いぶか》りはじめた。何千年もの間、東洋では、われわれがこの世で考え、行なうことが、必然的に原子の性向やその両極性を形づくり、わが身の来世の存在場所や、来世における知覚の状態を、実際に決めるといわれてきた。

このような信仰は、いくら考えても確認も否定もしようのないものだが、考えてみるに値する。この信仰は、たぶんいろんな仏典の教えのように、おぼろげながら、ある種の広大無辺な宇宙の真理を暗示しているのではなかろうか。しかし、思考のもつ力には限界があるので、私は文字通りそれを信じているわけではない。

たしかに人間の心と肉体は、無限の過去の総体によって形づくられてきた。この永遠の重みにさからって、どうして刹那《せつな》の衝動で、われわれ自身をつくりかえることができるであろうか。仏教の教えは、なるほどそれに答えており、その見事な答えには抗いようもないけれど、それでも、私は疑いを抱いている。

ともあれ、仏典の教えるところによると、「行《ぎょう》」や「思《し》」はものを創造する力をもっている。目に見えるものは、この「行」や「思」によって創られ、宇宙の星空も、形と名をもつすべてのものやあらゆる存在の実態も、また然りである。われわれの「行」と「思」は、刹那的なものではなく、永遠の時間にかかわっている。それは、この世界の生成や、将来の幸福と苦悩の招来に与《あずか》る何らかの力を、示しているのだ。このことを忘れずにいれば、われわれは神の境地にまで自分を高めることができるであろう。これをないがしろにすれば、われわれは、人間として生まれ変わる権利すら失い、地獄に堕ちるほどの罪を犯していなくとも、獣や虫や鬼などの餓鬼の姿に生まれ変わらなければならない定めになるであろう。

だから、われわれが来世で虫けらになるか餓鬼になるかは、われわれ自身にかかっている。仏教の教義では、虫けらと餓鬼の違いは、想像するほどはっきりしたものではない。幽霊と虫、もしくは霊魂と虫との神秘的な関係を信ずるというのは、東洋に古くからある信仰であり、今日も無数の形で存在している——あるものは口にするのもおぞましく、またあるものは、不思議な美しさにあふれている。

キラー・カウチ氏の『白蛾』も、日本の読者には新奇な印象を与えないであろう。夜の蛾や蝶は、多くの日本の詩歌や伝説の中に死んだ妻の霊として登場しているからだ。

夜の蟋蟀《こおろぎ》のか細い嘆きの歌は、たぶんかつて人間だったときの悲しみの声であろう。蟬の頭にみられる奇妙な赤い印は、死者の戒名を示す梵字《ぼんじ》であろうし、蜻蛉やキリギリスは、死者の乗る馬なのだ。これらの虫はすべて、愛にも比すべき哀れみをかけられなければならない。しかし、害をなす危険な虫は、鬼や悪魔をはびこらせるカルマのなせる業《わざ》でもある。

これらの虫のなかには、ぞっとするような名前がつけられているものもある。たとえば、ウスバカゲロウには、「蟻地獄」、蛙や魚を生け捕って食べる源五郎などには、「河童虫」という別名がついている。河童すなわち川鬼の恐ろしい伝説を、そのまま微小な世界で再現しているのである。一方、蠅《はえ》は、とりわけ餓鬼の世界と同一視された生きものとされている。夏になると、蠅につきまとわれている人が、「今日の蠅は餓鬼のようだね」といってうるさがるのを何度も耳にしたことがあるであろう。

二

古い日本の——もっと正しくいえば、中国の——仏典では、大部分の場合、梵語の餓鬼名がひんぱんに使われている。ところが、ある種の餓鬼には、中国名しかつけられていないものもある。インドの仏教は、中国、朝鮮を経由して日本に入ってきたので、その途中である種の潤色がほどこされたようである。しかし全般的に見て、日本の餓鬼に関する分類は、インドのプレタの分類によく対応している。

インド仏教での餓鬼の地位は、あらゆる存在の最下層を占める地獄道からほんの一階級上のところに置かれている。地獄道の上は餓鬼道で、餓鬼道の上は畜生《ちくしょう》道である。その上にはさらに、絶えざる闘争と殺戮《さつりく》の領域、すなわち修羅《しゅら》道がある。これらの上にあるのが人間道である。

さて、地獄に堕《お》ちた人間は、カルマが尽きて地獄から解放されても、いっきに人間世界に生まれ変わるのは難しい。上を目指して懸命に努力し、すべての中間に存在する世界を通り抜けなければならない。餓鬼の多くは、一度は地獄を見てきた存在なのだ。

しかし、地獄を見てこなかった餓鬼もいる。ある種の罪、あるいはある程度の罪であれば、この世で死んだ後は、直ちに餓鬼として生まれ変わることがある。最悪の罪を犯したときだけ、人間はすぐに地獄に堕とされる。二番目程度の罪なら、餓鬼道に堕ちる。三番目程度の罪なら、畜生道に堕ちて、動物に生まれ変わる。

日本の仏教では、餓鬼道は三十六の主な階級に分かれている。『正法念処経《しょうぼうねんしょきょう》』によれば、「大まかに数えて、餓鬼には三十六の階級があるが、違った特徴をいちいち数えあげれば、その数は数え切れない」という。三十六の階級は、二つの大きな部門または序列に分かれている。一つは、すべての「餓鬼世界の住人」(「餓鬼世界住」)、すなわち、本来の餓鬼道の世界に住んでいるため、まだ人間の目には見えない餓鬼のことである。いま一つは、「人中住」、すなわち「人間世界の住人」である。後者の餓鬼は、つねにこの世に住んでおり、ときには人間の目にも見える。

この他にも、背負った責め苦の性質に応じた餓鬼の分類がある。すべての餓鬼は飢えと渇きに苦しんでいるが、この苦しみにも三つの段階がある。最初の段階は「無財餓鬼」というもので、いかなる栄養分も取ることができず、つねに飢えと渇きに苦しまねばならない。「少財餓鬼」というのが二番目の苦しみで、ときには不潔なものでも食べることができる。三番目の「有財餓鬼」は、ややましな餓鬼で、人間が投げ捨てた食べ物の残りや、仏像や祖先の位牌の前に供えた食べ物にあずかることができる。後の二つの餓鬼は、人間のことになにかと干渉してくる餓鬼と思われているだけに、なかなか興味深い。

近代科学がある種の病気の性質や原因について正確に解明するまでは、仏教を信ずる者は、そのような病気の症状を餓鬼にまつわる臆説《おくせつ》に頼っていた。たとえば、ある種の間歇《かんけつ》性《せい》の熱病は、餓鬼が人間の体内に栄養と体温を得ようとして入り込んだために起こったとされていた。最初は、餓鬼が寒くて体が冷えているために、患者は悪寒《おかん》で身が震え、やがて餓鬼の体がだんだん暖まってくると、人間の体から悪寒が抜け出て、次は燃えるような熱がでてくる。

入り込んだ餓鬼が満足しきって、人間の体から立ち去ると、人間の方の熱も冷める。しかし、またある日、最初に襲われたのと同じ時刻に、二度目の悪寒がして、餓鬼の再来を告げることもある。他の伝染病も同様に、餓鬼の仕業だというと、うまく説明がついたのである。

『正法念処経』では、三十六種類の餓鬼のほとんどが腐爛《ふらん》や疾病や死にかかわっているとされている。その他の餓鬼も、はっきりと虫けらと同一視されている。ある種の餓鬼とある種の虫とが、名前が同一ということはないけれど、その説明ぶりから、虫の生態が暗示されている。そして、民衆の迷信を知る者には、そのことがいっそう強く感じられる。「食香《じきけ》餓鬼」、「食血《じきけつ》餓鬼」、「食肉《じきにく》餓鬼」、「食唾《じきだ》餓鬼」、「食糞《じきふん》餓鬼」、「食毒《じきどく》餓鬼」、「食風《じきふ》餓鬼」、「食火《じきか》餓鬼」（飛んで火にいる夏の虫の類であろう）、「疾行《しっこう》餓鬼」（死骸を食って疫病を流行らせる餓鬼）、「熾燃《しねん》餓鬼」（鬼火となって、夜あらわれる餓鬼）、「鍼口《しんこう》餓鬼」（針のような口をした餓鬼）、「鑊身《かくしん》餓鬼」などの餓鬼の場合は、どうも説明はあいまいである。

しかし、次に抜粋するものは、少しも不明瞭なものではない。

食鬘《じきまん》餓鬼――特定の仏像の飾りになっている髪の毛だけを食べて生きる餓鬼。寺から財宝を盗んだ人間の来世の末路の姿を示している。

不浄巷陌《ふじょうこうひゃく》餓鬼――道路に落ちている汚いものだけを食べて生きる餓鬼。僧侶や尼や施しをすべき巡礼などに、腐った不衛生な食べ物を与えると、こうなる。

塚間住食熱《ちょうけんじゅうじきねつ》灰土餓鬼――火葬場の薪屑や墓石の破片を喰らう餓鬼。欲にかられて寺から掠め取ったものの霊魂が、このようになる。

樹中《じゅちゅう》餓鬼――樹木の中で生まれ、木目が生長するにつれて呵責を受ける餓鬼。この境遇は材木を売るために、日陰を恵んでくれていた木を切り倒した者への応報である。

墓地や寺の木を切り倒した者は、この樹中餓鬼に堕ちやすい。[1]

蛾、蠅、甲虫、毛虫、ウジ、その他不快な生き物たちは、以上のように書かれてきたのであるが、ある種の餓鬼は、虫けらと同一に見られてはいない。たとえば「食法《じきほう》餓鬼」というのがある。これなどは、どこかの寺で仏法の説教を聴いていなければ生きていられないという餓鬼である。説教を聴いている間は責め苦が楽になるが、そのほかのときは、えもいわれぬ激しい責め苦を受ける。この境涯には、ただ金儲けのためだけに仏法を説く僧侶や尼が、死後陥《おちい》りやすい。

またときとして、美しい人間の姿で現れる餓鬼もある。これは「欲色《よくしき》餓鬼」といって淫乱な餓鬼であるが、西洋の中世に見られたインキュバスやサッキュバスなどの男女の妖魔に相当する。この欲色餓鬼は自在に性の転換ができ、かつ自分の体の大きさも変えることができる。

これらの餓鬼を家から追い出すには、神聖な護符や呪文を用いるしか手はない。針の目より小さな穴でもすり抜けるからだ。若い男を誘惑するときには、美しい女の姿になり、しばしば酒の相手をしたり、踊り手となって酒宴の席にあらわれる。また女をたぶらかすときには、美しい若者に姿を変える。

この「欲色餓鬼」の境涯は、前世での色欲生活の結末であるとはいえ、その境涯についてまわる超自然の力というものは、邪悪なカルマといえども、それをもってしてもまったく打ち消すことができないほどの善行の結果なのである。しかし、この「欲色餓鬼」については、虫の姿にもなれる、とはっきり説かれている。通常は人間の姿になるのだが、動物にでもなんにでもなることができ、「どこへでも自由に飛んでいける」という。また、体を「人間に見えないほど小さく」縮めることもできるという。……すべての虫が、必ずしもみな餓鬼とはいえないが、ほとんどの餓鬼は、自分の目的に応じて虫の姿にもなれるのだ。

三

このような信仰は、今日のわれわれには奇怪に思われるが、昔の東洋人が虫を幽霊や悪鬼に結びつけて考えたのは、不自然なことではない。われわれの目に見える世界では、虫ほどすばらしくて神秘的な生きものはいない。ある虫の一生は、実際のところ、神話の夢をそのまま実現しているのだ。

原始時代の人々の心には、虫の変態さえも、神秘的に思われたに違いない。それは枯葉や花や草の茎などにもよく似ているから、非常に目ざとい人間の目をもってしても、なかなか見分けられないこともある。このような奇妙な生きものは、妖怪変化《へんげ》の類としか説明できないのではなかろうか。今日の昆虫学者にさえ、昆虫はもっとも不可解な生きものなのである。

昆虫学者によると、昆虫は生存競争で「最も成功した有機体」であり、その構造の精細さは、顕微鏡が使われ始めた時代以前においても、驚異に値する生命体といわれていた、どんな生物よりも優れていると認めざるをえないという。また昆虫の感覚は、その精密さにおいて、人間をはるかに凌《しの》いでおり、それに比べれば、人間なんぞは耳も聞こえず、目も見えないくらいの存在とすら言えるであろう。

それでも、昆虫の世界はなんとも謎が多く、絶望的にわかりがたい世界である。無限の複眼をもつ目の神秘や、それとつながっている視神経の秘密を、われわれに説明できる者がいるだろうか。あの驚異の眼は、物質の究極の構造をも見抜くことができるのであろうか。あの視力は、レントゲンのように不透明体を見通すことができるのであろうか（さもなければ、あの尾長蜂が堅い木を突き通して、木目の内部に潜む幼虫に達するように、産卵管を突き刺す狙いの正確さをどう説明したらよいのだろうか）。

また昆虫の胸、腿、膝、足にあるあの不可思議な耳——人間の聴覚の限界を超えて音を聴き取るあの耳は、一体何なのか。妖精のようなメロディを奏でるまでに進化した鳴音器官の構造。流れる水の上を歩くあの驚くべき足。ともしびに光を灯す蛍の化学——つまり、われわれの電気工学ではとうてい真似しようもない、冷たく美しい光を生み出す蛍の化学。

さらに、最近発見された比類のないほど繊細な器官——最も聡明な人たちでさえ、その性格を定義しかねているゆえに、いまだ命名されていない器官——そのような昆虫のもつ器官は、ある人が説いているように、人間の感覚では分からない磁気を目で見たり、光の匂いを嗅いだり、音を味わったりすることができるのであろうか。

昆虫についてわれわれが知っているごくわずかの知識からも、われわれは恐怖にも似た驚きに打ちのめされる。手でもある唇、目でもある角、錐でもある舌、一度に四方に動くまるで魔物のような口、生きたハサミとノコギリと掘削ポンプと曲り柄のついたドリル。人間の作ったもっとも精巧な、昆虫のもつ時計のゼンマイはがねの技巧をもってしても、人間技ではとても真似することのできない精妙な武器。

——このようなものを見て、昔の迷信はなにを想像しただろうか。実際、恐ろしい顔なしお化けの悪夢にうなされたり、白昼夢の美しさにのぼせあがることも、昆虫学に表われた驚嘆すべき事実からすれば、絵空事のように思われる。しかも、昆虫の美しさにはなにか妖怪めいた、不気味なものが漂っている。

四

餓鬼が存在するかどうかは別にして、死者が虫になるという東洋の信仰には、少なくとも多少の真理が含まれている。人間の死骸が、何百万年もの間繰り返しくりかえし、奇妙な形をした無数の生命を生み出すのに力を貸してきたというのは、疑いようがない。
しかし、私があの松林の下での瞑想中に抱いた疑問――つまり、現在の「行」と「思」が、われわれの来世における分化と再生とにどのように影響するのか――人間の行為自体が、人間の原子が造り直される形態をあらかじめ決定することができるのかどうか――についてては、今のところなんの解答も出ていない。私自身は疑問を抱いてはいるが、誰にもその答えは見つからないのである。

しかしながら、もしかりに宇宙の秩序が実際に仏教の教える通りだとしても、また私が現世での愚行のために来世で虫けらとなって生きる運命にあるとしても、その予言に関しては、私は少しも驚いたりはしない。この世には、思うだにおぞましい虫けらもいるにはいるが、きちんと自律し、高度に組織化され、尊敬に値する昆虫の境涯というものは、そんなに悪いものではない。

私などはむしろ、好奇心に胸躍らせて、甲虫やかげろうや蜻蛉《とんぼ》のもっているすばらしい複眼で、世の中を眺められる機会を得たいくらいである。実際、私がかげろうにでもなれば、三種の違った目をもち、いまの私には想像だにできない色彩の数々を楽しむことができるかもしれない。人間の時間を基準にすれば、私の虫の人生は短いかもしれない。――夏のたった一日が、私の虫としての人生の大半を占めることになるかもしれない。

しかしかげろうの意識からすれば、二、三分が一季節にも思えるだろう。そして、羽をつけた私の一日は、——思わぬ災難に見舞われさえしなければ——黄金の大気の中で、疲れることを知らぬ舞踊を楽しむ一日となるであろう。さらには、羽をつけた私は、飢えも渇きも感じないだろう——人間のような口も胃袋ももっていないのだから。私はまさに風を食べて生きるものとなったのだから……。

また私は、たとえかげろうほど霊妙な虫とはいえない蜻蛉の境涯に身をおいたとしても、少しも差支えはない。そうなれば、肉食類特有の飢えを感じつつ、獲物をあさりまわらねばならないかもしれない。しかし、激しい狩りの喜びの後には、孤独な思索にふけることもできるかもしれない。そのとき私は、私の体にどんな羽をつけているのだろうか——どんな目をしているだろうか。

……私はまた、アメンボウになり、水の上を楽しく走ったり、滑ったりすることもできるだろう——子どもたちが私を捕まえ、きれいな長い足をもぎ取らなければの話だが。

しかし私には、蟬になったほうがもっと楽しいように思える——大きな怠け者の蟬になり、風に揺らぐ木の上でのんびりと過しながら、露だけをすすり、明け方から日暮れまで歌い続けるのだ。もちろん、鷹や烏や雀に狙われる恐れもあるし、食肉虫のえじきになったり、いたずらっ子たちのもち竿に引っかかったりする危険性はある。

しかし、どんな生命にだって危険はあるはずだ。そんな危険があっても、私はギリシアの詩人アナクレオンが蟬を称えた詩の中で「おお、汝、土から生まれしものよ。歌を愛するものよ。世の苦しみを知らず、肉ありて血なきものよ。汝こそ、まさに神々に等しきものなり」と詠ったのは、真実に近いと思われる。

……実のところ、私はもう一度人間に生まれ変わることのみが、さほどの恩沢であるとはとうてい思われない。しかも、私がこんなふうに思い、こんなことを書きしるす行いが、私の来世における再生に必然的に影響を及ぼすものであるなら、そのとき、私に定められた次の境涯は、杉の木によじ登り、日差しを受けて、小さなシンバルを打ち鳴らす蟬か、あるいは、蓮池の清らかな静寂の中で、アメジストと黄金色の翼をきらめかせながら、音もなく飛びまわる蜻蛉に生まれ変わりたいものだ、と希っている。

1　次の話は、木の精に関する代表的なものである。

近江の国、愛知川村に住んでいた薩摩七左衛門という武士の庭に、たいそう古い榎《えのき》があった（一般に、榎は鬼の棲む木とされている）。昔からこの家の者は、この木の枝を切ったり、葉っぱをちぎったりしないよう気をつけていた。

しかし、強情な七左衛門は、ある日、この木を切ってしまおうと言い出した。その晩、七左衛門の母の夢枕に、恐ろしい妖怪が現れ、もし榎を切り倒したら、家中のものを殺してしまうと告げた。このことを七左衛門に話すと、せせら笑っただけで家臣に命じてその木を切り倒してしまった。

木が切り倒されるやいなや、七左衛門は気が狂ってしまった。数日間というもの、病状はひどく、ときおり「あの木が、あの木が、あの木が」とわめいた。榎が枝を手のように差し出して、七左衛門の体を引き裂こうとするというのだ。

そして、ついに七左衛門は狂い死にしてしまった。そのすぐあとに、妻も狂いだし、榎が自分を殺しにくるとわめきちらした。その妻も、恐れおののきながら死んでしまった。それから、次から次へと家中のものが、使用人も含めてことごとく狂い死にしてしまった。

その後、その家は長い間だれも住まず、庭に足を踏み入れようとするものすらいなかった。この薩摩家の娘で、この事件の起こる前に尼になり、慈訓という名で山城のある寺に仕えている者がいた。彼女を実家に呼び戻すために、迎えが送られた。

慈訓は、村人の願いでその家に戻り、死ぬまで住みつづけた。榎に宿っていた精のために、日々読経を欠かすことはなかった。慈訓がその家に住みついてからというもの、榎の精は鎮まった。この話は、俊行という僧が慈訓尼から直接聞いたものだという。

——Gaki (*Kottō*, 1902)

夜光るもの

月は、まだ昇っていなかった。しかし、広大な闇に無数の星くずがたぎるように瞬《またた》き、耿々《こうこう》と輝く銀河の橋をかけていた。風はなかった。なのに、海は見渡すかぎり炎のごとくさざ波を逆立てている。——冥界とはかくもあろうかと思われるような、怪しく美しい光景だった。さざめく波の頭だけが、きらきらと輝き、波間は、漆黒の闇である。

その眩《まばゆ》さは、息をのむばかりだった。波は蠟燭の炎のように黄色に燃えているが、なかには真紅の灯も見えた。そしてまた、藍《あい》色があり、橙《だいだい》色があり、翠緑《すいりょく》色の灯があった。目の前に広がる明滅は、水のうねりではなく、意志を持つものの動きのようであった。波の間に間に漂う異形の生きもの——冥界の闇の底に棲む無数の龍が、身をよじって悶《もだ》えているかのようであった。

この禍々《まがまが》しくも不気味な光を放っていたものは、まさしく生命体なのであった。しかし、その生命体はごく小さく、霊気のように微かではかない。果てしなく続く一面の水の上で、絶えまなく明滅を繰りかえしながら、つかのまの炎となり、燃えては消えてゆく。そのはるか上方の虚空では、夥《おびただ》しい星々の光が、さまざまな光の色を発して、かすかに律動していた。

大海原の光を眺めていると、私は不思議な気持ちになり、夢のようなことを考えはじめた。この光景は、夜の海の途方もない煌《きら》めきの中に現れた「究極の大霊」の姿ではないか。霊は私の頭上で消滅した過去の恐ろしい混沌を統合し、ふたたび水煙のように生命を燃え立たせている。そしてその下では、霊は迸《ほとばし》り出る流星や冷やかな炎のごとき星座や星雲に姿を変えて、蘇ったのではなかろうか。

そこまで考えてみて、私は気づいたのだ。この永遠の解体の流れの中で、太陽と星の何十億年という年月は、命つきた「夜光虫」の一瞬のきらめきよりも、はたしてどれだけ大きな意味があるのだろうかと。

そんな疑問を抱くうちに、私の幻想も変化していった。私が今目にしているのは、もはや炎のゆらめく古《いにしえ》の東洋の海ではなく、その幅と深さと高さとが、「永遠の夜」と一体となった海――岸辺も時間もない「生と死の大海」なのであった。幾百万の恒星から成っている、あの輝く霞《かすみ》のような銀河の架け橋さえ、「無限の潮」の流れの中で燻《くすぶ》っている波のひとうねりにすぎなかったのだ。

しかし、またもや、私の幻想は変化していった。私は、星屑の水煙のような波のうねりを見ているのではなかった。生きた闇が流れだし、私のまわりで無限の煌めきをうち震わせている姿を見ていたのだ。煌めきのひとつひとつは、心臓のように鼓動し、海の発光生物のように鮮かな色彩を放っていた。つづいてその光は、銀色に輝く光の糸のように、無限の神秘の中へと流れ去っていった……。

そのとき、この私自身も、この燐光の一点にほかならないことを知った——無尽の流れの中をたゆたいながら、私も一瞬だけ光を放つひとつの点なのであった。

私の心の流れが変わるたびに、私の発する光の色も変わった。あるときは紅玉《ルビー》色に光り、ある時は青玉《サファイア》色に輝く。そして黄玉《トパーズ》色の炎となるかと思えば、翠玉《エメラルド》の緑の炎となる。なぜ変わるのかは、私にもわからなかった。しかし、この世に生きているという生命への思いは、赤く燃え、天上への生命の思い——霊的に麗しい至福の思いは、藍《あい》色と紫色とを交互に織りなしながら、えもいわれぬ光の色を発して燃えているように思われた。

しかし、白い光はまったく見えなかった。私は驚いた。

すると、私に呼びかける声が聞こえた。

「白い光は、至上の色なのだ。何百億の色が混ざってできたものだ。白い光が燃え立つように手を貸すのが、おまえの役割なのだ。おまえの燃えさかる色こそが、おまえの値打ちというもの。おまえが燃えるのは、ほんのつかのまのことだが、おまえの鼓動する生命の光は、生きつづけてゆく。思考することで、おまえの思いの色が輝く瞬間に、おまえは神々を創る者となるのだ」

――Noctilucæ (*Shadowings*, 1900)

ひまわり――ロバートの思い出に

家の裏手にあるこんもりした森で、ロバートとぼくは妖精の輪《フェアリー・リング》[1]を捜していた。ロバートは八歳で、顔立ちの整った、とても頭のいい子だった。ぼくは七歳になったばかりで、ロバートをとても尊敬していた。

それは、みごとに晴れ上がった、光輝く八月のある日のこと。あたたかい空気は、松脂《まつやに》の甘く鼻を刺すような香りでいっぱいだった。ぼくたちは妖精の輪を見つけることができなかったけれど、草むらの中で、松ぼっくりをたくさん見つけた。

……ぼくはロバートに、ウェールズの昔話をした。

「一人の男がいてね、妖精の輪とは気づかずにその中で眠ってしまって、七年間も出てこられなかったんだって。友だちが魔法から救いだしたけれども、その男はそのとき食べることも、話すこともできなかったんだ」

「奴らは、松葉の先っぽしか食べないんだよ」とロバートが言った。

「奴らって？」とぼくは尋ねた。

「悪鬼《ゴブリン》のことさ」とロバートは答えた。

そうだったのかと驚いてしまった僕は、恐ろしくなって、黙りこんでしまった。……すると、ロバートがふいに叫んだ。

「竪琴弾《たてごとひ》きだ。竪琴弾きが、家の方にやってくるぞ」

ぼくたちは、竪琴を聴こうと丘をかけおりた。ところが、それはとんでもない竪琴弾きだった。絵本にでてくるような、威厳のある吟遊《ぎんゆう》詩人とはまったく違っていた。

顔は日に焼けて浅黒く、身体はがっちりとして、流れ者のように髪は乱れていた。しかめっ面の黒い眉の下の黒い両眼は、ギョロギョロとしていた。吟遊詩人というよりは、煉《れん》瓦《が》職人のように見えた。そのうえ、服の生地ときたら、厚地のコーデュロイだった。

「ウェールズ語で歌うのかな」とロバートがぼくにささやいた。

ぼくは彼の容貌にすごくがっかりして、言葉がでてこなかった。竪琴弾きは、竪琴（とてつもなく大きな楽器だ）を家の玄関の階段のところに立てかけた。それから、薄汚れた指で弦をかき鳴らして楽器の調子を合わせると、怒ったようななり声を上げて咳払いをして、歌い始めた。


信じておくれ、わたしを虜《とりこ》にするあなたの若い魅力が、

　今日、わたしがじっと見つめる愛《いと》しいあなたが、たとえいつの日か……2

竪琴弾きの口調といい、態度といい声といい、すべてにぼくはぞっとしてしまった。また、その耐えられないほどの歌いっぷりの下品さにもうちのめされてしまった。ぼくは叫びたくなった。

「おまえなんかが、その歌を歌っちゃいけないんだ！」どうしてかというと、ぼくの小さな世界で、一番大好きで、一番きれいな女《ひと》の唇からその歌が流れるのを聞いたことがあるからであった。

だから、こんな粗野で下卑《げび》た男がぼくの好きな歌を歌うなんて、あざ笑われているようで、くやしくて、怒りがこみあげてきた。でも、それはちょっとの間のことだった。

「今日」というところの音節を歌ったときに、低くぞっとするような彼の声が突然、なんとも言えぬやさしく震える声に変わった。それからは、驚くほど変化してゆき、大きなオルガンの低音のように豊かに鳴り響く調子になった。やがて、ぼくの胸は今まで感じたことのない感動でいっぱいになった。

　あいつはどんな魔法を覚えたんだろう？　このしかめっ面のさすらい人は、どんな秘密を知っているんだろう？……ああ、この世でこんな風に歌える者がほかにいるだろうか?……

そのうち、歌い手の姿が揺らいで、ぼくの眼の前でかすんで見えた。家も芝生も、視界の中にあるすべてのものが、ぼくの目の前で震え、ぐるぐると回りはじめた。ぼくは、まだこの竪琴弾きをわけもなく恐れていた。憎んでいたと言っていいくらいだった。それなのに、この男にこんなにも心を動かされてしまうとは。怒りと恥ずかしさで、頰《ほお》が赤くなるのを、ぼくは感じた。

「泣かされちゃったね」と、ロバートが同情したように言ったので、ぼくはさらにうろたえてしまった。竪琴弾きは、六ペンスをもらうと、前よりはふところがあたたかくなり、「ありがとう」も言わずに大股で歩き去って行った。

「でもね、あいつはジプシー[3]だと思うな。魔法も使うからね。……もう森にもどろうよ」

ぼくたちは、また、松林の方へと登って行った。そして、ところどころ木漏《こも》れ日が射している草の上にしゃがみこみ、町や海を眺めていた。けれど、さっきまでのようには遊べなくなってしまった。魔法の呪文が、ぼくらふたりに重くのしかかっていたからだ。

「あいつは、悪鬼《ゴブリン》だね」ぼくはとうとう思いきって口を開いた。「それとも妖精かな?」。

「ちがうね」とロバートが答えた。「ただのジプシーさ」。

「あいつが、ここまでやってきたらどうしよう?」ぼくはあたりの人気《ひとけ》のなさが、急に恐ろしくなって、息がとまりそうになった。

「あいつはやって来ないさ」とロバートが答えた。「陽のあるうちはね」。

*

わたしが七歳のときのこの体験を想い出したのは、つい昨日のことであった。わたしは、高田村[4]の近くで、われわれ西洋人がSun-flowerと呼ぶのとほぼ同じ意味の名前をもつ花、「ひまわり」を一輪見かけたのだ。「ひまわり」は陽の方に向くという意味である。すると、突然わたしに四十年の時空を超え、あのさすらいの竪琴弾きの声がよみがえってきたのであった。

陽が沈むとき、陽のかたへと面輪《おもわ》を向けるように、
陽が昇るとき、陽のかたへとかんばせをさし向ける、ひまわりよ[5]

ふたたび、わたしは遥かウェールズの森に射す木漏れ日を幻視《み》ていた。気がつくと、少女のような顔立ちの、金色の巻き毛のロバートが、わたしの傍らに立っている。あの時、わたしたちは妖精の輪を捜していた。

……けれど、ロバートの実在のすべては、「ずっと昔に海に召されて、尊い魂に変わっ

てしまっていた」[6]のであった。

「人たる者、友のためにおのが命を捨つること、これ以上に大いなる愛はなし」[7]

1　**妖精の輪**　妖精の踊りの輪の跡。あるいは妖精の国の入口のこと。

2　**信じておくれ……**　この二行の詩句は、アイルランド詩人トマス・ムアの詩（無題）からの引用。

3　**ジプシー**　漂泊している少数民族。ジプシーに関して、今日的視点から見ると、若干差別的表現が見られるので、訳出する上で少し削った箇所がある。「ジプシー」という言葉自体も、現代では通常使用を避けるべき名称であるが、作品上、お認めいただきたい。

4　**高田村**　現在の高田馬場附近のこと。この辺りをハーンはよく散歩したという。

5　**陽が沈むとき、……**　この二行の詩句もトマス・ムアの同一作品からの引用。

6　**「ずっと昔に……」**　シェイクスピアの戯曲『テンペスト』からの引用。従兄弟ロバートは、実際、海軍に入り、海に落ちた仲間を救おうとして溺死した。

7　**「人たる者、……」**『新約聖書』ヨハネ伝（第十五章十三節）からの引用。

——Hi-Mawari（*Kwaidan*, 1904）

解説――「怪談」からたどるハーンの人生と文学

池田雅之

ラフカディオ・ハーン（帰化名、小泉八雲。一八五〇～一九〇四）は、アメリカ時代と日本時代において、さまざまな文芸ジャンル（小説、随想、散文詩、紀行文、再話など）に挑みましたが、なんといっても、彼の作家としての本領は、本篇の怪談ものに代表される、物語作家としての語り口の巧みさと表現の簡潔さにあります。ハーンは根っからの物語作家、語り部といってよいでしょう。

そういう意味で、ハーン文学の最も良き美質は、伝承や説話や昔話に材を採り、それらをハーン一流の美意識で語り直した『怪談』や『骨董《こっとう》』などのいわゆる「再話」文学に求めることができます。

ハーンは日本の古ぼけて埋もれてしまった荒唐無稽《こうとうむけい》な伝説や仏教説話から、うずたかいほこりをていねいに払い落とし、その原石ともいうべき鉱脈を探り当て、みがきあげ、そこにあらたな言葉の生命《いのち》を吹きこみました。再話文学とは、元々、原典（オリジナル作品）があり、それをハーンという作家が、近代批判を織り交ぜながら自分流に語り直した文学形式のことです。ハーンの語り部としての才能は、このジャンルでいかんなく発揮されたといえます。

本アンソロジー、『新編　日本の怪談II』は、先行の『新編　日本の怪談』に収録できなかった再話作品を中心に集め、訳出したものです。ハーンのアメリカ時代から日本時代に至るまでの代表的な再話もの二十三篇を網羅し、自伝的内容の作品十四篇を加えた全三十七篇で、『新編　日本の怪談』と合わせて読めば、ハーンが生涯をかけて書きついでいった再話文学世界と彼の世界観、人生観が一望できるようになっています。ハーンの再話文学世界には、生涯一貫した愛や倫理のテーマが流れていたことに気づかれるでしょう。

たとえば、読者は、本篇の第三章に収めたアメリカ時代の「泉の乙女」や「鳥妻」を読めば、必ずや日本時代の「雪女」や「青柳ものがたり」や「お貞の話」（『新編　日本の怪談』に収録）を連想するにちがいありません。あるいは、同様にアメリカ時代の再話集、『中国怪異集』の「孟沂《もうぎ》の話」を読めば、本篇に収めた、日本時代の「伊藤則資の話」や「牡丹燈籠」と通い合う愛の幻想世界を感じとれるでしょう。同じく中国ものの「顔真卿《がんしんけい》の帰還」などを繙《ひもと》けば、すぐさま上田秋成の翻案ものである「菊花の契り」における男どうしの信と忠の世界を、繰り返し扱っているのに気づかされるにちがいありません。

このようにアメリカ時代と日本時代をつないで考えてみると、ハーンの再話文学世界には、生涯を貫くテーマがあったことがわかります。アメリカ時代の作品は九篇しか収められませんでしたが、日本時代の作品と比較しながら、その主題の生成発展ぶりを味わっていただくのがなによりと思います。そういう意味で、第三章「愛の伝説——アメリカ時代の「怪談」より」から読み始めて、第一章、第二章へと読み進めていただくのも、ひとつの読み方かと思います。

*

第一章、「妖怪たちの棲むところ」は『新編 日本の怪談』で収録できなかった話を九篇ほど集めて、収録しました。ほとんどすべての作品が仏教説話を素材にしたものといってよいのですが、ハーンの再話においては、説教臭い要素は少なく、怪奇性、神秘性を秘めた霊的世界の語り口の巧みさの方がきわだっています。ハーンが根っからの物語作家であるゆえんです。

「天狗の話」は、高潔な上人と修行僧に姿を変えた天狗との交渉と対決を描いていて、おもしろく読めます。しかし、上人と天狗の対立を信仰という観点からどう読み解いたらよいのか——そのあたりが読みどころでしょうが、ハーン自身も、作品解釈を読者にまかせているように思われます。そういう訳で、彼の再話文学の楽しみ方としては、作品の解釈や意味づけよりも、むしろストーリーテラーとしての巧みさに注目してほしいと思います。

本アンソロジーでも、やはりハーンの一番の傑作といわれる『怪談』や『骨董』などの再話作品から多くを採りました。その理由は、アメリカ時代の九篇の作品と比べてみるとよくわかると思いますが、ハーンの再話ものとして最高の到達点を示していると思われるからです。『怪談』をはじめとする再話作品が日本人の心や魂をよくとらえているという評価をしばしば耳にしますが、たしかにそのとおりだと思います。

またハーンの文学は、口承文芸《フォークロアー》の伝統を受け継ぐ「耳の文芸」であるともいわれています。ハーンの文学は、どちらかというと目に訴えかける視覚的な活字の文芸（近代文学）というより、昔ながらの聴く者の耳に訴えかける聴覚的な声と耳の文芸といえます。口承文芸《フォークロアー》とは、語り手の口と聴き手の耳との共振・共鳴作用によってはじめて成り立つ言語空間といってよいでしょう。ハーンは、その意味において、近代における口承文芸の正統な嫡子といえます。皮肉なことですが、彼の目の悪さ（左眼は失明しており、右眼も視力がかなり弱かった）と耳のさとさ、それに日本語が読めなかったことなどが、耳の文芸であるハーンの再話ものの創作には、幸いしたといえます。

私が『怪談』『骨董』をはじめとするハーンの再話文学を評価するもう一つの理由は、これらの作品集が他に典拠をあおぐ語り直しの文学＝再話であるとはいいながらも、実はハーンが自己をさりげなく語っている自伝的な作品ではないかと思っているからです。

私は、『怪談』などは一種の自伝文学ではないかという仮説を立てています。それも、他の作品（原典）を出しにして、自己の内面と来歴をひそやかに語りなす自伝文学ではなかろうかと。

たとえば、『新編 日本の怪談』に収録した「おしどり」や「お貞の話」、あるいは「雪女」や「青柳ものがたり」を読んで、ハーンの、節子との夫婦愛や薄幸な生い立ち、あるいは実母との生き別れを思い浮かべぬ読者はいないのではないでしょうか。また『怪談』の冒頭に置かれた「耳なし芳一」という作品を読めば、霊界と現世を行き来する芳一という存在は、ハーンという存在と一つに重なります。目の見えぬ琵琶奏者の芳一は、ハーン自身の自画像ではないかと思われるのです。

あるいは、別名「のっぺらぼう」という呼び名で知られている「むじな」という不思議な小品も、ハーンが幼年期に見た〈顔なしお化け〉体験（この体験は第四章の「私の守護天使」に克明につづられている）が元になっていると考えられます。このようにして一作一作深読みしてゆくと、そこからハーンの実人生の痛切な体験や原風景が立ち昇ってくるのが感じられるのです。

私たちが作品《フィクション》とハーンの人生とを分けて考えようとしても、明らかに作品は、ハーンという存在に起こった、深刻で切実な何事かを語りかけてくるのです。彼の作品の中でも、怪談ものの再話文学の評価が高いのは、平明で切りつめた文体の妙にあるとはいえ、実はハーンが『怪談』をはじめとする再話文学において、ひそやかに、しかもきわめて巧妙自在に自己の内面の吐露をしているからではなかろうかと考えています。つまり、『怪談』というハーン文学の頂点に立つ作品群は、彼の自伝的要素を多分に秘めた仮面の告白となっているように思われるのです。

だいぶ横道にそれてしまいました。作品の説明に戻りましょう。

「普賢菩薩の伝説」も、単純な解釈を許さない作品といえるでしょうが、まずは語り口を楽しんでいただきたいと思います。ハーンの再話には珍しく、遊女が登場する話ですが、お坊様が色里で遊女の歌と鼓に聞きほれて目をつぶると、その女は普賢菩薩に変化《へんげ》していたという話です。現実と夢想のあわいの世界、俗と聖とが一瞬にして入れ替わる人間の心の模様、その動きを描いていると思われますが、解釈は、読者に委ねたいと思います。

「弁天の感応」も実に不思議な霊的世界の話です。主人公の梅秀と一人の美しい娘との恋を、弁天様が（霊的にも現実的にも）成就させてあげるという話です。「鮫人の恩返し」は、人間の藤太郎が、海の精、鮫人の援助を受けて、少女との結婚へのゴールを果たす話です。「ひと目惚れ」と「恋のやまい」といったテーマは、ハーンの作品に繰り返し現われる愛のテーマです。

「食人鬼《じきにんき》」は、人間の死体を貪《むさぼ》り喰う妖怪が、夢窓国師《むそうこくし》という高名な僧の施餓鬼《せがき》供養で成仏するという話です。「女の死体にまたがった男」も、何とも恐ろしい話です。理不尽に離縁され亡くなった女の亡霊が、その恨みつらみを夫に向かって晴らそうとします。そのとき、夫はどういう行動を起こしたでしょうか。そして女は、いかにして成仏したのでしょうか。死霊となった人間の霊魂は、私たち生きている者に何を語りかけようとしているのでしょうか。そんなことを考えさせる恐い怪談です。

「いつもよくあること」は、死んだ者が死者の世界から舞い戻り、寺で自分の供養のためにお経をあげ、木魚を叩いているという不気味な話です。寺の留守をあずかる尼さんによると、死んだ人の霊が戻ってくるのは「いつもよくあること」だというのです。

「閻魔大王の法廷にて」は、衣女《きぬじょ》という同じ名をもつ二人の少女の物語で、肉体と魂の分離と合体、夢と現《うつつ》の行き来を描いたゴーストリーな作品です。怪談ものでは珍しくハッピーエンディングを迎えます。ハーンお得意の肉体と魂の分離と合体のテーマです。

＊

本書の編集意図は、物語作家としてのハーンのゴーストリーな世界の醍醐味を満喫していただくことにあります。

第二章の「蓬莱幻想《ほうらい》」は、ハーンが日本を桃源郷に見立てた「蓬萊」と「浦島伝説」を冒頭におき、「天の川叙情」と「牡丹燈籠」を加えてみました。この章では、ハーンのユートピアと愛の幻想世界が描かれているといってよいでしょう。しかし、ハーンが古き日本を一つのユートピア、蓬莱の国と見立てたからといって、すべてが結構ずくめで永遠の理想世界でないことは、作品を読めば一目瞭然です。

ハーンには、作家として言葉の芸術家《ワード・ペインター》としての自負が若い頃からありましたので、とりわけ「蓬萊」という小品は、ハーンが追求してきた散文詩の到達点を示す一幅の絵画のような美しい作品です。この絶唱といえる散文詩からハーン特有の近代西洋批判を読み取ることができますが、そんな意味の追求というより、まず一幅の言葉の絵として鑑賞していただければと思います。

「浦島伝説」も実に美しい散文ですが、「夏の日の夢」（『東の国から』Out of the East, 1895）から抜粋したものです。「天の川叙情」は再話というよりは、七夕祭の故事来歴をつづった散文ですが、意外と知られていないので、抄録ですが紹介してみました。「倩女《せんじょ》の話」は女性の肉体から魂が遊離し、恋する男性と逃避行をした後、生家に残してきた肉体のもとに帰っていく霊的な話です。霊魂と肉体の分離と合体のテーマは、第一章「閻魔大王の法廷にて」のほか、「菊花の契り」「妖怪のうた」の中の「離魂病」（『新編 日本の怪談』に収録）にも共通しています。

ハーンの死霊とのつかの間の愛のユートピアは、最後の二篇、「伊藤則資《のりすけ》の話」「牡丹燈籠」において鮮烈に描かれています。この二作の亡霊との愛の幻想世界は、アメリカ時代の「孟沂《もうぎ》の話」の系譜を受け継ぐ主題の展開です。この日本時代の作品とアメリカ時代に書かれた三篇は、ほとんど同一の愛のテーマを扱っており、物語作家としてのハーンの力量が発揮されやすい話筋であるといえます。

「牡丹燈籠」は円朝の同題の人情話として有名ですが、元々は中国種《だね》のものを日本風に焼き直したものです。原題は「恋の因果」(A Passionate Karma) ですが、なじみのある円朝の方のタイトルを採用しました。円朝の人情話風の通俗的な語り口と比べてみると、ハーンの物語作家としての倫理性と美意識がきわだっているように思われます。

*

ハーンは、再話という語りの形式と仏教の輪廻《りんね》思想などを借りて、人間の心や魂とは何か、また目に見えぬ霊的世界とは何か、を私たちに問いかけようとしたモラリスト作家であるといえます。

ハーンの再話文学は、男女の愛、人間の信義、自然や生きものとの共生、美神(美なるものや女性)と芸術家(ハーン自身でもある)の魂などを主なテーマにしています。そして、それらのテーマを再話文学というきわめてマイナーな文学空間において、過不足なく、くっきりと簡潔に表現しているといえます。

ハーンは、今さら言う必要もありませんが、いわゆるお化け作家などではないのです。読後に、怪談話でありながら、一種のカタルシスや清涼感にも似た感覚を味わうのは、ハーン作品の根底に、彼一流の美意識と倫理観とが脈打っているからにほかなりません。

今回、ハーンの作品をあらたに訳し直してみて、古くさい道徳観や退廃的な美意識を感じるというよりも、むしろ孔子的な身を厳しく律する倫理性のつよさと美しさと同時に、老子的な自然観にうかがえるような心の自在さを、その語り口から感じ取ることができました。孔子や老子の名前を出すと意外の感を抱かれる読者もおられるかと思いますが、ハーンの文学者としての骨格には、こうした倫理性と美への求道《ぐどう》と魂の闊達《かったつ》なうごきとでもいうべき要素が、ないまぜになっているような気がしてなりません。この辺にも、彼の『怪談』をはじめとする再話ものが、二十一世紀にあらたに読み直されている根拠があるように思われます。

*

第三章「愛の伝説」の九篇は、日本時代の怪談ものの背景をより深く理解してもらおうと、アメリカ時代の『異文学遺聞』（Stray Leaves From Strange Literature, 1884）と『中国怪異集』（Some Chinese Ghosts, 1887）の二冊の再話集から訳出しました。『異文学遺聞』は、ハーン三十四歳、ニューオリンズ時代に刊行された最初の再話作品集です。世界各地の神話や伝説を再話化したもので、全部で二十七篇を収めています。

「泉の乙女」と「鳥妻」は、それぞれ南太平洋（ポリネシア）とイヌイットの伝説を再話化した作品です。この二話は、昔話によくある異類婚姻譚（動物や精霊が人間の女に姿を変え、人間の男性と結ばれる話）ですが、先にも述べたとおり、日本時代の「雪女」と「青柳ものがたり」の愛と裏切りのテーマに発展してゆく再話です。しかし「鳥妻」でも同様ですが、この「泉の乙女」においては、日本時代の作品と違って、人間や怪異の心や魂を描くというより、超自然の力や抑制のきかぬ人間の激情や思いを描くことの方に、若い頃のハーンの関心と主題が置かれていたように思われます。人間の側から見ると、二話とも人間が異界の女たちの魔性の美しさに幻惑されていく悲劇を描いているようにも読めます。

「最初の音楽家」は『カレワラ』（フィンランドの叙事詩）から採られた、ひときわ美しい作品です。英雄ワイナモイネンの神から授かった音楽が、聴くものすべてに涙を流させずにおかないという聖なる音楽誕生の話です。音楽と詩歌の発生、自然と人間の共生、神の恩寵《おんちょう》と音楽のかかわりを、神話的な語り口で描いた作品といえます。これは「歌の才によって呪われた」存在である「草雲雀《ひばり》」や「耳なし芳一」という日本時代の芸術家の魂と宿命を語った作品に引き継がれ、発展してゆくハーンの生涯の主題といえます。

「愛の伝説」はイスラム教国の物語で、アラビアものの断片に、スタンダール風の『恋愛論』をまぶした再話といえます。イスラム教徒の若者とキリスト教徒の娘との悲恋を描いた作品でありますが、死によってもたらされる二人の愛の成就と永遠の愛を主題にしています。そのプラトニックな愛の激しさによって、信仰の違いを超越してゆくという愛のテーマが、謳《うた》いあげられています。

「愛の伝説」のように、天上界へと導かれてゆく男女の究極の愛のかたちを描いた作品があるかと思えば、天上の女神が地上の人間のもとへと降りてくる愛のかたちを描いた作品もあります。「天女バカワリ」がそうです。この話はインド文学・仏教文学に属する物語であり、ヒンドゥーの女神バカワリが、人間タジュル・ムルクのために地上に生まれ変わることを選択するという恋物語です。神と人間の聖婚譚は、先の「愛の伝説」とは違い、ハッピーエンドで終わっています。以上の五篇は、ハーンの第一再話作品集『異文学遺聞』から訳出した作品です。

次の「大鐘の霊」「孟沂の話」「織女《ちにゅう》の伝説」「顔真卿の帰還」の四篇は、ハーンの第二再話集の『中国怪異集』から訳出しました。「大鐘の霊」は、可愛《こんない》という美しい娘が、父親関由のために一命を捨てるという、何とも哀切極まりない悲話です。初期の再話もので は完成度の高い作品ですが、父母への孝養を称《たた》える儒教思想に基づいた物語です。「孟沂の話」は、初期のハーンらしくきらびやかな文体で描かれていますが、日本時代の怪異や幽霊への愛のテーマにつながる秀作です。「織女の話」も美しくも哀しい愛の物語といえます。主人公の董永と天女織女は結ばれ、子どもをもうけますが、別れの時が突然やって来ます。木下順二の「夕鶴」を彷彿《ほうふつ》とさせる作品ですが、人間と異界のものとの婚姻譚のテーマは、日本時代の「雪女」や「青柳ものがたり」に受け継がれていきます。

目上の者に対する自己犠牲や忠誠心というテーマは、「顔真卿の帰還」にも通じるものです。「顔真卿の帰還」は皇帝への忠誠と霊魂の不滅を描いていますが、日本時代の「菊花の契り」（『新編 日本の怪談』）における兄弟間の約束とその信義を問う主題とも響き合うものがあります。死をも超越した人間の信と義も、ハーンの大切な文学的テーマでした。本書の最後に収録した「ひまわり」にも、ハーン特有の自己犠牲のテーマが鳴り響いています。

＊

第四章には「さまよえる魂のうた――自伝的作品より」という章題を立てて、ハーンの自伝的な作品を収録してみました。ハーンの生い立ち、『怪談』の原点となるお化け体験、晩年の心象風景などをしるした十四篇の詩的散文を味わっていただきたいと思います。

後半に、いわゆる自伝的作品以外で、ハーンの世界観や人生観がつぶさに伝わってくる七篇の作品を加えてみました。これらの七篇も散文詩のようにとても美しい作品といえますが、再話作品の背景には、こうしたハーンの人生哲学が流れていたことを知ってほしいと思います。

晩年、ハーンは自伝的な作品を書き残そうとしていたようです。その試みのうちの数篇（「私の守護天使」「偶像崇拝」「星たち」など）が残っていますので、訳出してみました。いわゆる自伝的作品というかたちで五、六篇の遺稿が残されたわけですが、五十四歳（一九〇四年）で急逝したため、まとまった自伝にまでは稿をふくらませることができなかったようです。

いわゆる自伝的作品の中でも「私の守護天使」は、ハーン文学の原点、物語作家としての出発点を考える上で逸することのできないきわめて重要な作品です。「私の守護天使」はハーンの五、六歳頃の回想記で、〈顔なしお化け〉を実見した恐怖体験が描かれていま す。私はこの深刻な幼年期の体験が、後年、『怪談』の中の「むじな」に発展したと考えています。ぜひ「私の守護天使」と「むじな」を読み比べていただければと思います。

「夢魔《むま》の感触」も、重要な作品といえます。これは五歳児だったハーンのお化け体験を生々しく記録した作品です。この幼年期の恐怖体験も、『怪談』や東大での名講義「文学における超自然的なるもの」を生み出す素地となったと考えられます。

私は「私の守護天使」と私は「私の守護天使」と「夢魔の感触」の二篇に「偶像崇拝」と「ゴシックの恐怖」の二篇を加えると、ハーンのきわめて精神的に不安定であった薄幸な幼年期の、原風景がほぼ立ち現われてくると考えています。一方、「星たち」は無一文でアメリカに渡った一九歳頃の回想ですが、ハーンの天性の明るさが感じられる好短篇です。

アメリカ時代の「幽霊」も、ハーンの内面的告白をしるしたきわめて重要な散文詩といえます。一八九〇年四月四日の来日を予告しているような作品です。

「永遠の憑きもの」は、幻想作家ハーンに取り憑いてやまない「精霊」の存在について吐露したものです。ハーンの怪談ものに登場する女性たちは、みな彼の内なる永遠の女性、永遠の憑きものとしての精霊たちであったことが理解できるのではないでしょうか。

虫や生きものや自然をテーマに扱った作品に限っていえば、『骨董』（一九〇二）の「露のひとしずく」「草雲雀」「餓鬼」の三篇が、その頂点にあると考えられますので、本篇に収録しました。

＊

第四章では、ハーンの自伝的ではありながらも、瞑想的な作品群を収録しました。彼のアニミズム的な自然観、仏教的生命観がよりよく伝わってくる作品は、何といっても「露のひとしずく」でしょう。書斎の竹格子に震えながらかかっている露の玉を眺めながら、ハーンは「露の命」という仏教の語に思いをひそめ、命あるもののはかなさと、その脈々とした生命のいとなみの永遠性について瞑想しています。

その生命の流れの中で、人間の「人格」とか「個性」とはいったい何であるのか。そんなものは一つの「幻影」に過ぎず、存在するのはただ無窮の生命だけである。生あるものたちはすべて、生命の戦慄の「影」に過ぎない、とハーンは観ずるのです。そして、その「影」を造るもののみが、永遠に生命を産み出すものである、としめくくっています。

ここにあるハーンの考え方は、ハーンの生へのニヒリズムや死の肯定などではなく、無限の生命のいとなみへの一つの達観、いや讃歌といってもよいのではないでしょうか。

「草雲雀《くさひばり》」は、ハーンの言語芸術家として人生観を吐露した、文句なしに傑作といえる作品です。ハーンの命あるものとの共感共苦ならぬ共苦共生の考え方が表明され、「万物は一《いっ》なり」（All is One）という仏教的思想が打ち出されています。しかし、作品のトーンは悲痛で重々しいものです。冒頭に「一寸の虫にも五分の魂」という日本の諺《ことわざ》をかかげていますが、この魂の絶唱ともいえる作品は、虫の魂とハーン自身の霊魂とを重ね合わせて描いています。

草雲雀という、ハーンにとっては自分の分身とも思える霊的な虫が、みずから歌うために自分の脚を食いちぎってしまいます。そのことに、ハーンは深く心を痛めています。しかし、その虫が飢えておのれの足を食い尽くしたとはいえ、それは歌うという天分を授かったものにとっては、最悪の不幸とはいいきれないのではないか、とハーンは考えなおすのです。そして、「世の中には、歌うためなら自分の心臓を食らう人間の蟋蟀《こおろぎ》もいるのだから」と結んでいます。

この一節は、虫に仮託して芸術家としてのハーンが自分自身のことを語っているのです。何か彼の暗い宿命めいたものを感じさせる作品です。ハーンは創作を続けることに身を削るような苛酷な運命を一身に引き受けており、それが彼の近い「死」をにおわせています。

不思議といえば、「夢を喰《くら》うもの」と「玉の物語」（原題は「病理学上のこと」）の二篇はとりわけ不思議な作品です。前者は、ハーン個人の幽体離脱、臨死体験を暗示しているような作品ですが、獏《ばく》との対話を通して、「自我」という自意識を超越しようとするハーンの心の動きを感じ取ることができるでしょう。後者は玉という猫の観察記録といってしまえばそれまでだが、なぜハーンがこんなにも猫の心の闇の世界に降りていくことができるのか、本当に不思議です。

「餓鬼」は「草雲雀」と同様に、ハーンの死が差し迫っていることを予感させますが、「草雲雀」と比べると、だいぶユーモラスな空想を楽しんでいる様子がうかがえます。とくに結末では、蟬や蜻蛉《とんぼ》に生まれ変わりたいなどと書いているハーンは、不思議な人であるばかりか、本当に楽しい人物のようにも思われ、彼に親しみがいっそうわいてきます。

「夜光るもの」は、海の小生物である夜光虫が発する「光」をテーマにした実に美しい作品です。焼津の海での瞑想から生まれた珠玉の散文詩といえましょう。ハーンは水泳が得意で、晩年の東京時代には、毎夏のように子供たちと共に焼津に出かけました。そして、夜の焼津の海を泳ぐことがしばしばあったようです。その体験が幸運なことに、ハーンに晩年の〈焼津もの〉といわれる五、六篇の名品を書かせることになりました。

「夜光るもの」とは夜光虫を指しているだけではなく、ハーンの内面の中心的なヴィジョン、啓示を表す一条の「光」となっている点に注目していただきたいと思います。その「光」は精霊《しょうりょう》送りの灯籠《とうろう》の「灯《ともしび》」へと変化してゆきますが、ハーンにとって、海の中の「光」は、生命の光であり、未来の暗示であり、格別な象徴性をもっていたといえます。

さらにいえば、海の「光」とは、ハーン自身を照らし出し、導く「光」でもあったといえます。

この作品では、ハーンはみずからを夜光虫になぞらえています。彼自身、「大霊の海」の中で多彩な光を発し、人類未来の「思想の灯」となろうとするのです。さらに思索の旅を続けることによって、「おまえは神々を創る者となるのだ」、という啓示を、ハーンは得るのです。その啓示は、芸術家としての使命の自覚につながる言葉となっています。「万物は一《いっ》なり」と観じ、海やほかの生命体との一体感を、ハーンは求めていたのです。ハーンは、宇宙的な瞑想を散文詩やエッセイとして紡ぐうちに、仏教的な言葉で表現すれば、「万象帰一《ばんしょうきいつ》」と「安心立命《あんじんりゅうめい》」という境地に辿り着いたといえるのではないでしょうか。

先にも紹介した「餓鬼」は、ハーン自身の実に驚くべき神秘的な体験を伝えています。この作品からは、ハーンの自然や宇宙との一体感、万物同根、つまり「万物は一なり」という思想がうかがえます。彼は、風のざわめきと波のうねり、ゆらめくものの影ときらめく太陽、さらには緑なす大地の静寂と自分は、一体であることを感じ取っているのです。そして、彼は今までにない不思議な至福感に満たされて、「この世に始まりなどなかったし、終わりもないはずだ」と確信するに至るのです。

この確信は、一つの悟り、「安心立命」の世界といってもよい、ハーンの晩年の晴朗な境地であったのではないでしょうか。ハーンのこの「この世には始まりはなく、終わりもない」という意識は、T・S・エリオットの代表的詩集『四つの四重奏』の有名な「現在の時も過去の時も、おそらく共に未来の時の中に存在し、未来の時は過去の時の中に含まれる」という詩句を、すぐにも私に思い出させます。そしてハーン自身も、この超越的循環的な時間意識の中で、蜻蛉《とんぼ》や蟋蟀《こおろぎ》や蟹《かに》でさえ、みな自分の兄弟、姉妹であると直感するのです。この「餓鬼」の一節には、ハーンの晩年の境地があるのではなかろうかと思います。

このアンソロジーの最後を飾る作品として、『怪談』の中でも異質で自伝的な内容をもつ「ひまわり」を収めました。ハーンが現在の高田馬場付近を妻の節さんと散歩していると、ひまわりの花を見つけます。これをきっかけにして、ハーンは少年期のロバートとの思い出を語りはじめます。従兄のロバートとは、長じてから友を救うために一命を捧げた人物です。自己犠牲の美しさ尊さを讃えて作品は終わっていますが、実に切なく胸に迫ってくる作品です。

この作品では、ハーンが封印していた母の面影や少年期の思い出が、いっきにハーンの晩年に甦ってきた感じを受けます。ハーンはこの作品で、自分の幼年・少年期の悲惨な体験と和解を果たしたのでしょうか。

ハーン文学の達成とは、人間の究極のあり方、心や魂の理想的で調和に満ちた状態を描くことにあったのではないか、と私は思っています。晩年のハーン文学のこうしたヴィジョンの提示に、私たちは未来文明を考える上でのヒントや次世代へのメッセージを見いだす思いがするのです。

本訳書はちくま文庫版の『妖怪・妖精譚』『虫の音楽家』『さまよえる魂のうた』三巻の小泉八雲コレクションが絶版となったので、先の角川版『新篇 日本の怪談』に未収録の再話作品と自伝的作品を中心に新たに全面的に改訳し、編集し直したものであることをおことわりしておきます。「ルビ」をあえて多用したのは、高学年の小学生、中学生にも読んでもらいたいという訳者の願いからです。「ルビ」によって、日本語の語彙《ごい》の豊かさ、言霊《ことだま》の響きを味わってもらえたら嬉しいです。

令和元年（二〇一九年）、五月一日

本書は、二〇〇四〜〇五年に筑摩書房より刊行された『妖怪・妖精譚』『さまよえる魂のうた』『虫の音楽家』(ちくま文庫、小泉八雲コレクション)から、『新編 日本の怪談』(角川ソフィア文庫、二〇〇五年)に未収録の「怪談」や自伝的作品に関する三十五編を選び、大幅に改訳のうえ、訳し下ろし二篇(「いつもよくあること」「閻魔大王の法廷にて」)を加え新編集したものです。

新編《しんぺん》

日本《にほん》の怪談《かいだん》 II

ラフカディオ・ハーン　池田雅之《いけだまさゆき》＝編訳

令和元年 6月25日　初版発行
令和7年 6月5日　6版発行

発行者●山下直久

発行●株式会社KADOKAWA
〒102-8177　東京都千代田区富士見2-13-3
電話　0570-002-301(ナビダイヤル)

角川文庫 21684

印刷所●株式会社KADOKAWA
製本所●株式会社KADOKAWA

表紙画●和田三造

◎本書の無断複製(コピー、スキャン、デジタル化等)並びに無断複製物の譲渡および配信は、著作権法上での例外を除き禁じられています。また、本書を代行業者等の第三者に依頼して複製する行為は、たとえ個人や家庭内での利用であっても一切認められておりません。
◎定価はカバーに表示してあります。

●お問い合わせ
https://www.kadokawa.co.jp/ (「お問い合わせ」へお進みください)
※内容によっては、お答えできない場合があります。
※サポートは日本国内のみとさせていただきます。
※Japanese text only

©Masayuki Ikeda 2004, 2005, 2019　Printed in Japan
ISBN 978-4-04-400485-9　C0197

角川文庫発刊に際して

角　川　源　義

第二次世界大戦の敗北は、軍事力の敗北であった以上に、私たちの若い文化力の敗退であった。私たちの文化が戦争に対して如何に無力であり、単なるあだ花に過ぎなかったかを、私たちは身を以て体験し痛感した。西洋近代文化の摂取にとって、明治以後八十年の歳月は決して短かすぎたとは言えない。にもかかわらず、近代文化の伝統を確立し、自由な批判と柔軟な良識に富む文化層として自らを形成することに私たちは失敗して来た。そしてこれは、各層への文化の普及滲透を任務とする出版人の責任でもあった。

一九四五年以来、私たちは再び振出しに戻り、第一歩から踏み出すことを余儀なくされた。これは大きな不幸ではあるが、反面、これまでの混沌・未熟・歪曲の中にあった我が国の文化に秩序と確たる基礎を齎らすためには絶好の機会でもある。角川書店は、このような祖国の文化的危機にあたり、微力をも顧みず再建の礎石たるべき抱負と決意とをもって出発したが、ここに創立以来の念願を果すべく角川文庫を発刊する。これまで刊行されたあらゆる全集叢書文庫類の長所と短所とを検討し、古今東西の不朽の典籍を、良心的編集のもとに、廉価に、そして書架にふさわしい美本として、多くのひとびとに提供しようとする。しかし私たちは徒らに百科全書的な知識のジレッタントを作ることを目的とせず、あくまで祖国の文化に秩序と再建への道を示し、この文庫を角川書店の栄ある事業として、今後永久に継続発展せしめ、学芸と教養との殿堂として大成せんことを期したい。多くの読書子の愛情ある忠言と支持とによって、この希望と抱負とを完遂せしめられんことを願う。

一九四九年五月三日

角川ソフィア文庫ベストセラー

新編 日本の怪談
ラフカディオ・ハーン
訳／池田雅之

「幽霊滝の伝説」「ちんちん小袴」「耳無し芳一」ほか、馴染み深い日本の怪談四二編を叙情あふれる新訳で紹介。小学校高学年程度から楽しめ、朗読や読み聞かせにも最適。ハーンの再話文学を探求する決定版！

新編 日本の面影
ラフカディオ・ハーン
訳／池田雅之

日本の人びとと風物を印象的に描いたハーンの代表作『知られぬ日本の面影』を新編集。「神々の国の首都」「日本人の微笑」ほか、アニミスティックな文学世界や世界観、日本への想いを伝える一一編を新訳収録。

新編 日本の面影 Ⅱ
ラフカディオ・ハーン
訳／池田雅之

代表作『知られぬ日本の面影』を新編集する、詩情豊かな新訳第二弾。「鎌倉・江ノ島詣で」「八重垣神社」「美保関にて」「二つの珍しい祭日」ほか、ハーンの描く、失われゆく美しい日本の姿を感じる一〇編。

猫たちの舞踏会
エリオットとミュージカル「キャッツ」
池田雅之

世界中で愛されている奇跡のミュージカル「キャッツ」。ノーベル文学賞詩人の原作者・エリオットがちりばめた、言葉遊びや造語を読み解きながら、幸せ探しの旅をたどる。猫たちのプロフィールとイラスト付き。

新版 古事記物語
鈴木三重吉

大正に創刊され、児童文学運動の魁となった児童雑誌「赤い鳥」に掲載された歴史童話。愛する妻イザナミを探すイザナギの物語「女神の死」をはじめ、日本の神話世界や天皇の事績をわかりやすい文体で紹介。

角川ソフィア文庫ベストセラー

アラビアンナイト
バートン版　千夜一夜物語拾遺
大場正史＝訳

世紀を超えて語りつがれ、人々の胸を躍らせてきた、夢とロマンスと冒険の絢爛豪華なファンタジー。最も親しまれてきた「アラジン」「アリ・ババ」の物語を含む拾遺集。長大な本篇への入門書としても最適！

世界の名作を読む
海外文学講義
工藤庸子・池内　紀・柴田元幸・沼野充義

『罪と罰』『ボヴァリー夫人』などの大作から、チェーホフやカフカ、メルヴィルの短篇まで。フィクションを読む技法と愉しみを知りつくした四人が贈る、海外文学への招待。原典の新訳・名訳を交えた決定版！

日本の民俗　祭りと芸能
芳賀日出男

写真家として、日本のみならず世界の祭りや民俗芸能の取材を続ける第一人者、芳賀日出男。昭和から平成へと変貌する日本の姿を民俗学的視点で捉えた、貴重な写真と伝承の数々。記念碑的大作を初文庫化！

日本の民俗　暮らしと生業
芳賀日出男

日本という国と文化をかたち作ってきた、様々な生業と暮らしの人生儀礼。折口信夫に学び、宮本常一と旅した眼と耳で、全国を巡り失われゆく伝統を捉えた、民俗写真家・芳賀日出男のフィールドワークの結晶。

写真で辿る折口信夫の古代
芳賀日出男

『古代研究』から『身毒丸』そして『死者の書』まで――折口信夫が生涯をかけて探し求めてきた「古代」の世界がオールカラーで蘇る。民俗写真の第一人者が七〇年の歳月をかけて撮り続けた集大成！

角川ソフィア文庫ベストセラー

日本再発見
芸術風土記

岡本太郎

人間の生活があるところ、どこでも第一級の芸術があり得る――。秋田、岩手、京都、大阪、出雲、四国、長崎を歩き、各地の風土に失われた原始日本の面影を見いだしていく太郎の旅。著者撮影の写真を完全収録。

神秘日本

岡本太郎

人々が高度経済成長に沸くころ、太郎の眼差しは日本の奥地へと向けられていた。恐山、津軽、出羽三山、広島、熊野、高野山を経て、京都の密教寺院へ――。現代日本人を根底で動かす「神秘」の実像を探る旅。

江戸化物草紙

編/アダム・カバット

江戸時代に人気を博した妖怪漫画「草双紙」。豆腐小僧に見越し入道、ろくろ首にももんじい――今やお馴染みの化物たちが大暴れ！ 歌川国芳ら人気絵師たちによる代表的な五作と、豪華執筆陣による解説を収録。

日本の家

中川武

四季や習俗と共に生きてきた日本人。その知恵や美意識が込められた伝統的な住宅建築の真髄とは？ 歴史や変遷、計算された構造を紐解きながら、美しい写真とともに世界が憧れた日本建築の全てをたどる。

家紋の話

泡坂妻夫

「紋」に魅せられ、四十年以上も上絵師として紋章を描いた直木賞作家が、日本独自の文化といえる「紋」の成り立ちと変化、そこに込められた遊び心と驚きの意匠を語る極上の紋章エッセイ。図版約二千点を収録！

角川ソフィア文庫ベストセラー

日本の色を知る
吉岡幸雄

植物染による日本の伝統色を追究してきた著者が、折々の季節、行事にまつわる色を解説。古くは平安時代にさかのぼり、日本人が色とどのように付き合ってきたかを美しいカラー写真とともに紹介する入門書。

大津絵
民衆的諷刺の世界

クリストフ・マルケ
絵／楠瀬日年

江戸時代、東海道の土産物として流行した庶民の絵画、大津絵。鬼が念仏を唱え、神々が相撲をとり、天狗と象が鼻を競う——。かわいくて奇想天外、愛すべきヘタウマの全貌！ オールカラー、文庫オリジナル。

しぐさの民俗学
常光徹

呪術的な意味を帯びた「オマジナイ」と呼ばれる身ぶり。人が行うしぐさにまつわる伝承と、その背後に潜む民俗的な意味を考察。伝承のプロセスを明らかにするとともに、そこに表れる日本人の精神性に迫る。

昔ばなしの謎
あの世とこの世の神話学

古川のり子

過去から現代へ語り継がれる日本の昔ばなし。桃太郎、かちかち山、一寸法師から浦島太郎まで、なじみ深い物語に隠された、神話的な世界観と意味を読み解く。現代人が忘れている豊かな意味を取り戻す神話学。

古代研究Ｉ
民俗学篇1

折口信夫

折口信夫の代表作、全論文を掲載する完全版！ 折口学の萌芽となった「髯籠《ひげこ》の話」ほか「妣が国へ・常世へ」「水の女」等一五篇を収録する第一弾。池田弥三郎の秀逸な解説に安藤礼二による新版解説を付す。

角川ソフィア文庫ベストセラー

古代研究Ⅱ 民俗学篇2　折口信夫

折口民俗学を代表する「信太妻の話」「翁の発生」など11篇を収録。折口が何より重視したフィールドワークの成果、そして国文学と芸能研究融合の萌芽が随所に息づく。新かなで読みやすいシリーズ第二弾。

古代研究Ⅲ 民俗学篇3　折口信夫

「鬼の話」「はちまきの話」「ごろつきの話」という折口学のアウトラインを概観できる三篇から始まる第三巻。柳田民俗学と一線を画す論も興味深い。天皇の即位儀礼に関する画期的論考「大嘗祭の本義」所収。

古代研究Ⅳ 民俗学篇4　折口信夫

霊魂、そして神について考察した「霊魂の話」や「河童の話」、折口古代学の核心に迫る「古代人の思考の基礎」など十三篇を収録。「折口学」の論理的根拠と手法について自ら分析・批判した追い書きも掲載。

古代研究Ⅴ 国文学篇1　折口信夫

決まった時期に来臨するまれびと（神）の言葉、「呪言」に国文学の発生をみた折口は、「民俗学的国文学研究」として国文学研究史上に新たな道を切り開いた。その核とも言える論文「国文学の発生」四篇を収録。

古代研究Ⅵ 国文学篇2　折口信夫

〈発生とその展開〉に関する、和歌史を主題とした具体論。「女房文学から隠者文学へ」「万葉びとの生活」など13篇を収録。貴重な全巻総索引付き最終巻。解説・折口信夫研究／長谷川政春、新版解説／安藤礼二

角川ソフィア文庫ベストセラー

日本文学の発生 序説　折口信夫

古代人が諺や枕詞、呪詞に顕した神意と神への信頼を折口は「生命の指標（らいふ・いんできす）」と名づけ、詩歌や物語の変遷を辿りながら、古来脈打つ日本文学の精神を追究する。生涯書き改め続けた貴重な論考。

死者の書　折口信夫

「した　した　した」水の音と共に闇の中で目覚めた死者・大津皇子と、藤原南家豊成の娘・郎女の神秘的な交感を描く折口の代表的小説。詳細かつ徹底的な注釈と、『山越阿弥陀図』をカラー口絵で収録する決定版！

悲劇文学の発生・まぼろしの豪族和邇氏　角川源義

処女作「悲劇文学の発生」をはじめ、語りと伝承者、悲劇文学の流通を論じる4篇を収録。伝承を語り伝え運搬する者の謎にせまる、国文学者・角川源義の原点をさぐる珠玉の論考集。解説・三浦佑之

花祭　早川孝太郎

神人和合や五穀豊穣・無病息災のため鎌倉時代末に始まった花祭は、天竜川水系に伝わる神事芸能。滋味深い挿絵と平易な文章で花祭の全てを伝える、柳田国男・折口信夫にも衝撃を与えた民俗芸能の代表的古典。

猪・鹿・狸　早川孝太郎

九十貫超の巨猪を撃った狩人の話。仕留めた親鹿を担ぐ後をついてきた子鹿の話。妖しい出来事はいつも狸の仕業とされた話。暮らしの表情を鮮やかにすくい取る感性と直観力から生まれた、民俗学の古典的名著。